KB187566

불가리아 출신
율리안 모데스트의 단편 소설집

바다별에서
꿈의 사냥꾼을 만나다

JULIAN MODEST

Mara Stelo
Novelaro,
originale verkita en Esperanto
Eld.: Impeto – Moskvo
2013

Ĉasisto de sonĝoj
Novelaro,
originale verkita en Esperanto
Eldonejo Eldonejo Libera
2019
ISBN 978-0-244-22384-7

불가리아 출신
율리안 모데스트의 단편 소설집

바다별에서
꿈의 사냥꾼을 만나다

율리안 모데스트 지음
오태영 옮김

진달래 출판사

목 차

가을의 만남

나는 버스로 여행했다. 여행은 길고 지루했다.
내 옆에는 대략 70대로 보이는 노인이 앉아 계셨다.
그렇게 키는 크지 않고 조금 진한 잿빛 머릿결과 호수같
이 파란 눈동자를 지녔다.
아무 말 없이 앉은 노인의 눈동자는 꿈에 젖어있었다.
마치 무언가를 간절히 바라는 듯했다.
대답을 기대하지 않은 채 내게 말을 거셨다.
"긴 여행이지요?"
"예" 우물쭈물 대답했다.
말하고 싶지 않았지만, 노인은 이어서 말을 거셨다.
분명히 지루해서 누군가와 이야기를 나누고 싶었는데 마
침 내가 가장 가까이에 있었다.
"삶은 긴 여행과 닮았어요." 하고 말씀하셨다.
"우리는 여행하다 여행하다 목적지에 이르지요.
길은 끝나고 마지막 정류장에 도착합니다.
거기에서 더는 없습니다.
끝이지요. 우리 삶 속에서 무슨 일이 있었을까요?"
철학을 하는 듯 생각에 잠겨 이야기를 이어서 하셨다.
내게 아니라 혼잣말처럼 하셨지만, 호기심이 생겨 더 열
심히 듣기 시작했다.
나는 누구신지 궁금했다. 어디로 여행하시냐고 여쭈었다.
어쩌다 가끔 내게 흥미를 느끼게 하는 사람들이 있다.

하지만 거의 누군지 알고 싶지는 않았다.

길에서 만나든 지하철에서 만나든, 내 생각과 느낌은 무엇을 생각하고 무엇을 느끼는지 알려고 하지 않았다.

내게 흥미가 없는 사람, 내가 알지 못하는 사람과는 말할 필요조차 없었다.

그러나 지금은 모르는 노인의 말을 듣고 있다.

첫마디 말부터 사람의 마음을 끌어당기는 힘이 있다고 확신한다.

말투가 화려하고 풍요로웠다.

때로는 속담과 오래된 고사성어를 사용하셨다.

'노인은 누구고 직업은 무엇일까?' 나는 머리를 굴렸다.

우리 인생에서 가장 중요한 것은 우리가 만나고, 함께 살며 일하는 사람들이다. 왜냐하면, 그들 모두 우리 영혼에 무언가를 남기기 때문이다.

누군가는 우리를 사랑하고, 우리 안에 있는 사랑을 일깨워 준다.

또 누군가는 현명하여 눈에 보이는 기적을 보여준다.

누군가는 재능이 있어 우리가 받은 복의 힘을 깨닫게 해 준다.

누군가는 우리에게 아름다움을 알려 준다.

아름다운 황금빛 가을을 쳐다보았다.

그리고 창문을 바라보았다.

나뭇잎은 이미 기와처럼 붉고 밝은 갈색과 구릿빛 나는 누런 빛이 되었다.

큰길 건너편에 있는 들판은 푸르고 누런 모래 빛을 가진 갓 씻은 융단을 닮았다.
거기 산은 하늘처럼 파란빛으로 마치 투명한 커튼이 감싸 안은 듯 보인다.
하늘은 깊고 짙은 파란빛이다. 때로 앞을 보는 것이 좋다.
우리는 우리를 둘러싼 모든 것들의 일부이기 때문이다.

"작년에 나는 70살이 되었어요.
오래전에 연금 수령자가 되었죠.
은퇴한 뒤 연금을 받으면서도 10년을 더 일했어요.
우리 마을 학교에서 역사를 가르쳤지요.
우리 마을은 크지 않지만, 여전히 학생이 있었죠.
지난가을 학교 교장이 나에게 말했어요.
'선생님,
학생이 많지 않아 다음에는 강의시간이 없을 겁니다.'
나는 교장 말을 알아들었지요.
학생이 부족하면 학교에 교사가 필요하지 않지요.
'알았어요. 나는 충분히 일했어요.'라고 대답했죠.
나는 연금 수령자입니다.
집에서 정원을 돌보고 책을 읽지만 이미 일하기는 쉽지 않아요.
세월과 외로움이 나를 짓누릅니다.
내 아내는 하나님이 용서하셨는지 6년 전에 세상을 떠났지요.

아내는 아름답고 쾌활한 여자였어요.

그러나 몸이 아파서 먼저 갔지요.

아들은 결혼해서 내게서 멀리 떨어진 어느 도시에 살고 있답니다.

나는 아들을 탓하지 않아요.

가족, 자녀를 돌보아야 하는 일 때문에 내게 신경을 쓸 수 없어요.

일 년에 몇 번 나를 만나러 온답니다.

때때로 우리는 전화로 이야기하지만, 통화내용은 주로 이와 같아요.

'아버지, 잘 지내세요?'

'응' 나는 대답했죠.

'우리 손자들과 며느리는 잘 지내니?'

'우리 모두 잘 지내요.' 끝이죠.

내 인생은 새처럼 날아갔어요.

언제라고 느낄 새도 없죠.

그것이 좋든 나쁘든 나는 몰라요.

좋은 날이고 나쁜 날이고, 검고 하얗죠.

모든 것을 만날 준비가 되어야 합니다.

그리고 내게 닥칠 모든 것을 맞으려고 준비했죠.

어느 날 때로 아침에 전화가 울렸어요.

아마도 아들인 **벤코**죠. 어쩌면 며느리 **로자**구요.

왜 아침 일찍 전화하지? 무슨 일이야?

보통 아들 내외는 통화 요금이 싼 저녁에 전화하거든요.

나는 수화기를 들었어요.

모르는 여자 목소리가 들렸어요.

'여보세요.'

'여보세요.' 누군지 알려고 애쓰며 대답했지만, 알 수 없었죠.

'저를 기억 못 하시죠?' 여자가 말했어요.

'그래요.' 하고 솔직하게 대답했지요.

'저는 **포모리에** 출신 **베셀라** 예요.'

'베셀라' 무의식적으로 따라 하면서 알아차렸어요.

베셀라, 벌써 몇 해가 지났는가?

나는 대학을 마치고 흑해 근처에 있는 포모리에 라는 도시에서 중학교 교사를 시작했지요.

나와 베셀라는 그곳에서 젊은 교사로 만나 서로 사랑의 불꽃을 피웠어요.

뜨겁게 사랑했지만 몇 년 후 나는 **플로브디브** 라는 도시로 전근 가고 베셀라는 포모리에 에 남았답니다.

나중에, 나는 결혼했고, 베셀라도 결혼하여 우리의 길은 갈라졌어요.

때때로 나는 베셀라, 나의 첫사랑을 생각했지요.

베셀라의 얼굴은 눈처럼 하얗고 눈은 올리브나무처럼 검고 빛났어요.

나는 40년 이상 베셀라를 보지 못했답니다.

지금 전화로 '나 역시 연금 수령자가 됐어요.'라고 베셀라가 말했어요.

남편은 3년 전에 세상을 떠나고, 베셀라는 혼자 살고 있답니다.

이 한 번의 전화 통화 이후 우리는 자주 전화로 통화하기 시작했어요.

나는 바뀌었어요.

전화 소리가 또 울리고 베셀라의 목소리를 들을 때를 간절히 기다렸어요.

나는 놀랐어요.

나는 70살이지만 불같은 감정을 느꼈죠. 기적입니다.

왜 그렇게 감정적일까?

사람들은 나이가 들면 더 기쁨이나 슬픔을 느끼지 않으며 모든 것이 잿빛이며 일상이며 지루하다고 예상했어요. 그런데 그렇지 않았답니다.

베셀라와 전화 통화는 나를 기쁘게 했어요.

다시 내 주변의 아름다움을 알아채기 시작했지요.

아주 작은 사소한 것에도 나는 흥분했어요.

1년 동안 베셀라와 나는 전화로 이야기했어요.

몇 번 만나자고 그녀가 제안했지요.

나는 두려웠답니다.

나는 그런 제안을 기대하지 않았죠.

베셀라 앞에 설 용기가 없었답니다.

40년 전 나는 젊고 검은 머릿결에 키가 컸어요.

지금 나는 구불구불한 잿빛 머리카락에 뚱뚱하죠.

베셀라는 꿈에서 깰 것이고 기적은 즉시 사라질 것입니다.

아름다운 추억과 낭만은 사라지겠죠.

지금 베셀라 역시 예전과 같지 않으리라 확신합니다.

하지만 나 스스로 불안했어요.

초라하고 힘없는 어떤 노인을 보도록 하고 싶지 않았죠.

베셀라가 강권하여 만나자고 해서 결국 그러자고 했답니다.

나는 준비하고 길을 떠났어요.

포모리에에서 가까운 흑해 연안 **부르가스** 라는 도시에서 우리는 만나기로 했답니다.

베셀라를 알아차릴 수 없을 거라고 생각했지만, 곧바로 알아차렸어요.

어쩌면 내 마음이 버스 정류장에서 나를 기다리고 있던 베셀라에게 알려준 듯합니다.

실제는 달랐지만 내 눈은 40년 전의 베셀라를 보았어요.

지금 나는 다시 만나러 간 것에 대해 후회하지 않아요.

내가 가지 않았다면 아직도 나를 사랑하고 있는 여자가 있었다는 사실을 몰랐을 것입니다.

우리가 만났을 때 베셀라는 곧 사랑의 불꽃을 내 속에 피웠어요.

누군가 나를 사랑한다고 느꼈을 때 얼마나 아름다운가?

누군가 당신에 대해 생각하고 마치 항상 당신과 함께 하는 것처럼 느낄 때, 그때 당신은 혼자가 아닙니다.

늦었을지라도 이런 것을 깨달았어요.

우리가 사랑할 때 아무것도 잃지 않지만, 우리 감정을 억압할 때 모든 것을 잃게 됩니다.

우리는 서로 모르지요." 노인이 말씀하셨다.
"내가 지금껏 이야기한 것을 용서해 줘요.
이런 일들은 평범하고 일상적이며 전혀 흥미롭지는 않지만, 누군가에게는 이야기해야 하죠.
아들에게는 말할 수 없어요.
나를 이해하지 못하고 심지어 내 말을 들을 시간조차 없을 거예요. 항상 일에 치여 바쁘거든요."

나는 내 옆에 앉아있는 노인을 바라보았다.
눈은 이상한 빛이 비친 것처럼 빛났다. 행복해 보였다.
버스는 계속 움직여 갔다. 큰길 건너편에 있는 들판은 푸르고 누런 모래 빛을 가진 갓 씻은 융단을 닮았다.

중국 주거 지역에 있는 미로(迷路)

나는 독일주재 브라질대사관 부영사인 친구 **마리오 데메네제스**와 함께 기차로 여행했습니다.
우리는 **갈라보보** 시(市) 에스페란토 협회 회장인 우리 친구 **카뇨카네브**의 70회 생일을 맞아 축하하러 가고 있습니다.
기차가 가는 동안 우리는 이야기를 나눴습니다.
더 정확히 말하면 마리오는 말하고 나는 들었습니다.
영사로 있었던 일본, 독일, 니카라과에 대해 말했습니다.

"나는 여러 나라에 있으면서 특별한 경험을 했어.
내 삶에서 두려움을 느낀 적도 있지.
중국에서 일어난 일이야."

마리오는 잠시 멈추더니 생각에 잠긴 듯했습니다.
이야기하고자 하는 두려운 일이 다시 느껴지는지도 모르겠습니다.
기차는 숲을 지나갔습니다.
나무들은 마르고 길어 바람 때문에 기울어졌습니다.
하지만 가지들은 안으로 휘어져 있습니다.
지금은 가을이라 가지들은 꽃도 없이 앙상했습니다.
마치 강하게 붙잡고 있는 사람의 손과 같았습니다.
나무줄기는 크지 않았지만 가지는 길고 강하게 휘어져

있어 마치 서로 꼭 잡고 바람에 대항하는 듯했습니다.

마리오는 창문을 내다보았습니다.

처음 **불가리아**에 왔을 때 그에게는 모든 것들이 흥미로 웠습니다.

지금 이 순간 무슨 생각을 하는지 모르겠지만 그의 얼굴 은 마치 어린아이처럼 호기심에 차 있습니다.

조금 이상하게 느껴졌습니다. 거의 70세가 되었지만, 키 가 작아 어린아이를 닮았습니다.

갈색 얼굴로 흑인도 백인도 아닌 얼굴이지만 검고 밝은 눈동자에서는 작은 불꽃이 튀었습니다.

"중국은 이상한 나라야."

마리오는 말을 이으며 따뜻하고 선한 눈빛으로 나를 쳐 다보았습니다.

"나는 북경에서 가까운 도시인 **탄셴**에서 친구 **리셴** 집에 머물렀어. 우리 에스페란토 사용자는 전 세계에 많은 친 구가 있잖아.

리셴은 나를 만나 외딴 주거 지역에 있는 자기 집으로 택시를 안내했어.

삶에서 처음으로 비슷비슷한 주거 지역을 보았지.

택시는 큰 문 앞에서 멈췄어.

리셴이 문을 열어 우리는 넓은 마당으로 들어섰지.

문 가까이에서부터 많은 길이 시작되었어.

길 양옆으로 서로 쌍둥이처럼 닮은 작은 집들이 늘어 서 있었어.

수많은 길 중에서 하나를 따라 100~200m 가자 리센의 집 앞에 이르렀지.

집에 들어가자 내 친구의 아내와 두 딸이 나를 환영하며 친절하게 맞아주었어.

아내는 곧바로 차를 마련했고 우리는 작은 방에 들어가서 이야기를 시작했지.

브라질, 중국, 에스페란토, 여러 나라의 친구들에 관해 이야기했어.

나는 많지 않은 여행에 대해 말했지.

리센은 역사 교사였으며 중국의 역사에 대해 자세히 설명해 주었어.

언제 저녁이 되었는지 알지 못할 정도였어.

나는 호텔로 돌아가야 했지.

리센은 주요 도로 끝 대문까지 나를 안내하고 택시를 세웠어. 우리는 서로에게 작별 인사를 나누고 나는 택시에 올랐지.

약 2km 정도 갔을 때 나는 리센의 집에 내 손가방을 두고 온 것이 갑자기 생각난 거야.

나는 작은 여행용 가방과 손가방을 가지고 다녔는데 손가방을 잊어버린 것이지.

나는 운전 기사에게 다시 돌아가자고 부탁했어.

기사는 택시를 돌려 큰 문 앞으로 나를 안내해 주었지.

택시에서 나와 문을 열자 넓은 마당이 나왔어.

이미 밤은 깊었지. 나는 주위를 둘러보고 리셴의 집으로 가기 위해 어느 길로 가야 할지 망설였어.

사람이 어디에도 보이지 않았어. 몇 분 동안 서 있다가 마침내 거리 중 하나를 골라 나섰어.

가면서 주위를 둘러보았지. 모든 집은 매우 비슷했고 내 친구의 집을 찾을 수 없었어. 작은 집 앞에 멈추어 섰지. 쳐다보고 생각해 보고 리셴의 집일까 살펴보았어.

리셴과 처음 이곳에 왔을 때 무언가 생각나는 아주 작고 세밀한 부분까지 기억해 내려고 애썼지만 소용없었어.

내 삶에서 그렇게 서로 똑같은 집을 본 적이 없었으니까.

어느 집이 리셴의 집이라 생각해 문에 가까이 가서 호출 벨을 눌렀는데 개가 짖었어.

'아니구나.' 나는 속으로 말했지.

내 친구는 개가 없으니까 친구 집이 아니었구나.

길 위에서 자꾸 찾아다니다 점점 더 헷갈렸어.

리셴의 집을 찾을 수도 없고 이 미로에서 벗어날 수도 없었어.

당황하여 어찌할 수 없었지.

아무도 살지 않은 것처럼 사람들이 보이지 않았거든.

갑자기, 인기척을 느끼고 그쪽으로 뛰어갔어.

가까이 갔을 때 어느 할머니를 만났지.

말을 걸려고 영어로 인사했지만, 할머니는 두려워하면서 서둘러 어느 집으로 몸을 숨겨버렸어.

나를 쳐다보지도 않고 말이야.

나는 길에 홀로 남겨졌으며 도움도 없이 희망도 없었어.

이 상황을 다시 한번 생각하기 위해 멈추었어.

헤매다가 지치고 땀도 나고 겁먹은 토끼의 심장처럼 가슴이 뛰었지.

수많은 거리가 있는 이 이상한 중국 주거 지역에서 작은 집들이 두 방울의 물처럼 서로 똑같기에 나는 완전히 혼자였어.

밤이 더욱 깊어져 어두워갔지.

공기는 습하고 무거웠어. 여기저기 희미한 가로등에 불이 들어왔지만, 희망이 없었어.

나는 무의식적으로 발을 돌리는데 두려움에 사로잡혔어.

몇몇 젊은이들이 나에게 다가왔거든.

곧 무언가 안 좋은 일이 일어날 것처럼 느꼈어.

어느 방향으로 가야 할지 모르면서 발걸음을 서둘렀어.

나는 거의 달리다시피 했지만, 젊은이들이 나를 따라잡았어.

그들 중 하나는 누르스름한 가로등 아래서 뱀처럼 빛나는 칼을 빼 들었어.

아마 길에서 갈 곳 몰라 헤매는 외국인이고 혼자라는 것을 알아차린 모양이야.

청년 중 한 명이 중국어로 무언가를 말했어.

본능적으로 내 돈을 원한다는 것을 깨달았지.

즉시 내 지갑을 꺼내 주려고 손을 주머니에 넣었어.

모든 것을 주려고 마음먹었지.

이 끔찍한 순간에도 나는 내 친구인 리센이 마술처럼 나타나 나를 구해주기를 바랐어.

그가 진정한 친구라면 내가 어려움에 부닥친 것을 느끼고 나를 구해줄 것이라고 믿었어.

나는 우정의 기적을 강하게 믿었거든.

나는 그 생각을 그에게 전달하고, 그의 마음속에서 내가 위험에 처해있다고 이 순간에 반드시 느끼게 되리라고 생각하며 바랐어.

정말 기적이 일어났어.

길 끝에서 어느 남자가 나타났어.

젊은이들이 뛰어 도망쳤지.

그 남자는 재빨리 다가왔어.

내 눈은 믿을 수 없었어. 그 남자는 리센이었거든.

정말로 내게 뭔가 무서운 일이 생겼으리라 느끼고 나를 도와주러 온 거야.

오늘조차 내가 어떻게 생각으로 내 친구를 부르고 위험하고 끔찍한 순간에서 나를 도와달라고 해서 성공했는지 설명할 수 없어."

마리오는 잠시 말을 멈추고 창문 밖을 내다보았습니다.

아마도 나무의 엉킨 나뭇가지를 관찰했을 것입니다.

바람과 폭풍에 견딜 수 있도록 서로 강하게 붙잡고 있어서 사람의 팔과 닮아 보입니다.

의사

장대비가 더욱 세차게 내립니다.

인정사정없이 창문을 두드립니다.

많은 뱀처럼 물줄기가 유리 위로 줄지어 흘러내립니다.

틸리오의 읍장(邑長)인 **카로브**는 창가에서 밖을 쳐다 봅니다.

하지만 지금은 아무것도 보이지 않습니다.

마치 방에 있지 않은 것처럼 차가운 3월의 비 아래서 머리부터 발끝까지 많이 젖었습니다.

카로브는 너무 힘들게 보냈습니다.

오늘은 힘든 날입니다.

책상에 주지사가 보낸 편지가 놓여있습니다.

스토얀 페트로브 바라디노브가 지금 틸리오에 살고 있으니 그의 인적사항을 조사하여 의사가 맞는지 확인하라는 명령이 적혀 있습니다.

카로브는 언제 바라디노브가 틸리오에 왔는지 기억이 안 납니다.

아마 3~4년 전일 것입니다.

마을에 의사가 나타났다고 사람들이 말했습니다.

조금 이상해 보였습니다.

40대로 보이는 알 수 없는 남자가 가족도 없이 혼자 살기 위해 먼 숙모의 집이라고 이런 작은 산골 마을에 들어와서는 스스로 의사라고 말했습니다.

처음에 마을 사람들은 의심스럽고 궁금했습니다.

누구며 어떤 사람이고 왜 이런 외진 마을에 왔는지 더 알아내려고 했지만, 차츰 의심과 호기심은 조용히 내리는 여름 이슬비 아래 불이 꺼지듯 사라졌습니다.

아마도 바라디노브 스스로 말했듯이 몇 년 동안 해외에서 일했고, 아내와 자녀들도 있었지만 이혼하여 도시의 주택을 아내와 자녀들에게 남겨준 뒤, 꿈도 없어져 나이든 숙모의 집에 살려고 들어 왔다는 것입니다.

마을 사람들은 바라디노브를 더 잘 알기 시작했고 의사라고 부르며, 의사가 마을에 있다고 만족했습니다.

오랫동안 틸리오에는 의사나 간호사가 없어서 바라디노브가 오기 전에는 모두 1시간 30분이나 차를 타고 도시 병원으로 가야 했습니다.

바라디노브는 마을 사람들과 함께 오래되고 버려진 집을 병원으로 새로 고쳤습니다.

지붕에는 새가 둥지를 틀고 넓고 거의 못쓰게 된 방에는 집 없는 고양이들이 뛰어다녔습니다.

손수 문, 창문을 고쳤고 벽을 칠하고 두 방에 하얀 침대, 책상, 의자, 다목적 유리 선반, 여러 가지 요리도구와 의료 기구 보관함을 두었습니다.

그리고 환자들을 받기 시작했습니다.

진료를 잘 한다는 소문이 신선한 봄바람처럼 **빠르게** 마을 전체에 퍼져 어린 자녀를 둔 어머니들이 의사의 집을 자주 찾았습니다.

바라디노브의 작은 집 앞에는 매일 남녀 환자들이 줄지어 기다렸습니다.

바라디노브는 열심히 듣고 자세히 물었습니다.

마을 사람들은 너무 익숙해져 종종 집에 밤늦게까지 찾아왔습니다.

길에서도 만나면 세워놓고 여러 병에 관해 물었습니다.

고통을 호소하고 조언을 청하기도 했습니다.

바라디노브는 듣고 약을 처방하고 종종 환자가 사는 곳을 찾아갔습니다.

모두가 친밀하게 여기고 남녀노인들은 아들같이 여기고 이야기를 나누었습니다.

자주 할머니가 말했습니다.

"스토야초는 여전히 젊으니 결혼해야죠.

좋은 직업에 여기 살 곳도 있으니 이제 필요한 것은 아내뿐이죠.

틸리오에 얼마나 많은 아가씨가 있는지 보세요.

도시 여자는 그만두고 지나간 일은 잊고 아직 인생이 남았잖아요."

그렇게 할머니가 말하면 단지 웃기만 하고 부드러운 비둘기 눈이 반짝반짝 웃으며 동의한다는 듯 고개를 끄덕였습니다.

촌장인 카로브 역시 바라디노브와 이야기하는 것을 좋아했습니다.

때때로 카로브는 건강이 좋지 않아 병원을 찾았습니다.
카로브는 그 일을 결코 잊지 못할 것입니다.
아직 촌장이 아니었던 2년 전 일입니다.
하루에 여러 번 코에서 피가 갑자기 흘러나왔습니다.
카로브는 무슨 까닭인지 몰라 바라디노브에게 갔습니다.
"의사 선생님, 내 혈압이 높아져서 안 좋아 보입니다."
하고 카로브가 물었습니다.
자세히 살펴본 뒤에 바라디노브가 "아니요"라고 대답했습니다.
"혈압은 정상이지만 혈관이 약해졌습니다."
바라디노브는 약을 처방했고 카로브는 약을 사러 도시로 갔습니다.
하지만 먼저 다른 의사에게 진찰받기로 했습니다.
도시의 의사가 같은 약을 처방한 것에 매우 놀랐습니다.
그 이후 카로브는 바라디노브를 존경했습니다.
그들은 친구가 아니었지만 필요할 때는 언제나 도와줄 것이라는 사실을 알고 있었습니다.

카로브는 여전히 창문 밖을 보고 있습니다.
비는 그치지 않습니다.
창문 유리를 더 세게 사납게 때립니다.
삼월의 바람은 창문 앞에서 자라는 두 자작나무의 가지를 구부립니다.
그 길고 앙상한 가지들은 하늘 향해 애절하게 뻗고 있는 하얀 팔을 닮았습니다.

이 가지들이 카로브에게 무언가를 상기시켜 주었지만, 정확히 무엇인지 생각나지 않습니다.

꽤 오랫동안 창문 앞에 움직이지 않고 서 있습니다.

손을 뻗어 웃옷을 들고, 모자를 쓰고 지방 정부에서 받은 편지에 대해 바라디노브에게 물어보러 가야 했습니다.

카로브는 혼잣말로 '바라디노브가 정말로 의사가 아닙니까?' 하고 물었습니다.

웃옷을 입고 모자를 쓰고 문을 열었습니다.

비가 세차게 몰아쳤습니다.

얼굴은 즉시 물에 젖고 빗줄기는 코와 뺨을 스치며 흐르기 시작했습니다.

갑자기 머릿속으로 어떤 그림이 스며들었습니다.

심한 폭우, 세찬 바람에 휘어져 하늘로 애원하듯 뻗은 자작나무 가지들이 그림을 기억나게 했습니다.

지난해 5월, 비 오는 밤, 틸리오 앞 공동묘지 앞에서 끔찍한 사고가 일어났습니다.

4명의 젊은이가 도시에서 놀다가 술에 취한 채 차를 몰고 돌아왔습니다.

마을 입구에 와서 차가 미끄러져 길가 나무를 들이받았습니다.

그리고 계곡으로 차가 넘어갔습니다.

한밤중에 사람들이 카로브를 깨웠습니다.

즉시 바라디노브를 깨우라고 말했습니다.

바라디노브는 빗속에서 맨발로 잠옷만을 걸친 채 뛰어왔습니다.

바라디노브 덕분에 젊은이 둘이 살았습니다.

그때 빗속에서 나는 바라디노브에게 '당신의 의사 학위를 볼 수 있습니까?'라고 왜 말하지 않았던가?

당시 상처를 입은 젊은이들을 왜 도와달라고 했는가 카로브는 스스로 물었습니다.

그때 바라디노브는 맨발로 잠옷만을 걸친 채 왔고, 나는 단지 '의사 선생님. 도와주세요.'라고 말했습니다.

바라디노브는 곧바로 상처를 싸매기 시작했고 피 흐르는 것을 막았습니다.

지금 내가 바라디노브에게 의사 면허증을 보여달라고 부탁해야 합니까?

카로브는 멈췄습니다. 잠시 빗속에서 움직이지 않고 서 있다가 천천히 몸을 돌려 읍장 사무실로 돌아갑니다.

맥줏집 '두 선원'

저녁 8시입니다. 낮이 가고 저녁이 옵니다.

이 순간을 붙잡을 수는 없습니다.

눈치챌 수 없게 빠르게 다가옵니다.

마술 같은 순간입니다. 여러 차례 그 순간을 느껴보려 했지만, 결코 성공하지 못했습니다.

아마 우리는 모두 잡을 수 없는 것을 잡으려고 바란 적이 있습니다.

정말 우리 삶은 잡을 수 없는 순간들의 연속입니다.

우리는 언제 남자가 되고 어느 때에 사랑에 빠지고, 언제 늙기 시작되는지 느낄 수 있을까요?

지금 나는 **플라멘**과 '두 선원'이라는 이상한 이름의 맥줏집에 앉아있습니다.

이 '두 선원'이라는 특별한 이름은 맥줏집 주인의 퍼뜩 떠오른 생각인지 아니면 어떤 추억과 관계있는지 모르겠습니다.

정말로 주인은 선원이었습니다.

그 맥줏집은 바다 공원에서 가깝고 여름에 많은 사람이 그 앞을 지나쳤습니다.

겨울에는 그곳이 그 도시에서 가장 조용하고 고요한 거리였습니다.

여름의 낮과 저녁 사이에 이곳에는 남자들, 여인들, 아이들이 지나다니지만, 플라멘과 나에게는 오직 아름다운 젊은 여인들만 눈에 띕니다.

여름 저녁에는 이곳에 있는 것이 좋습니다.

우리는 맥줏집에 앉아 아름다운 여인들을 바라봅니다.

믿을 수 없을 정도로, 그렇게 많은 젊은 여인들이 이곳을 지나갑니다.

맥주는 예전의 아름다운 추억처럼 바다에서 불어오는 바람처럼 차갑고 맛있습니다.

젊은 여인들은 옷을 반쯤 벗은 채로 부드럽고 투명한 외투에 주름진 치마를 입고, 몸은 태양에 그을려 흙빛이며 모험과 사랑에 목마른 눈을 가진 용감한 아마존의 여전사를 닮았습니다.

플라멘은 무언가를 기억합니다. 그는 말하기를 좋아하고 나는 말 듣기를 좋아합니다.

플라멘은 예쁘게 이야기를 들려주었고 나는 현실에서 허구로, 진실에서 환상으로 언제 갔는지 그 순간을 잡을 수가 없습니다. 나는 플라멘의 어두운 집시 눈을 바라보고 삶 속에서 닥치는 모든 문제를 어찌 그렇게 쉽게 해결했는지 이해할 수가 없습니다.

지금 플라멘은 바르나 도시에서 가장 부자 중의 하나지만 그 사실을 아는 사람은 적습니다.

벨린그라드 시(市)에 가구판매장, 호텔, 주택, 가구 공장을 가지고 있습니다.

내 사촌 여동생이 플라멘의 아내였지만 오래전에 이혼했습니다. 지금 여동생은 소피아에서 살고 플라멘은 이곳

바르나에서 살고 있습니다.
플라멘이 이야기를 시작합니다.

소피아에서 제가 태어난 집에 저와 동갑인 소녀가 살았는데 매우 예뻤고 이름은 **나탈리아**였습니다.
나탈리아가 너무 맘에 들어 모든 것을 준비했지만, 나탈리아는 제게 전혀 관심이 없었습니다.
나탈리아는 부지런한 학생이었지만 불량 학생이었던 저는 단지 가끔 학교에 갔습니다.
저는 언젠가 나탈리아가 제게 관심을 두게 만들어 저를 좋아하게 만들 무언가 큰일을 반드시 저지를 것이라고 스스로 다짐했지만, 그때 우리 둘은 4학년에 다니는 어린이에 불과했습니다.
제가 이미 말 한 적이 있지만, 초등학교 1학년 때 우리 부모님은 이혼하셨습니다.
지금도 저는 왜 부모님이 이혼했는지 말할 수 없습니다.
제 아버지는 유명한 외과 의사였고, 어머니는 법학 교수였지만 두 분 모두 저를 원하지 않아, 소피아 시내 중심에 커다란 집을 가진 아버지의 어머니, 즉 할머니랑 살았습니다.
그 집은 넓은 마당이 있는 이층집이었는데 거기에 나탈리아가 살았습니다.
저는 나탈리아의 긴 금발 머리와 끝없이 깊은 호수를 닮은 두 개의 푸른 눈망울을 잊을 수 없습니다.

키는 크지 않았고 마치 누렇고 조그마한 구름이 하늘을 헤엄치는 듯 걸었습니다.

할머니는 저를 잘 돌봐주셨으며, 할아버지는 오래전에 돌아가셨습니다.

할머니는 제가 잘 자라도록 모든 것을 다하셨습니다.

인제야 학교에 다니지 않으려는 부모 없는 장난꾸러기 소년을 보살피는 일이 얼마나 어려운지 이해하였습니다. 선생님들은 화를 내셨고, 자주 할머니를 학교로 부르셨지만, 할머니가 어떻게 하겠습니까.

저는 나탈리아를 향한 환상에 사로잡혀 있었고, 공부도 하지 않고 앞으로의 일에 대해서는 전혀 관심이 없었습니다. 제가 훌륭한 사람이 될 것인지 아닌지를 말입니다. 그런데 갑자기 할머니가 돌아가시고 저는 유일한 상속자가 되었습니다.

여러 세입자가 세 들어 살고 있고 차고(車庫)가 달린 넓은 마당을 가진 두 채의 큰 집을 상속받았습니다.

이미 7학년이었고 할머니를 장사 지냈을 때, 완전히 홀로 남았음을 알게 되었고 할머니께서 물려주신 모든 재산에 대해 관리를 해야만 했습니다.

저는 쭉 혼자 살았습니다.

우리 부모님은 제게 관심이 없었고 어머니, 아버지도 새 가정을 꾸리고 있었습니다.

우리 집에 세 들어 사는 사람들은 규칙적으로 임대료를 냈습니다. 그들 중에 몇몇은 저를 불쌍하게 여겼지만 저는 이미 다 큰 어른이 되어있었습니다.

호주머니에는 언제나 돈이 있었고 그 많은 돈으로 무엇을 할 것인지도 몰랐습니다.

그때 인생에서 가장 중요한 것이 돈이라는 것을 알게 되었습니다.

인생을 다른 시각으로 보기 시작했습니다.

가끔 아버지가 오셨지만 돈이 부족하지 않기에, 집세를 정기적으로 모으는지 아닌지 전혀 관심이 없었습니다.

그때 이미 저는 충분히 실력 있는 임대인이었습니다.

어느 날 사과 빛깔 머리를 한 어떤 키 작은 남자가 왔습니다.

집에 차고와 마당이 있느냐고 물었습니다.

저는 자랑스럽게 "예"라고 대답했습니다.

그 사람은 의자 방석 제작자로 의자 방석 작업을 위해 차고에 세 들겠다고 했습니다.

전 좋다고 말했습니다.

저는 이미 모든 방을 임대하는 데 성공했고, 심지어 할머니께서 임대하시지 못했던 방까지 임대했고 단지 차고에만 세 든 사람이 없었습니다.

그때 그 남자가 나타났습니다.

그 의자 방석 제작자는 차고를 긴 의자, 안락의자, 보통 의자로 채우고선 일을 시작했습니다.

비가 오지 않을 때는 마당에서 일하였습니다.

가끔 심심해서 어떻게 의자 방석을 만드는지 살피게 되

었고 대화도 나누었습니다.

한번은 그 사람이 제게 물었습니다.

"너도 의자 방석 제작자가 되고 싶니?"

"왜요?" 저는 웃기만 했습니다.

"아마 언젠가 이 기술이 네게 유용하게 쓰일 거야."

그리 많은 시간이 지나지 않아, 저는 스스로 물었습니다.

'왜 의자 방석 기술을 배우지 않지.'

"제가 도와줄게요." 하고 의자 방석 기술자에게 말하고서 저는 함께 일하기 시작했습니다.

곧 저는 이 수공업이 마음에 들 것이라고 확신했습니다. 저는 빠르게 일을 배워나갔고 잘 만들었습니다.

의자 방석 기술자는 매우 실력 있는 수공업자라 주문이 넘쳐 모두 만족시키지 못 하는 일이 가끔 발생했습니다. 그 당시 나라에는 아직 개인 기업이 없었고 의자 방석 제작자도 많지 않아서 우리에게는 일거리가 많이 있었습니다.

바소 아저씨. 의자 방석 제작자를 그렇게 불렀는데, 우리는 만족스러웠습니다.

일 년 뒤, 어느 가을날 바소 아저씨는 담배에 불을 붙이고선 두꺼운 안경 너머로 날 쳐다보았습니다.

"플라멘, 두 장인(匠人)이 같이 일 할 순 없지.

너는 이 기술을 잘 배웠고 우리는 이제 헤어질 때가 되었구나.

나는 다른 공장을 찾을 거야."라고 말했습니다.

저는 떠나지 않고 머물 거라고 확신하며 "여기는 우리 모두를 위한 장소이니 지금처럼 같이 일해요."하고 말했지만, 아저씨는 단지 눈짓으로 표시하고 떠나갔습니다.

저는 혼자 일을 계속했습니다.

제가 마당에서 일할 때, 나탈리아가 가끔 나를 스쳐 지나쳤습니다. 그 여자는 이미 아주 예쁜 아가씨였습니다. 그 여자의 머릿결은 해의 물결을 닮았고 눈빛은 파랗고 밝았습니다.

우리는 서로 인사하고 조금 대화를 나누었지만, 속으로 나탈리아가 저와 사랑에 **빠지게** 할 뭔가 큰일을 하리라 마음 먹었습니다.

그러나 이때는 오지 않았습니다.

아름다운 나탈리아는 평범한 의자 방석 제작자를 사랑할 수 없었습니다.

갑자기 세상이 변했습니다. 새로운 사회 질서가 마치 특별히 저를 위해서 온 것입니다.

저는 돈이 있었기 때문에 즉시 벨린그라드 시에 가구 공장을 샀습니다.

이미 오래전부터 나는 평범한 의자 방석 제작자가 아니었습니다.

지금 저는 여러 도시에 몇 채의 집과 승용차들, 호텔들, 가게들을 갖고 있고, 사람들이 제가 이 세상에서 가장 행복한 사람이라고 생각하지만, 그러나 그게 아니었습니다. 저는 아직 나탈리아가 저를 사랑하게 할 수 있는 큰일을 만들지 못한 겁니다.

그렇지만 아쉽게도 제가 무엇을 해야 하는지를 알지 못했습니다.

플라멘은 말없이 따스한 여름 저녁에 맥줏집 '두 선원' 옆을 지나가는 아름다운 아가씨들을 쳐다보았습니다.

저녁이 되었고 그 푸른 어둠이 마치 부드러운 우단으로 우리를 감싸듯 했습니다.

그들은 서로 사랑했다

나는 길 위로 걸어갔다.
하지만 보지도 듣지도 못했다.
내 옆으로 남자, 여자, 아이들이 지나갔지만 마치 어디서 시작하여 어디에서 끝나는지 아무도 알 수 없는 커다랗고 끝없는 길 위에 혼자 같았다.
내가 어디로 가는지 정말 몰랐다.
매우 오래 걸은 것 같았으며 이미 무척 피곤했다.
머릿속에 수많은 얼굴이, 사건이, 경험들이 주마등처럼 완전히 바뀌어 가고 있었다.
걷던 길을 멈추고 앉아서 또다시 모든 것을 생각해야만 했다.
카페를 보고 그 안으로 들어갔다.
오전 시간이라 카페가 거의 텅 비어있었다.
탁자에 앉아서 창문으로 밖을 내다보았다.
지금까지, 결코 그렇게 혼란스러움을 느껴 본 적이 없었다.
생각들을 정리해 보았지만, 정리가 되지 않았다.
생각 속에서 어두운 다락방 귀퉁이에 있던 잊힌 낡은 신발 상자의 화면이 끊임없이 떠다녔다.
외할아버지 다락방 안으로 들어갔던 이 날 오전을 살아 있는 한 기억할 것이다.

남편과 나는 내 외갓집 할아버지 집을 방문했다.

남편은 정원의 담장을 고치는 외할아버지를 도와야만 했다. 그 작업을 위해서는 작업복이 필요했고, 외할아버지께서는 내게 다락방에 가서 작업복을 가져오라고 말씀하셨다. 곧바로 갔다.

내가 어린이였을 때, 다락방에 숨기를 좋아했다.

그 다락방의 반쯤은 어둡고 신비스러움이 강렬하게 나를 유혹했다.

옛날 옷들이 들어 있는 옷장을 열고, 남편이 입을 옷을 꺼냈으나, 그곳에서 나가기 전에 지나간 아니 날아가 버린 어린 시절을 다시 기억하길 바라며 둘레를 살펴보았다.

그곳에서 몇 시간 동안 여기 앉아서 책을 읽거나 끝없는 매혹적인 꿈속으로 들어갔다.

그때 내 심장의 부딪히는 소리, 비둘기의 다정한 움직이는 소리를 들었다.

지금 그렇게 넓지 않은 다락방에 조금씩 들어갔다.

마치 깨지기 쉬운 어린 시절의 그림자를 보려고 기다리는 것처럼 그것은 오래된 것 뒤에 감춰져 있다.

하지만 이미 오래전에 내 어릴 적 추억의 문은 활짝 열려 있다.

구석 어느 틈에서 낡은 신발을 담는 카드 상자를 찾아냈다.

왜 그것이 주의를 끌었는지 알 수 없지만, 그것을 꺼내 열었다.

이미 오래되고 누렇게 바랜 글자가 적힌 편지 봉투로 상자는 가득했다.

언젠가 엄마가 받은 것들이었다.

호기심을 느끼지 않았지만, 우연히 발신자의 주소를 보게 되었다.

또렷하게 그리고 읽어 보기 쉽게 쓰여 있었다.

'**카멘 아포스톨로브**, 소피아, 흰 산길 14'

내 눈을 믿을 수가 없었다.

정말 그것은 남편의 아버지, 시아버지 이름과 주소였다.

왜 이 편지들이 여기에 있는지 알 수 없었다.

'무슨 일이 있었지?'

"**페피**야, 아직도 거기에 있니, 이제 내려오너라."

외할아버지의 목소리를 들었다.

"예, 곧 내려갈게요." 하고 목소리가 침착하고도 떨리지 않게 들리도록 애쓰며 대답했다.

다락방에서 내려오기 전에 조심스럽게 상자를 닫고 아무도 찾지 못하도록 어느 선반 안에 숨겼다.

내려와서 작업복을 남편에게 주었다.

그 뒤 점심을 준비하는 외할머니를 도우려고 방으로 들어갔다.

온종일 불안하게 옛날 편지가 들어 있는 그 상자에 대해 생각했다.

호기심이 불일 듯 일어나 편지를 반드시 모두 읽어 보고 싶었다.

오후에 남편과 외할아버지께서 일을 마쳤다.

서둘러 작업복을 원래대로 선반에 갖다 놓으려고 다락방

에 들어갔다.

상자에서 몇 개의 편지를 가져왔다.

블라우스 아래 그것을 감추고 소피아로 돌아오는 내내 꽉 쥐었다.

편지들이 전혀 알지 못한 뭔가를 말하고 실제로 전혀 몰랐던 이야기를 해주리라 예감했다.

다음 날 아침 직장에 가면서 전철에서 편지를 읽었다.

예전에 시아버지와 엄마는 매우 가까운 사이라는 것에 충격을 받았다.

어떤 단어를 사용해야 할지 몰랐다.

시아버지가 엄마에게 보낸 사랑 고백 편지를 읽고 금지된 소설을 읽는 것 같았다.

나는 2년 전 남편과 결혼하여 지금 시댁에서 살고 있다.

시아버지를 잘 알고 있다고 생각했지만 지금 편지를 다 읽어 본 뒤에는 전혀 모르는 남자처럼 앞에 선 듯했다.

비밀의 문을 열고 알지 못한 신비로운 세상으로 들어간 듯했다.

그곳에서 감정적이고 조금 안절부절못한, 엄마를 사랑한 학생을 만났는데, 정말 이 학생은 지금의 시아버지다.

그래서 어쨌다는 거지?

시아버지와 엄마는 언제 만났고 언제 헤어졌을까?

그들은 왜 지금은 전에 서로 모른 척하고 있을까?

시아버지도 우리 엄마도 젊었을 적 사랑에 대해 눈길로

도 왜 알리지 않았는가?

이런 의문들이 아프게 나를 찔렀다.

편지에서 시아버지는 결혼에 대해서도 언급했다.

그러나 어쨌다는 거지.

시아버지는 나의 아빠가 될 수 있었나?

몰래 시아버지를 살피기 시작했다.

깊고 현명한 눈길, 눈가의 작은 주름들, 예전엔 멋있었다. 학생 시절 사진은 감상적인 날씬한 젊은이임을 알려주고 무엇 때문에 엄마가 사랑하게 되었는지 알게 됐다.

시아버지는 지금 연금을 받는 유명 과학자, 교수, 전염병 환자에 관해 가장 유명한 전문가 중의 한 사람이다.

결혼 생활의 몇 가지 에피소드와 남편 **율리안**이 자기 부모에게 나를 소개한 날을 기억해 냈다.

우리는 아직 학생이었고. 모두 기술 대학에서 연구 중이며 1년 반 정도 알고 지냈다.

율리안이 처음 집으로 초대했을 때 나는 크게 불안했다.

율리안의 부모들은 진심으로 나를 맞아주었다.

율리안은 외동아들이었다. 어디 출신이냐고 물어 **루세**에 살고 있다고 말했을 때 율리안의 아버지는 루세에 예전에 사랑했던 아가씨가 살고 있다고 기억하는 듯했다.

율리안의 부모와 나의 부모가 서로 알 수 있는 순간이 왔다.

우리는 루세로 떠났다.

지금 엄마가 율리안의 아버지를 보고 무엇을 느꼈을지,

율리안의 아버지가 갑자기 엄마를 보고 무엇을 느꼈을지 상상할 수 있다.

2년간 그들은 예전에 서로 알고 있었던 표시를 낸 적이 없다.

우리 결혼이나 서로 가족 초대의 시간 동안 그들은 어떻게 지냈는가.

옛사랑이 다시 몰래 타지는 않았나?

그런 생각이 안정을 주지 못했다.

모든 것을 잊고자 외할아버지 집에 돌아와 다락방에 들어가서 조용히 엄마의 편지를, 항상 닫혀 과거를 잊어버린 오래된 카드 상자에 넣고 싶었다.

왜 그것을 열어 엄마와 시아버지의 기억을 꺼낼 권리가 있는가?

아빠가 엄마의 인생에 나타났을 때 엄마의 학생 시절 사랑을 알았을까? 아빠 때문에 고통스러웠다.

엄마와 시아버지는 아직도 서로 사랑하고 있는가?

이 질문이 잠시도 나를 평안하게 하지 않아 반드시 나를 괴롭힌 일을 누군가에게 말해야 한다.

엄마에게 말할 용기가 없다.

어떻게 반응할지 모른다.

아마 화를 내며 과거를 들추는 것에 상처받을 것이다.

부모가 나를 마중하러 소피아에 왔을 때 자연스럽게 엄마와 시아버지를 몰래 살피기 시작했다.

그러나 편안한 가족 간의 대화에서 의심할 만한 아무것

도 알아차릴 수 없고 그것이 더 나를 신경 쓰게 했다. 이제는 참지 못하고 율리안에게 모든 것을 말하기로 했다. 내 가정생활을 상관하지 않고 비밀을 고백하겠다고 생각했다.

끊임없이 나를 괴롭히는 의심과 더 같이 살 수 없었다.

율리안에 대한 느낌조차도 조금 변하기 시작했다.

그리고 이것은 이미 위험했다.

우리 가족은 단지 2년 전부터 존재하였고 비밀과 함께 시작할 수 없다.

우리는 아직 자녀도 없지만, 단지 몇 가지 장애물이 있었다. 저녁때 잠들기 전에 율리안을 쳐다보며 농담 섞어 물어보았다.

"엄마와 시아버님이 꽤 오래전부터 서로 알고 있었던 것 알아요?"

주의 깊게 살펴보았다.

표정을 보고 싶었지만 놀랍게 율리안은 전혀 놀라지 않고 "응"이라고 대답했다.

놀람을 감출 수 없었다. "알고 있었어요?"

"응"이라고 되풀이해서 대답했다.

"아버지께서 내게 말씀하셨지. 내게 모든 것을. 그리고 내가 자발적으로 당신과 결혼하지 않을 것인지 결정하라고 말씀하셨어."

"그러면 당신은?"

"당신을 꼭 내 아내 삼으리라고 결심했어."

"정말요?"

"응, 그럼 그들 사이에는 무슨 일이 있었는데요?"

내가 물었다.

"뭐? 그들은 서로 사랑했지. 그들은 학생 시절 기차에서 알게 되었지. 그들은 결혼 날짜까지도 정했지."

"결혼식 날짜?"

"응. 하지만 당신 엄마가 약혼반지를 돌려주었어."

"무슨 말인가요?"

"그것을 돌려줬지만, 운명은 우리를 통해 그들이 서로 함께하도록 결정했지. 누구에게 화낼 수 없어. 그렇지?"

나는 조용했다. 내 눈앞에 아주 천천히 검고 빨갛고 푸른 여러 색깔의 커다란 바퀴가 돌기 시작했다.

그들이 돌고 나 또한 그들과 함께 돌아가고 있다.

그 빛이 언제 멈출지, 내가 어디로 떨어질지 알지 못했다.

실수

나는 신경질적으로 경찰관을 바라보았다.

키가 크고 날씬한 대략 40살 정도였다.

제복이 어울렸다. 계급이 뭔지 모르는데, 작은 견장 위에 있는 표시를 잘 모르기 때문이다.

좋은 의도를 가진 듯했다. 뭔가 오해가 생겼다.

내가 지하철에서 내렸을 때 사람들이 나를 체포했다.

두 명의 젊은 경찰관이 나를 막아 세우더니 내 여권을 요구했다.

조용히 여권을 내주었다.

한참 여권을 살피더니 서투른 독일어 말투로 "경찰서로 같이 가자"고 말했다. 이유를 물어보려고 했지만, 대답도 하지 않고 차에 태웠다.

나는 경찰 간부 앞에 앉았다.

간부는 뭔가를 영어로 설명하려고 했지만 나는 영어를 모르기에 아무것도 알아들을 수 없었다.

나는 독일어로 물었고 간부는 독일어를 할 줄 몰랐다.

서로 말없이 앉아 있었다.

내 속에서 긴장감이 눈사태처럼 자랐다.

나는 어떤 가벼운 위법 행위도 저지른 적이 없다.

이 체포 때문에 내 하루 전체 일정을 망쳤다.

아침에 나는 **스젠텐드르**에 갈 계획이었다.

그곳은 많은 미술간, 박물관, 사원이 있는 옛 헝가리 도시 분위기를 간직한 다뉴브 해변의 아주 아름다운 작은 도시로 알려졌다.

나는 파란 눈의 헝가리 아가씨같이 신선한 거친 봄날 아침의 기쁨을 예상했다.

스젠텐드르를 한 바퀴 구경하고, 맛있는 생선 죽을 언급한 여행 책자에서 본, 다뉴브 근처 작은 식당 중 한 곳에서 점심을 할 계획이었다.

그 뒤 해변에서 조금 더 거닐다가 저녁에 호텔로 돌아올 것이다.

그러나 경찰들이 갑자기 내 계획을 바꾸고 아직도 무엇이 나를 기다릴지 모른다. 안개 같은 앞날이 내 힘을 뱀처럼 빨아들이고 나는 새의 깃털처럼 힘이 없다.

오래전에 **부다페스트**를 방문할 예정이었다.

3년 전 차로 와서 **게래르트** 호텔에서 방을 빌렸다.

사람들이 예전부터 유명한 가장 좋은 곳 중의 하나라고 말한다.

헝가리 수도에서 보낸 하루는 햇빛의 잔치 같았다.

활기찬 부다페스트의 거리를 돌아다니며, 미술관, 장엄한 성당을 관람하고 바찌 거리의 화려한 진열장을 훑어보았다. 조용하고 친절한 사람들을 살피고 부다페스트에 있으면서 내 귀한 꿈이 실현된 것에 아이처럼 행복했다.

갑자기 문이 열렸다. 방안으로 금발의 파란 눈을 가진 아가씨가 들어왔다.

부드러운 하얀 블라우스에 깃에는 단추가 없는 초콜릿 색깔의 외투를 아름답게 차려입었다.

간부가 곧 일어나 상냥하게 인사하고 앉으라고 요청했다. 질문이 시작됐다. 통역가는 단어마다 통역했다.

때때로 통역가를 쳐다봤지만 나를 의식하지 않은 듯했다. 간부는 이름이 무엇이고 어디서 왔으며 어떤 목적으로 부다페스트에 왔는지 물었다.

정확하고 분명히 대답했지만, 점점 불안해졌다.

날카로운 이빨로 나를 씹으려는 넓은 바닷속 상어들 사이에 있는 것처럼 두려움이 나를 딱딱하게 만들었다.

간부는 이미 전처럼 동정적이지 않게 보였다.

나를 심문(審問)하며 믿지 못하듯이 나를 살폈다.

질문은 꽤 길게 이어졌다.

식료품점에서 훔치다 잡힌 거지처럼 느껴졌다.

부다페스트에 관광차 왔다고 설명할 수 없었다.

최대한 친절하려고 했지만, 이제는 안 됐다.

오해가 발생했고 내 불안은 검은 비바람 구름처럼 모였다고 확신했다.

갑자기 간부와 통역가가 일어섰다.

방에 나 혼자 내버려 졌다.

가만히 앉아서 감히 돌아볼 용기도 없었다.

아마 어딘가에서 몰래 나를 감시할 것이다. 아니다. 나는 찢어지고 버려진 자루처럼 지쳐 있다. 심하게 더워 땀이 났다. 몇 분이나 혼자 있었는지 모른다.

굴복시키는 파도가 더욱 나를 숨 막히게 했다.

작고 힘없고 남들이 싫어하는 바퀴벌레처럼 느껴졌다. 경찰 간부의 차가운 눈빛은 마치 면도날처럼 나를 자른다. 반대편에 서는 것이 무엇을 의미하는지 알기 시작했다. 헝가리 경찰 간부에게는 내가 불분명한 목적으로 온 외국인이다. 그의 처지에서 나를 보려고 했다.

아마 나도 그렇게 생각했을 것이다.

무력감이 나를 찢었다. 말도 할 줄 모르고 나를 도와줄 사람도 없는 낯선 나라에서 나는 혼자였다.

나를 변호할 수조차 없었다.

그러나 최대한 헝가리 경찰 간부와 서로 이해하기를 원했다. 남자로서 악수하고 눈으로 서로 쳐다보기를 바랐지만, 그 사람의 눈길은 금속처럼 딱딱했다.

그들이 돌아오자 불가리아 대사관으로 전화를 요청했다. 불가리아 직원들이 어떤 반응을 할지 잘 알지 못할지라도 그것이 유일한 희망이다. 경찰 간부와 통역가는 돌아왔다. 아마 매우 불쌍하게 보인 듯했다. 통역가가 나를 친절하게 대하고 하늘빛 눈 속에 따뜻함이 빛나는 것을 볼 때 나는 의자에서 조금 일어나 힘들게 침을 삼켰다. 목 안에 선인장이 있는 듯했다.

불가리아 대사관에 전화하도록 그 여자에게 요청하고 싶

었지만, 경찰 간부가 말하기 시작하자 통역가는 통역을 시작했다. 그는 실수가 있었다고 여권을 돌려주며 설명했다. 통역가와 함께 거리로 나왔다.

5월의 해가 빛나지만 따뜻하지 않았다. 지금처럼 밝은 낮에 슬퍼한 적이 없다. 통역가에게 고맙다고 인사했다.

"당신이 없었다면 무슨 일이 일어났을지 모릅니다."

여자가 조그맣게 웃자 왼쪽 뺨의 작은 근육이 움직였다.

"커피숍으로 초대하고 싶어요. 이미 나쁜 사람이 아니라고 알고 있지요."

범인이라고 말하고 싶었으나. 그만두고 나쁜 사람이라고 말했다.

그 여자가 거절하지 않아 리듬 있는 이름 '**오모니아**'라는 근처 커피숍에 앉았다.

우리 주위에서 사람들은 웃고 이야기하고 모든 것이 유채색 세상과 커피 향에서 헤엄치고 적어도 내게는 그렇게 보였다.

"무슨 일이 생긴 건지 모르겠어요." 하고 통역가에게 물었다.

"유감스럽게 매우 불쾌한 실수입니다." 난처한 듯 나를 쳐다봤다.

"헝가리 경찰은 거대한 국제 마약밀매 조직을 조사하고 있어요. 몽타주에 따르면 불가리아 사람 마약 운반책 중 하나가 선생님과 닮았답니다. 우연의 일치일 수도 있지만 이미 모든 것이 잘 해결되었다는 것이 더 중요하지

요.”

나는 생각에 잠겼다. 아마 나를 감시했지만 나는 자유로운 나라에서 자유롭게 산책하는 것을 상상했다.

“전에는 그렇지 않았어요.” 통역가가 덧붙였다.

“헝가리 사람들은 불가리아 사람을 사랑했지만 지난 몇 년 동안 여러 문제가 생겼어요. 불가리아 사람이 헝가리에서 자동차를 훔치고 마약 운반과 여자 인신매매에 참여했어요.”

“그렇군요.” 나는 우물쭈물 대답했다.

통역가는 아직 그곳을 가서 직접 보지 못했지만 **발라토노** 호수의 색처럼 바다 물빛을 가진 파랗고 푸른 눈을 가진 부드러운 암양을 닮았다.

불가리아 말로 천천히 주의 깊게 말하는 점이 마음에 들었다.

헝가리어처럼 단어 첫음절에 무의식적으로 강세를 준다. 목소리를 들으면서 적어도 그 여자가 아직도 불가리아 사람을 사랑하기만을 바랄 뿐이다.

잘못

도브리 할아버지와 개 **아라보**는 늘 함께 있었습니다.
시니게로보 마을에서는 모든 사람이 그들을 알고 있습니다.
건강하고 튼튼한 도브리 할아버지는 혼자 살고 있습니다.
스스로 요리하고 옷을 빨았습니다.
부인 **델자**는 몇 년 전에 세상을 떠났습니다.
도브리 할아버지의 자녀들은 도시에 살면서 아주 가끔 마을에 왔습니다.
그러나 도브리 할아버지는 자녀에 대해 절대 나쁘게 말을 하지 않습니다.
자녀들의 생활도 쉽지 않음을 알기에 성가시게 하고 싶지 않기 때문입니다.
도브리 할아버지는 정원을 손질하고 몇 마리 암탉과 양을 키웁니다.
아침부터 밤늦게까지 일합니다.
아라보가 항상 옆에 있어 외로울 틈이 없습니다.
도브리 할아버지는 그것들과 함께 얘기도 나누고 토론도 하느라 시간 가는 줄 모릅니다.
시니게로보 마을에서 태어난 도브리 할아버지는 살면서 오직 두 번 마을을 떠난 적이 있습니다.
첫 번째는 젊었을 때 시니게로보 마을에서 아주 먼 남쪽 국경선에 있는 군대에서 복무했고
그리고 두 번째는 아파서 도시에 있는 병원에서 일주일

내내 지냈습니다

그때 허리가 아파서 일어나거나 걸을 수가 없었습니다.

의사들은 좌골 신경통이 있다고 말했습니다

그러나 도브리 할아버지는 그때는 젊었기에 모든 것이 지나가고 다시 건강해졌습니다.

다시는 병원에서 지내지 않겠다고 스스로 다짐했습니다.

아라보와 함께 집에 있고 싶어 했습니다.

아라보는 마당과 집 그리고 가축들을 지키고, 도브리 할아버지는 아들처럼 아라보를 예뻐했습니다.

빵을 먹지 않고 지낼 준비를 했을지라도 아라보에게는 항상 음식을 먹여 결코 배고프게 두지 않았습니다.

2년 전에 아라보는 커다랗고 겁먹은 눈을 가진 작고 검은 강아지였습니다.

도브리 할아버지의 동생의 손자 **이바노**가 가져왔습니다.

그 당시 도브리 할아버지는 개가 없었습니다.

도브리 할아버지는 이바노가 작은 솜털같이 부드러운 공을 가지고 왔을 때 놀라서 물었습니다.

"이바노, 무엇을 가지고 왔느냐?"

"강아지를 데려왔습니다."

"강아지를?"

"할아버지가 도브리 할아버지는 개가 없다고 이 강아지를 데려다주라고 말씀하셨어요."

"좋구나! 이름이 무엇이니?"

"할아버지가 말씀하지 않으셨어요."

"이리 줘 봐!"

도브리 할아버지는 강아지를 들고서 "매우 검구나, 이바노. 아라보라고 부르자. 아랍인처럼 검은색이니까."라고 말했습니다.

그날부터 아라보는 도브리 할아버지 집에서 살기 시작해 둘은 헤어질 수 없게 되었습니다.

서로 쳐다보는 것만으로 서로 이해할 정도였습니다.

그렇게 2년이 지났습니다.

이번 겨울, 크리스마스와 새해가 되기 전에 도브리 할아버지는 닭장 주변에서 여우의 발자취를 보았습니다.

'마음에 들지 않는데' 하고 혼잣말했습니다.

발자취를 살펴보고 '어떻게 여우가 닭장 안으로 도둑질하러 들어오고 아라보는 알아채지 못할 수가 있지?' 하고 매우 놀랐습니다.

도브리 할아버지는 아라보가 아주 작은 소음조차도 알아차린다는 것을 알고 있었습니다.

동물이나 사람이 집 옆의 길을 지나면 곧바로 짖었습니다.

며칠 뒤 어느 아침에 도브리 할아버지가 암탉에게 사료를 주러 가서 암탉 한 마리가 없어졌음을 알았습니다.

닭장에는 닭 깃털이 가득했습니다.

여우가 잘 가져갔습니다.

여우가 훔치러 와서 마음에 든 암탉을 잡았는데

조용하게 누구의 방해도 받지 않고 맛있는 전리품을 챙겨 갔습니다.

아라보는 또다시 알아차리지 못했습니다.

그 사실 때문에 크게 화가 났습니다.

여우가 암탉을 잡아가서가 아니라 아라보가 닭장을 지키지 못해 화났습니다.

'어떻게 그럴 수 있지'

도브리 할아버지는 불평하면서 개를 꾸짖었습니다.

'이것이 아라보의 의무야. 암탉을 지켜야 해. 그래서 네게 사료를 주는 것이지.

집 안으로 도둑이 들어와서 암탉이 아니라 집에 있는 모든 것을 훔쳐 갈 것이다.

왜 닭장 하나도 지키지 못하는 개가 필요할까?'

도브리 할아버지는 오랫동안 화내고 불평불만 하며 아라보를 찾았지만 아라보는 어디에도 없었습니다.

'이 잠자는 개가 어디에 숨었지?'

모든 마당을 살펴보고 건초더미나 양의 우리도 둘러보았지만 아라보는 어디에도 없었습니다.

도브리 할아버지는 이 점이 이상하다고 느꼈습니다.

아라보는 항상 마당에 있었습니다.

'무슨 일이지? 아라보가 여우를 뒤따라 갔나?'

도브리 할아버지는 거리로 나가서 울타리를 둘러 보았습니다.

눈 위에서 여우와 아라보의 흔적을 발견했습니다.

'어떻게 된 거야?'

도브리 할아버지는 몸을 굽혀 발자국을 더 자세히 살펴

보았습니다.

'아라보가 여우를 따라갔나?'

부드러운 눈 위에 여우의 작은 발자국과 더 큰 아라보의 발자국이 분명하게 보였습니다.

틀리지 않았습니다. 발자국은 매우 선명했습니다.

노인은 집에 들어와서 사냥용 총을 잡았습니다.

'무슨 일이든지 일어날 수 있어. 아마 여우 털을 가질 수 있을 거야.'

도브리 할아버지는 혼잣말했습니다.

어깨에 총을 메고 집을 나섰습니다.

짐작했던 대로 발자국은 집에서 멀지 않은 숲속으로 이어졌습니다.

빠르게 가자 호흡이 더 가쁘기 시작했습니다.

사냥꾼의 열정이 마음에 가득 찼습니다.

숲속으로 들어가서 작은 언덕을 기어올라 강이 있는 계곡까지 계속 갔습니다.

여기서는 발자국을 더 명확하게 볼 수 있습니다.

마치 누군가 하얀 종이 위에 눈 위에 그린 것 같습니다.

도브리 할아버지는 더욱 천천히 조심스럽게 지나갔습니다.

분명 어딘가 근처에 여우와 아라보가 가까이 있기 때문입니다.

왜 개 짖는 소리를 듣지 못하는지 왜 숲이 그렇게 조용한지 도대체 이해할 수가 없었습니다.

'이상하다.

아라보가 여우를 괴롭히거나 둘이 같이 갔나?'

갑자기 작은 소리가 났습니다.

멈춰서 귀를 기울이고 뒤로 천천히 몇 걸음 밟아 덤불 뒤에서 주의 깊게 살폈습니다.

작은 풀밭 끝에 놀라게 하는 무언가가 있었습니다.

아라보와 여우가 서로 반대편에서 쳐다보고 서 있었습니다.

여우는 키가 작고 황적색이며 아라보는 더 크고 검은색이었습니다.

여우와 아라보는 서로 쳐다보듯 움직이지 않고 서 있었습니다.

도브리 할아버지는 '아!'하고 놀랐습니다.

여우와 개는 서로 빙빙 돌기 시작했습니다.

'아!' 하고 놀랐습니다.

때때로 서로 부리를 가까이 대거나 꼬리를 흔들었습니다.

양편이 서로 뛰고 나중에 갑자기 멀어졌다가 다시 뛰었습니다.

도브리 할아버지는 자세히 주의해서 놀라운 듯 살펴보았습니다.

'사랑을 닮았구나'혼잣말했습니다.

살면서 처음으로 여우에게 구애하는 개를 보았습니다.

여우가 교활하다고 사람들이 말하는 것은 아마 우연이 아닙니다.

노인은 생각했습니다.

풀밭에 희미한 1월의 해가 빛나고 있었습니다.

아라보와 여우는 사랑의 장난을 계속했습니다.

갑자기 여우가 귀를 들었습니다.

아마 바람이 불어 도브리 할아버지의 냄새를 맡았거나 어떤 소음을 들었을 것입니다.

여우는 꼬리를 흔들며 숲속으로 갔습니다.

아라보만 풀밭에 남아있었습니다.

개가 몸을 돌렸습니다. 도브리 할아버지는 덤불에서 나와 아라보에게 다가갔습니다.

아라보는 움직이지 않고 서서 할아버지를 쳐다보았습니다.

눈에는 잘못한 느낌이 보였습니다.

개는 무엇을 해야 하는지 알았을 것입니다.

이제 도브리 할아버지는 매우 화를 내며 소리치기 시작했습니다.

'부끄러운 줄 알아라! 집을 지키는 대신 사랑을 했구나! 이제 총으로 쏴 죽이겠다.

너를 먹여 주었는데 여우를 닭장에 들어가게 하다니.'

아라보는 움직이지 않았습니다.

어쩌면 지금 아라보는 행복한 순간을 겪고 있었으며 무슨 일이 일어날지는 중요하지 않았습니다.

이것이 노인을 더욱 화나게 했습니다.

노인은 총을 들어 아라보를 겨누었습니다.

하지만 쏠 힘이 없었습니다.

도브리 할아버지는 한숨을 쉬고 총을 어깨에 멘 채 마을로 돌아왔습니다.

마지막 미소

야나의 엄마는 야나가 열다섯 살 때 세상을 떠났습니다.
엄마를 땅에 묻은 1월의 어두운 날을 아직도 기억하고
절대 잊지 않을 것입니다.
장례식에 참석 한 사람은 거의 없었습니다.
엄마의 여자 친척과 이웃 여자 몇 명에 아빠의 사촌 두
명이 참석했습니다.
무덤을 판 사람들이 관을 들어서 무덤으로 가져갔습니다.
야나는 마지막으로 엄마의 창백한 얼굴을 보았습니다.
엄마는 웃으며 서둘러 다른, 더 나은 세상으로 간 것처
럼 보였습니다
이 순간 갑자기 든 생각은 뜬금없고 끔찍했습니다.
이 생각을 잊어버리고 마음 어딘가에 깊이 숨기려고 했
지만 그러지 못했습니다.
엄마를 기억할 때마다 이 생각이 항상 헤엄쳐 나왔습니다.
엄마의 창백하고 차디찬 얼굴에서 다시 미소를 본 것처럼
이 세상을 더 빨리 떠나려는 엄마의 소망을 보았습니다.
아무에게도 자신의 느낌을 말하지 않았습니다.
장례식이 끝나고 아빠와 함께 집으로 돌아와, 눈 덮인
마당을 보면서 오랫동안 창가에 서 있었습니다. 키가 큰
검은 색의 십자가를 닮은 나무를 쳐다보면서 엄마 없이
이제 어떻게 살 것인지 고민했습니다.
집안의 비어있는 두 개의 방은 너무 크고 추웠습니다.

건설 노동자인 아빠는 열심히 일했고, 부모님은 좋은 아빠와 엄마가 되려고 노력했지만, 항상 잘 된 것은 아닙니다.

아빠는 종종 저녁 늦게 일터에서 돌아와 TV 앞에 앉았습니다.

몇 분 후 고개를 숙이고 잠들었습니다. 그러면 야나는 오래된 모직 침낭을 가지고 아빠를 덮고, TV와 전등을 조용하게 손끝으로 끈 뒤 방을 나왔습니다.

6월 초순 어느 저녁에 아빠는 평소보다 일찍 집에 돌아왔습니다. 나일론 가방에 살라미 소시지, 돼지고기, 바나나를 가지고 왔습니다. 야나는 놀라서 쳐다봤습니다. 정말로 가끔 아빠는 그만큼의 먹을 것을 사 왔습니다. 보통은 야나에게 돈을 주면 야나가 필요한 먹을 것을 샀습니다. 저녁을 먹기 전에 아빠가 말씀하셨습니다.

"앉아서 이야기를 나누자."

걱정스럽게 아빠를 바라보았습니다.

엄마가 돌아가신 뒤 둘은 거의 대화하지 않았습니다.

오직 저녁에 때때로 전기나 물에 대한 요금을 냈는지 학교에서 시험을 보았는지 물어보았습니다.

지금 아빠는 야나와 함께 이야기하고 싶어 분명히 준비한 듯했습니다.

엄숙하고 즐겁게 대화하기를 진짜 원한 듯 보였습니다.

굳은 표정으로 탁자 옆 아빠 앞에 앉아 쳐다보았습니다.

강한 근육질의 팔과 석탄처럼 검은 눈을 가진 거구의 아빠는 마음씨 좋은 큰 곰을 닮아, 조금 느리고 어수선했습니다.

아마도 용기를 내려고 브랜디를 잔에 따른 뒤, 술 취하지 않으려고 살라미 소시지 조각을 포크로 찔러 브랜디를 마시고 야나를 쳐다보았습니다.

야나는 고개를 숙이고 앉아 있었습니다.

"한 달 뒤면 8학년이 끝나는구나."

천천히 아빠가 말을 시작했습니다.

"더 무엇을 배우고 싶니?"

야나는 생각에 잠겼습니다.

대화가 여기에 관한 것인지 기대하지 않았습니다.

더 배우고 싶지만, 아직 무엇을 할 것인지 결정하지 않아 아빠에게 대답할 수 없었습니다.

"생각하지 않았니?"

"예" 야나는 솔직하게 대답했습니다.

"네가 원하는 것을 배울 수 있도록 내가 가능한 모든 일을 하리라고 알고 있지?"

"예."

"내 생각에는 **케미야** 기술 교육원에서 배우면 가장 좋겠구나.

나중에 케미야 연구실에서 일할 수 있어.

일도 어렵지 않고 젊은 아가씨에게 적당해.

네 엄마도 그 일을 했단다."

"좋아요." 야나는 동의했습니다.

그렇게 아빠는 야나가 무엇을 배워야 할지 정해주었습니다. 케미야 기술 교육원 입학이 허락되어 가을에 학생이 되었습니다.

공부하면서, 집에 대해서도 신경을 썼습니다.

아빠는 일하느라 야나에게 더 시간을 낼 수 없었습니다. 전처럼 거의 대화도 하지 않고 지냈습니다.

한번은 모르는 여자가 아빠에게 전화했습니다.

"**샤피로브** 씨인가요?"

"예"

"저는 **엘레노마**입니다. 야나가 다니는 교실의 책임자인데 따님 문제로 만나서 상의할 것이 있습니다. 언제 학교에 오실 수 있나요?"

"오늘이요."

이날 저녁 아빠는 더 빨리 집에 돌아왔고, 야나는 뭔가 기분 나쁜 일이 일어날 것을 금세 알아챘습니다.

아빠의 얼굴이 어두웠고 짙은 눈썹이 석탄같이 검은 눈에 무거운 그림자를 만들었습니다.

야나에게 다시 대화하자고 말했습니다.

그러나 전에처럼 무엇을 사 오지는 않았습니다.

아빠와 야나는 빈 탁자를 사이에 두고 마주 앉았습니다.

"어느 학교에서 배우고 있니?"

야나는 아빠가 모든 것을 알고 있다고 곧 눈치챘습니다.

"단과대학입니다."

"그러면 케미야 기술 교육원은 아니니?"

"그곳을 떠나 단과대학에 등록했습니다."

"언제?"

"2학기 때요."

"왜?"

"케미야 기술 교육원이 마음에 안 들었어요."

"왜 말하지 않았니?"

"아빠를 성가시게 하기 싫어서요. 정말 아빠는 내가 원하는 것을 배울 수 있도록 모든 것을 해 주신다고 말씀하셨어요."

"그래, 그런데 오늘 교실 책임자가 전화해서 학교로 나를 불렀단다. 나는 케미야 기술 교육원에 갔었지. 거기에 엘레노마라는 이름의 교사가 없었어."

"예, 맞아요."

"아직 내가 모르는 것이 있니?

교실 책임자인 엘레노마 선생이 나하고 무엇을 상의하자고 하는지 말해 주거라."

"잘은 모르지만, 아빠를 알고 싶어서 일 거예요."

"단지 그것뿐이라면 좋겠구나.

내일 단과대학에 있는 교실로 갈게."

엘레노마 선생님은 젊지 않았습니다.

50살 정도로 보이고, 은색 머리카락을 가지고 키는 작았습니다.

밝고 좋은 눈길로 야나의 아버지를 주의 깊게 쳐다보았습니다.

"야냐에 대해 말씀드리려고 오시라고 했습니다."

"예"

"야나는 2학기 초부터 우리 교실에서 배우고 있습니다.
열심히 공부해서 평가는 거의 만점입니다.
다만 가끔 수업 시간에 빠집니다.
야나와 이야기를 나눠 보고 놀랐습니다. 일주일에 3일
수, 금, 토요일에 야나가 어느 카페에서 아르바이트로 일
하고 있습니다. 그 사실을 알고 계십니까?"

"처음 들었습니다." 아버지는 놀라서 대답했습니다.

"예, 짐작대로군요. 부인이 돌아가시고 야나하고 대화하
기가 쉽지 않다는 것은 압니다."

"저 역시 힘듭니다. 엄마와 딸은 더 쉽게 대화합니다."

"도와드리고 싶습니다.
얼마나 열심히 배우고 일하고 집안일을 하고 있는지 야
나를 칭찬하고 싶습니다."

"몰랐습니다. 가끔 저와 대화를 나누지만, 매우 말이 없
는 성격입니다."

"두 분을 돕고 싶습니다."
다시 엘레노마 선생님이 말했습니다.
저녁에 식탁에 여러 가지 맛있는 음식을 차렸습니다.
아빠는 다시 잔에 브랜디를 따르고, 포크로 살라미 소시지
를 찍어 브랜디를 한 모금 마시고 쳐다보며 물었습니다.

"왜 일하고 있니?"

"맘에 들어서요." 간단하게 대답했습니다.

"엘레노마 선생이 너는 공부를 잘 하지만 때때로 수업에 빠진다고 말하더라."

"다시는 안 빠질게요."

"선생님이 너를 칭찬하더라." 아빠는 조그맣게 웃었습니다. 아마 아직도 뭔가 더 말하고 싶었지만 입을 다물었습니다. 야나는 아빠를 쳐다보면서 작은 웃음 때문에 창백한 엄마의 얼굴과 엄마를 묻기 전에 짧은 순간 본 미소가 다시 생각났습니다.

지금 야나는 그때 엄마가 '너는 잘 해낼 거야. 믿는다.' 라고 아마 속삭이고 싶었음을 깨달았습니다.

타냐의 자살

"**빅토르**, **타냐**는 이제 겨우 20살밖에 안 됐어요.
당신은 왜 그렇게 행동했나요?"
밀레나는 속삭이며 머리를 옆으로 돌렸습니다.
빅토르는 운전하면서 조용했습니다.
'무엇을 말할까 어떻게 설명할까?'
밀레나는 들으려고도 원하기조차 않았습니다.
이미 이틀에 걸쳐 집에 있는 전화기에서는 벨 소리가 쉴
새 없었습니다.
빅토르는 수화기를 들지 않고, 항상 밀레나가 들어 차가
운 소리로 말했습니다.
"여보세요!"
상대편에서 무언가를 물었습니다.
"아니요! **키테브** 박사가 여기 살지 않아요." 대답하고 빅
토르를 쳐다봤습니다.
그러나 빅토르는 소파 위에 앉아 TV를 보면서 움직이지
않았습니다.
빅토르와 밀레나는 서로 말하지 않고 집에서 그림자처럼
있었습니다.
아침에 둘은 서로 모르는 동거인처럼 욕실 앞에서 자기
차례를 기다렸습니다.
먼저 밀레나가 욕실에 들어가고 샤워기 물소리가 샤 하
고 소리가 나는 동안 빅토르는 테라스에 있는 작은 탁자

에 앉아 커피를 마시며 담배를 피웠습니다.

가을날 해가 검은 구름 사이로 비쳤습니다. 해는 잠깐 나타나 마치 무거운 커튼 뒤로 숨듯이 다시 사라졌습니다. 얼마나 오랫동안, 한 시간이나 하루 거기 머물지 아무도 모릅니다.

집 주위는 손으로 그린 예술 작품을 닮았습니다.

회색으로 그린 우중충한 도시 풍경, 그 배경 위에는 제각각으로 생긴 고층건물들, 앙상한 가지를 가진 검은 빛의 나무들, 빠르게 사람을 나르는 전차들이 보입니다.

빅토르는 탁자에 앉아 담배를 피우며 밖을 쳐다보았습니다. 하지만 그 풍경이 낯설게만 느껴졌습니다.

어디 먼 상상의 점에 생각을 고정하였습니다.

밀레나가 욕실에서 나왔습니다. 문이 열리고 방으로 들어가는 소리를 빅토르는 들었습니다.

밀레나는 수건을 들고 하얗고 부드러운 욕실용 가운을 걸쳤습니다.

몇 발자국 떼어 옷장 앞에 서서 머리를 말렸습니다.

작은 수건으로 검은 새의 날개를 닮은 머리카락을 말렸습니다.

물방울이 이슬처럼 평평한 이마에 맺혔습니다.

눈썹이 젖었습니다.

푸른 눈으로 천장을 쳐다 봅니다.

등지고 테라스에 앉아있는 빅토르를 쳐다보지 않습니다.

방에서뿐만 아니라 집에서도 혼자 있는 것처럼 움직입니다.

머리와 얼굴을 말린 후에 천천히 욕실용 외투를 벗어 의자에 던져 놓았습니다.

벗은 채로 말입니다.

빅토르는 쳐다보지 않지만, 이 순간 밀레나의 벗은 몸이 박하 향기 나면서 얼마나 매력적인지 느낍니다. 어깨, 유방, 배, 넓적다리가 얼마나 매끈하고 둥근지 빅토르는 밀레나 몸의 따뜻함을 느낍니다.

밀레나는 몸을 말린 뒤 옷을 입기 시작합니다.

속바지, 브래지어, 블라우스, 치마를 걸칩니다.

옷을 입는 이런 의식을 천천히 하면서 정확하게는 빅토르를 자극하려 하는 듯 보입니다. 비록 등지고 있지만, 빅토르가 자신의 움직임을 느끼고 있음을 잘 알고 있습니다.

옷을 입고 테라스로 나왔습니다.

"커피 준비했어요." 빅토르가 말했지만 밀레나는 조용했습니다.

커피 봉지를 들고 잔에 커피를 채운 뒤 탁자에 앉았습니다. 담배에 불을 붙이고 해가 숨어 있는 잿빛 구름을 쳐다보았습니다. 아마 이 순간에 밀레나는 해가 무거운 구름 뒤에 숨어서 온종일 있을 것인지 나올 것인지 궁금했습니다.

밀레나는 커피를 다 마시고 일어나서 방에 있는 거울로 가 화장을 시작합니다.

화장용 연필로 눈과 젖어 부드러운 입술의 깊이를 강조

합니다.

다음에 비옷 외투를 입고 손가방을 들고 나갑니다.

'안녕'이나 '다음에 또 봐' 하는 말도 없이 빅토르를 쳐다보지도 않습니다.

빅토르는 먼 상상의 점을 쳐다보면서 테라스 작은 탁자에 앉아 있습니다.

이제 조용함을 느낍니다.

적막이 무겁게 다가옵니다.

벌써 시간이 되어 빅토르 역시 준비해야 합니다.

욕실로 들어가 씻고 면도를 하지만 자동으로 합니다.

생각은 어딘가를 헤엄치고 있습니다.

무슨 생각을 하고 있는지 확실하지 않습니다.

양심을 지나 갖가지 말과 얼굴, 지나간 날들이 뛰어갑니다.

지친 것을 느낍니다.

속옷, 바지, 넥타이, 웃옷을 입었습니다.

불편한 금속 옷에 갑옷을 입은 듯했습니다.

집을 나왔습니다.

밖에는 해가 조금 구름을 뚫고 누런 전등처럼 매우 높이 어딘가를 비추고 있습니다.

저녁에도 똑같은 일이 일어납니다.

밀레나가 빅토르보다 먼저 일터에서 돌아옵니다.

방에 TV 앞에 앉아서 뉴스를 봅니다.

빅토르가 문을 열고 들어옵니다.

'안녕'하고 말합니다.

그러나 밀레나는 대답하지 않고 쳐다보기조차 않습니다.
밀레나 곁에 서서 말을 걸거나 뭔가 물어보고 싶습니다.
신문에서 기자들이 쓰듯이 TV에서 사람들이 말하듯 그렇지 않다고 다시 설명해야 합니다.
이미 수백 번이나 모든 것을 말했지만 밀레나는 듣지 않고, 계속 싫은 듯 역겨운 듯 쳐다봅니다.
빅토르는 기념비처럼 방 가운데 섰습니다.
무엇을 해야 할지 모르겠습니다.
아무 생각이 없습니다.
TV를 보기도, 라디오를 듣기도, 책을 읽기도 싫습니다.
방에 있는 탁자로 가니 탁자 위에 어느 신문이 놓여있음을 알아챘습니다.
꼭 보라는 듯이 그렇게 탁자 위에 놓여있습니다.
첫 페이지에 큰 글씨로 이렇게 쓰여 있습니다.
'교수에게 버림받은 여학생, 나중에 자살하다.'
빅토르는 참을성 없이 말합니다.
"구역질 나는 거짓말이야."
신문을 들고 찢었습니다.
밀레나는 고개를 돌리고 미운 듯 빅토르를 쳐다보았습니다.
빅토르는 밀레나 앞에 섰습니다.
"이것은 나를 반대하는 구역질 나는 공격이야.
내 인생을 파괴하고 무효시키려고 원하는 반대자들이 잘 짜놓은 저질의 기사야." 라고 다시 말하고 싶었습니다.
아마 원한다는 단어가 정확하지 않습니다.

벌써 많이 무효화 되었습니다.

삶도, 가족 역시 찢어졌습니다.

아직 내게 무엇이 남았는가?

누군가 높은 계단으로 밀어 지금 멈추지 않고 계단 위로 굴린다고 끔찍하게 느꼈습니다.

얼마나 오랜 시간이 걸릴지 아무도 모릅니다.

계단은 매우 높습니다.

이해하고 믿어줄 유일한 사람은 아내 밀레나뿐입니다.

그러나 모든 삶에서 결코 본 적이 없는 것처럼 쳐다보기조차 원하지 않고 있습니다.

빅토르는 둘이 모두 학생이었을 때 밀레나를 알게 되었습니다.

겨울에 개처럼 벌벌 떨면서 작은 다락방에서 그 당시 살았습니다.

숄이 있는 외투를 입은 채 시험공부를 했습니다. 저녁에 작은 침대에 들어갈 때면 조금이라도 따뜻하게 하려고 서로 세게 껴안았습니다.

빅토르는 추위에 떠는 참새 같은 밀레나의 작은 손을 잡고 입으로 따뜻하게 데워 주었습니다.

그때는 리듬 있게 숨 쉬는 공통의 심장을 가진 것처럼 한 사람이었습니다.

언젠가 빅토르가 잘 지내지 못하고 열이 있어 미루나무처럼 떨었습니다. 밀레나가 모든 이불을 모아 덮어주었지만 열 때문에 계속 이빨을 부딪치며 덜덜 떨었습니다.

차를 끓여 집에 있는 유일한 치료제 아스피린과 함께 주었습니다. 그리고 의사를 찾으러 갔습니다. 20분 뒤 의사와 함께 돌아왔습니다. 빅토르는 밀레나가 어디에서 의사를 찾았는지 모릅니다.

아마 집에서 쉬고 있는데 밀레나가 오도록 설득시키는데 성공한 것입니다.

의사가 처방전을 쓰고 밀레나는 바로 약을 사러 나갔습니다. 돌아와서 차를 끓이고 치료제를 주고 모든 시간 침대 옆에 앉아 뜨겁게 땀 흘리는 빅토르의 이마를 적셔 주었습니다.

지금은 보거나 듣기조차 원하지 않습니다.

"우리 저녁 먹을까?" 빅토르가 물었습니다.

"배고프지 않아요."

밀레나가 거칠게 대답했습니다.

빅토르는 부엌으로 가 보드카 병을 들었습니다.

잔에 조금 따르고 탁자 옆에 앉았습니다.

그러나 빅토르는 술은 마시지만 즐길 생각은 없습니다.

술을 절대 좋아하지 않습니다.

혼자 마시지도 않습니다.

친구와 함께 있을 때 조금 마십니다.

그러나 혼자는 절대 안 마십니다.

지금 한 모금이라도 마셔보려고 하지만 잔을 두고 냉장고 안을 살폈습니다.

저녁 거리가 아무것도 없습니다.

어제 밀레나는 온종일 무엇을 먹었을까? 안 먹었을까?
빵을 여러 조각으로 자르고 버터를 바르고 빵 위에 살라
미 조각을 두 개 얹었습니다.
아마 이 정도면 충분합니다.
보드카가 가득 찬, 마시지 않은 잔을 들고 부엌 탁자에
조금 더 머물렀습니다.
뒤에 일어나서 전등을 끄고 침실로 갔습니다.
밀레나는 다른 방에서 TV 앞에 있는 소파에서 자고 있
습니다.
빅토르는 옷을 벗고 어두운 방에 누워있습니다.
천장을 쳐다보았습니다.
밖에는 가로등이 희미하게 레몬 빛을 비추고 있습니다.
빅토르는 창문 커튼을 좋아하지 않습니다.
절반 정도로 밝은 곳에서 자는 습관이 있습니다.
그러나 밀레나는 완전히 어두운 방에서만 잘 수 있습니다.
그래서 침대로 들어가기 전에 두 개의 두꺼운 창문 커튼
을 열심히 정확하게 항상 쳤습니다.
빅토르는 누워 타냐에 대해 생각했습니다.
그 일이 어떻게 일어났는지 알 수 없습니다.
타냐는 빅토르가 가르치는 학생이었고 자살했습니다.
높은 집 15층에서 뛰어내렸습니다.
타냐가 빅토르를 사랑해서 자살했다고 사람들이 말합니다.
신문이 그렇게 쓰고 TV가 보도했습니다.
타냐가 자살하는 날 빅토르 집의 전화기는 울리기를 멈

추지 않았습니다.

빅토르가 타냐를 몇 번 만난 것은 사실입니다.

졸업에 관해 상담했고 타냐는 대학에 있는 교수연구실에 와서 졸업 관련해서 문제를 상의했습니다.

빅토르는 깨어났습니다. 머리가 무거웠습니다.

커피를 타려고 부엌으로 갔다가 커피가 준비된 것에 놀랐습니다.

오늘은 밀레나가 먼저 일어나서 그것을 준비했습니다.

빅토르는 찻잔에 커피를 따르고 마시기 위해 테라스로 나가서 오늘의 첫 번째 담배에 불을 붙였습니다.

밀레나는 벌써 테라스에 있습니다.

매우 일찍 일어난 듯했습니다. 머리카락이 젖어있는 것을 보니 이미 목욕도 마쳤습니다.

밀레나는 옷을 입고 나갈 준비를 했습니다.

빅토르는 조용히 앉아서 담배에 불을 붙이고 창문 밖을 쳐다보았습니다.

오늘은 날이 분명히 더 밝습니다.

무거운 구름은 이미 없어졌고 해가 빛납니다.

약한 바람이 붑니다.

해가 빛나는 가을날입니다.

갑자기 밀레나가 말했습니다.

"같이 나가야 해요."

빅토르는 머리를 들고 놀라서 밀레나를 보았습니다.

"어디로?" 하고 물었습니다.

"오늘이 타냐 장례식이에요."

빅토르는 무감각하게 밀레나를 쳐다보았습니다.

"당신은 그 학생의 교수니 참석해야 해요."

밀레나가 말했습니다.

빅토르는 당황해서 무엇이라고 대답할지 몰랐습니다.

"함께 갈게요." 밀레나가 말했습니다.

둘 다 집에서 나와 차를 탔습니다.

빅토르가 운전했습니다.

밀레나는 옆자리에 앉았습니다.

둘은 어디 먼 상상의 지점, 두 개의 다른 방향을 쳐다봅니다.

협상

데메트로는 가을을 좋아한다.

날이 더 시원해지고 하늘은 파란 호수에 비쳐서 더욱 맑고 나무는 횃불처럼 불타고, 모과나무, 사과나무, 밤나무의 잎들은 화려하고 포도는 좋은 냄새가 나며 묵직하다. 아침에 작업실 참나무 문이 열리기 전 데메트로는 입구에 서서 마치 일할 힘을 주는 것 같은 소나무 숲이 있는 언덕을 바라보았다.

발칸의 작은 마을에 도착한 뒤 삶은 바뀌었다.

마을 광장을 가로질러 흐르며, 밤이나 낮이나 쉬지 않고 노래하는 계곡 물소리에 흠뻑 젖어있다.

데메트로는 장교였는데 해고당했다.

주 정부는 더는 그렇게 많은 장교가 필요하지 않았다.

아내 **나디아**는 떠났고 데메트로는 부모님 집인 이곳을 직접 조금 수리하여 돌아왔다.

이미 학창 시절부터 나무 조각을 좋아했다.

몇 시간 동안 나무를 가지고 동물이나 꽃을 조각했다.

손에서 나무는 숨을 쉬고 사랑하는 여자처럼 떨었다.

데메트로는 새로운 성당 '**성 게오르고**'의 제단을 만들었고 지금은 역사박물관이 된 옛 시청의 천장을 조각했다. 그리고 조각상을 그리기 시작했다. 상점가에 작업실을 빌렸다. 거기에는 은과 금 장식품, 구리와 점토로 된 그릇을 만드는 여러 장인의 상점이 있다.

일할수록 창조하려는 욕구가 불타올라. 저녁에 상점가에서 마지막으로 작업장을 떠났다.

밤에 데메트로는 작은 나뭇가지와 꽃무늬 꿈을 꾸고 나중에 나뭇조각으로 엮어낸다.

이제 자연의 선물이 무엇인지 알아차렸다. 그것은 뜨거운 여름날의 갈증과 닮았다. 마시고 또 마셔도 갈증을 해소할 수 없다.

가을이 시작되면 눈길은 멀리 내다보고 손은 더 힘이 세지고 단단해지며 마음은 가벼워 새처럼 하늘 높이 날아간다.

데메트로는 문을 열고 기뻐 외치듯 소리 질렀다.

작업장으로 들어가 거리를 향하고 있는 창을 활짝 열고, 나중에 파란 작업복을 걸치고 커다란 참나무 탁자에 앉았다.

오늘 호텔 '플라타노'의 소유주 **드라고로브**가 주문한 성모상 조각을 마무리해야 한다.

드라고로브는 성당에 이 조각상을 기증하고 싶어 크고 무겁게 정통 규범에 따라 만들도록 주문했다.

조각상 위에 기대어 일하면서 데메트로는 거리의 소음을 들었다.

또 아마 작은 마을을 둘러보며 지나가는 외국인 무리일지 모른다.

데메트로는 고개를 조금 들어 외국인의 통역가가 누구인지 보려고 창밖을 바라보았다.

'**넬리**인가?' 2주 이상 보지를 못 해 이제 참을성 없이 기다리고 있다. 데메트로가 나이든 외국인들의 다양한 무리 속에서 넬리를 알아차리고, 손이 부드러워지고 얼굴은 빨개졌다.

넬리는 26살이나 28살로 자그마하고 계곡물의 송어처럼 활달하다.

갈색 머리카락은 맨살의 어깨를 어루만지고 아몬드 모양의 눈은 진주처럼 빛났다. 하얀 드레스는 햇볕에 그을린 아름다운 허벅지를 보여준다. 넬리는 데메트로에게 작게 찰랑거리는 생수 샘 같은 감정을 불러일으켰다. 넬리를 사랑하고 아마도 넬리 역시 자신을 사랑한다고 데메트로는 마음을 숨길 수 없었다.

1년 전에 처음으로 넬리를 보았다.

그때 넬리는 독일 관광객들과 함께 작은 마을에 왔다.

전혀 기대하지 않게 작업장 입구에 서서 물었다.

"우리가 들어가서 작업장을 둘러볼 수 있나요?"

데메트로는 독일인들을 초대하였고 그들은 조각상과 나무 조각품을 주의해서 살펴보았다.

나가기 전에 조각상과 나무 조각품을 샀다.

데메트로는 많은 돈을 벌었다.

그때부터 넬리는 자주 작은 마을에 관광객들과 함께 왔고 데메트로 작업장 보여주는 것을 잊지 않았다.

스웨덴사람, 스페인사람, 그리스 사람이 왔다.

어느 영국 사람은 영국에서 조각상 전시회를 하자고 제

안하기도 했다. 일반적으로 작업장을 둘러본 뒤, 넬리는 관광객들에게 30분간 상점가를 구경하며 산책하라고 말했다.

그리고 둘은 옛날 방식에 따라 뜨거운 모래 위에서 요리한 터키 커피를 마시러 **바실** 아저씨가 운영하는 '**우물가에서**'라는 카페에 갔다.

넬리는 영국과 독일 문헌학을 마쳤다.

"나는 언어를 좋아하고 쉽게 배워요." 넬리가 말했다.

"나는 통역사가 된 것이 마음에 들어요.
끊임없이 차로 여행하고 다양한 사람들을 만나요."

데메트로는 말했다. "나는 끌을 만질 때 내 영혼이 날아가는 것 같아요. 내 손에서 나무는 밀랍처럼 부드럽고 어린아이처럼 초조하고 호기심을 가지고 그것으로부터 무엇이 만들어지는지 기다려요."

데메트로는 넬리가 자신의 말을 잘 알아듣는지 확신하지 못했다.

하지만 넬리는 감탄을 하며 바라볼 때 멋진 장미색 입술이 벌어졌다.

데메트로는 나무로 넬리의 조각상을 새길 생각이라고 말하고 싶지만, 용기가 없다.

오늘 다시 작업장 입구에 넬리가 나타났고 목소리는 구리 종처럼 울렸다.

"안녕하세요, 손님 받으시죠?"

"당연하죠, 들어오세요. 새 조각상과 나무 조각품을 만들었어요."

단체는 오스트리아에서 왔다.

모든 것을 살피더니 관광객 중 일부가 지갑을 꺼내 사기 시작했다.

"또 버시네요." 넬리가 말했다.

오스트리아 사람들이 상점가로 가을 잎처럼 흩어지고 넬리와 데메트로는 바실 아저씨 카페로 들어갔다.

넬리의 하얀 드레스가 백합처럼 떨렸다.

데메트로는 넬리에 대해 오래 생각했고 신중한 계획을 세우고 있으며 결혼을 제안하고 싶다고 말하기를 이미 결심했다.

넬리는 진한 커피를 조금 마시고 데메트로를 쳐다보았다.

"데메트로 씨, 나는 오래전부터 말하고 싶은 게 있어요." 넬리가 말하기 시작했다.

데메트로는 몸을 떨고 땀을 흘리기 시작했다.

넬리가 말하는 것을 중지시키고 자신도 오래전부터 말하고 싶었다고 말하려다가 말을 삼켰다.

감정 때문에 입술은 모래처럼 말랐다.

넬리는 계속 말했다. "내게 생각이 있어요. 나는 자주 당신에게 와요. 당신의 조각상과 나무 조각품을 외국 사람들이 좋아해요. 그래서 항상 많이 사가요."

"예."

"그리고 값을 잘 치러요." 넬리가 덧붙였다.

"나는 모든 외국인 단체와 당신 작업장에 오고 뒤에 우리는 판매수익금을 나누죠. 그렇죠?

반대하지 않으리라 생각해요." 넬리는 조그맣게 웃었다.

데메트로는 고개를 숙였다.

'넬리는 이것을 내게 말하고 싶었는가?'

데메트로는 귀를 믿을 수 없었다.

탁자 위에 커피잔을 놓았다.

반대편에는 작업장의 열린 문이 보이고 거기 큰 참나무 탁자 위에는 성모상이 데메트로를 기다리고 있다.

철 울타리

스테파노가 울타리 옆에 서서 큰아버지 마당을 쳐다봅니다. 튼튼한 울타리는 콘크리트로 되어 있고 1m 높이의 콘크리트 속에 철 막대기가 박혀 있습니다.

아무도 뛰어넘을 수 없고 큰아버지 마당으로 들어갈 수 없습니다.

스테파노는 가끔 마당을 쳐다봅니다.

그곳은 넓어 꽃과 채소가 있고 부드러운 푸른 풀이 자라는 조그마한 흙이 있습니다.

그 위에 나무 탁자와 의자들이 몇 개 있습니다.

여름에는 탁자 주위에 큰아버지, 큰엄마, 손님들이 앉아 자주 이야기를 나누고 먹고 마시기도 했습니다.

스테파노가 철 울타리 너머를 보고 있으면 엄마가 항상 부릅니다.

"스테파노야! 집 없는 개처럼 거기 서 있지 말고 빨리 집으로 들어오너라."

스테파노는 머리를 숙인 채 집으로 들어옵니다.

몇 번인가 사촌 **에밀**과 **이반**이 마당에서 공놀이하거나 탁자 옆에 앉거나 장기를 둡니다. 스테파노는 울타리를 거쳐 보면서 가거나 함께 놀 수 없습니다. 왜냐하면, 아버지와 큰아버지가 서로 싸웠기 때문입니다.

스테파노는 아버지와 큰아버지가 다툰 이유가 무엇인지 모릅니다.

스테파노는 큰아버지가 울타리를 만들기 시작한 날을 기억합니다.

전에는 마당이 넓고 커서 두 형제가 공동으로 썼습니다. 스테파노는 사촌과 조용히 놀고 있습니다.

셋이서 축구 하거나, 딸기나무에서 숨바꼭질하거나, 지금은 큰아버지 마당에 있는 크고 오래된 호두나무에 기어 올라갑니다.

아버지는 여러 해 전에 **디미트로** 할아버지가 호두나무를 심었다고 말씀하셨습니다.

스테파노는 매우 자랑스러웠습니다.

온 동네에서 이렇게 키가 크고 커다란 데다가 강하고 굵은 가지를 가지고 있고, 그 그늘이 마당의 절반이라도 덮는 호두나무는 없어서 스테파노는 매우 자랑스러웠습니다.

전에 스테파노가 에밀과 이반과 함께 놀 때 호두나무가 하늘로 날아가는 비행기인지 크고 성난 파도가 있는 바다에서 항해하는 배인지 상상했습니다.

울타리가 생긴 뒤 스테파노는 사촌과 함께, 지금은 큰아버지 마당에 있는 외롭고 슬픈 노인을 닮은 호두나무에 더는 오르지 못합니다.

큰아버지 **토도르**가 울타리를 만들기 시작한 날은 따뜻하고 해가 밝았습니다.

몇 사람의 남자들이 왔습니다. 그들 중 몇 명은 스테파노가 아는데 몇 명은 이웃 사람이고 몇 명은 아닙니다.

남자들과 큰아버지는 울타리 기초를 위해 땅을 팠습니다. 큰아버지는 키가 크고 튼튼해 곡괭이로 땅을 파는데 마치 바위를 부술 듯해, 스테파노에게는 땅이 고통에 우는 것처럼 보였습니다. 남자들이 칼집을 닮은 긴 고랑을 만들었습니다.

스테파노는 전쟁 중에 병사들이 그런 고랑을 판다고 알고 있습니다.

나중에 남자들이 콘크리트를 붓고 그 안에 철 막대기를 넣었습니다.

튼튼하고 높은 울타리가 되었습니다.

지금 가끔 왜 큰아버지와 사촌들을 이제는 만날 수 없는지 궁금합니다.

큰아버지 토도르는 마치 모르는 사람처럼 쳐다보기조차 안 합니다.

사촌들도 스테파노와 말하지 않습니다. 마을에 사는 다른 아이들은 삼촌, 숙모, 사촌들이 있지만, 스테파노는 마치 혼자인 듯합니다.

실제 사촌이 있지만, 너무 멀게 있는 듯했습니다.

할아버지 마당 한가운데 서 있는 높은 철 울타리가 그들 사이를 갈라놓았습니다.

언젠가 스테파노가 왜 큰아버지가 울타리를 만들었는지, 왜 아버지와 큰아버지는 서로 모르는 듯 말하지 않는지 묻고 싶었습니다.

그러나 용기가 나지 않았습니다.

아버지는 아무것도 대답하지 않으리라고 알았습니다.

강가에 있는 돌을 닮은 빛깔의 커다란 눈으로 스테파노를 쳐다볼 것입니다.

뭔가 다른 것을 이야기하기 시작할 것입니다.

아버지는 조용한 성격이라 말하기를 좋아하지 않습니다.

학교에서 선생님은 학생들에게 가르칠 때만 말을 합니다.

엄마에게 묻고 싶지도 않습니다.

엄마에게 울타리는 항상 거기에 있는 듯이 항상 두 마당을 나누고 있습니다.

몇 년 전에는 마당이 한 개였다는 것조차 기억하고 싶지 않은 듯 보였습니다.

아버지와 달리 엄마는 더 수다스럽습니다.

집에서 가끔 이웃 사람들을 초대합니다.

서로 이야기하며 커피를 마시며 집에 있는 맛있는 것을 먹습니다.

몇 번인가 무슨 말 하는지 들은 적이 있는데 결코 큰아버지와 숙모 이름조차 언급하지 않습니다.

마치 없거나 철 울타리의 반대편 단지 몇 미터 지나 아무도 살고 있지 않은 것처럼 말입니다.

아버지와 큰아버지가 왜 싸웠는지에 대한 질문 때문에 고통스러워 끊임없이 대답을 찾았습니다.

그러나 한 어머니에게 나서 같은 집에서 자라고, 어릴 때 같이 뛰어놀고, 학교에도 같이 다니고 항상 같이 있었는데 갑자기 서로 싸우기 시작해서 서로 쳐다보지도 않고 말도 안 하는지 이유를 찾기 원했지만 두 형제를 이해할 수 없습니다.

정말로 이해할 수 없는 일입니다.

때로 우연히 어떤 단어를 들었지만 싸움의 이유라고 생각할 수 없습니다.

한 번은 가족이 저녁 식사할 때 엄마가 아버지에게 말했습니다.

"시숙이 강가에 열매가 풍성한 땅을 유산 받았는데 당신은 아무 말도 안 했어요."

무슨 땅에 관해 이야기하는지 왜 아빠는 아무 말도 안 했는지 스테파노는 궁금했습니다.

언제나처럼 아버지는 조용하고 엄마의 말을 이해하지 못한 듯 보였습니다. 스테파노는 강가에 있는 어떤 땅 때문에 두 형제가 서로 다투었다고 믿고 싶지 않았습니다.

뭔가 다른 이유가 있을 거야.

그러면 무슨 일일까 계속 생각했습니다.

언젠가 밤에 이상한 꿈을 꾸었습니다.

아빠와 큰아버지의 아버지인 디미트로 할아버지에 대해 꿈을 꾸었습니다.

디미트로 할아버지는 몇 년 전 울타리가 생기기 전에 돌아가셨습니다.

지금 꿈에서 할아버지는 스테파노가 서 있기 좋아하듯 그렇게 울타리 곁에 서 있습니다. 그러나 할아버지는 철 막대기에서 어느 것을 강하게 잡아 콘크리트에서 **빼내려**

고 했습니다.

할아버지는 잡초를 뽑듯 막대기를 화내며 빼냈습니다.

얼굴이 붉어지고 땀 흘리면서 무겁고 깊게 숨을 쉬었습니다.

모피 웃옷을 벗어 울타리 옆 풀 위에 던졌습니다.

검은 눈이 빛나고 눈빛은 굳고 할아버지가 살아있을 때 기억나는 그런 심각함이 있습니다.

"할아버지, 무엇 하세요?"

꿈에서 주저하며 스테파노가 물었을 때 할아버지는 듣지 않고 철 막대기 빼기만 계속했습니다.

조금 뒤에 스테파노에게 눈을 돌리고

"네 큰아버지 토도르가 내게 화를 냈어. 네 아버지만 돌보고 배우도록 돈을 주어 교사가 되었다고 불평했지. 그런데 토도르에게도 기꺼이 돈을 주려고 했었는데 배우기를 원치 않았단다. 정말로 토도르와 네 아버지는 내 아들이야. 그런데도 토도르는 내가 강가에 있는 열매가 풍성한 땅을 유산으로 준 것에 대해 잊어버렸어. 그래서 화가 나서 마당에 철 울타리를 만들었단다.

내가 온 세상에는 울타리가 없단다."

할아버지는 잠깐 쉬려고 철 막대기를 그대로 두셨는데 갑자기 사라졌습니다.

꿈에서 스테파노가 불렀습니다.

"할아버지, 어디 가세요? 울타리가 무너지지 않았어요. 아직 남아있어요."

그러나 디미트로 할아버지는 흔적조차 없습니다.

스테파노는 깼습니다.

다시 할아버지를 보고 묻고 싶었습니다.

"할아버지, 이곳 땅에는 왜 울타리가 있나요?"

막달레노

작은 방은 비어있어 크게 느껴지고 매우 추웠다.

구석에는 냉장고와 난로, 그리고 가까이에 탁자가 있는데 그 위에는 오래된 부엌칼, 접시, 날카로운 칼이 남긴 수많은 줄이 있는 빵 자르는데 쓰는 시커먼 도마가 놓여있다.

줄 가운데 어느 것은 더욱 깊고 다른 것은 그 정도는 아니지만, 모든 줄이 날카롭게 도마 위를 주름 짓게 했다.

잠깐 **막달레노**가 그것을 본다면 자기 마음이 그렇게 주름진 것처럼 느낄 것이다.

옆방에는 엄마가 누워서 신음하고 계신다.

엄마는 막달레노를 불안하게 하지 않으려고 고통의 눈물을 참으려고 했다.

그러나 고통이 하도 심해서 앓는 소리가 작은 피의 조각들로 막달레노 마음을 자르는 듯했다.

이미 삶에서 무엇이 일어나지 않았는가?

아버지는 10년 전 추운 2월의 어느 날 돌아가셨다.

잔인한 남자가 이를 갈듯이 눈송이가 신발 아래서 우두둑 소리를 냈다.

이때 막달레노는 3학년이었고, 이날 학교에 가지 않았다.

기억 속에는 조용하고 커다란 무덤이 아직도 있다.

잿빛 하늘 아래 하얀 묘지 돌은 검은 땅속에 박힌 개의 이빨을 닮았다.

엄마의 손을 잡고 얼어붙은 관을 뒤따라 걸었다.

막달레노보다 나이가 많은 **키나** 언니가 옆에서 걸었다.

눈에 섞여 아교풀 같이 달라붙은 흙이 막달레노의 신발에 모이고 바람은 귀 사이로 시끄럽게 불고 눈송이가 찌르듯이 얼굴 속으로 파고든다.

관에 누워있는 사람이 아버지가 아니라 어느 모르는 남자, 아마 사람도 아니고 사람을 전혀 닮지 않은 존재 같이 보인다.

장례가 끝난 뒤 근심거리가 집 안으로 들어왔다.

검은 머릿수건에 검은 옷을 입은 엄마와 언니는 불 꺼진 양초 같다.

때때로 막달레노는 머리를 들어, 울어서 퉁퉁 부은 붉어진 눈을 바라보았지만, 두 사람은 마치 돌처럼 굳어버렸다.

지금 몇 년 뒤 아버지를 다시 기억해 보려고 했다.

'아빠는 웃기를 좋아했을까? 막달레노가 어린아이였을 때 어깨 위에 올리고 걸어갔을까? 어렸을 때 둘은 손에 손잡고 산책하기를 좋아했을까'를 기억해 내려고 애썼지만 할 수 없었다.

그래서 절망했다.

아버지는 키가 크고 마르고 조용했다.

겨울에 여기 방에서 같은 탁자에 앉아 담배를 피웠다.

'평온한 눈길이라 잘 지내는구나.' 하고 사람들이 추측할 수 있다.

세월이 아버지에 대한 기억을 먼지와 망각으로 덮었다.

막달레노는 다 자라서 선생님이 되어 마을에서 어린이를 가르치고 늘 조용하게 지냈다.

어느 겨울날 '언니가 죽었다.'라고 갑자기 사람들이 말했다. 휘청했다. 차가운 바람이 부드러운 꽃을 뿌리째 뽑아 멀리 던지듯 그렇게 뿌리 뽑힌 듯했다.

재앙이다.

키나 언니가 사고로 죽었다.

막달레노와 엄마만 남았다.

엄마는 도시에 살고, 막달레노는 도시에서 20km 떨어진 마을에서 선생님으로 지내고 있다.

오직 주말에만 서로 만났다.

무덤에 가면 초에 불을 붙이고 무덤 옆에 있는 의자에 앉았다.

그리고 지금 몇 년 뒤 하얀 묘지 돌은 검은 땅속에 박힌 개 이빨을 닮았다.

아버지는 돌아가실 때 젊었다.

키나 언니도 젊었지만, 언니는 살아야만 했다.

언니는 아름다운 웃음을 가지고 있어 웃을 때면 파란 눈이 반짝였다.

언니는 연극을 좋아해서 시에 있는 문화의 집에서 아마추어 연극 단원으로 활동했다.

언니는 무대에서 웃고 뛰는 즐거운 아가씨 역을 항상 맡았다.

공연이 끝나면 항상 언니는 무대 위로 나갔고 그때 관중은 조용해졌다.

하늘을 닮은 파란빛 눈이 빛났고 조용한 웃음이 창백하고 우윳빛 얼굴 위에 소리 없이 흐른다.

연극단은 연극 공연이 열리는 **페보** 마을에 버스로 이동했다.

12월이라 길이 얼어있어 미끄러웠다.

버스가 길을 벗어나 갑자기 흔들리는 사람처럼 방향을 바꾸었다.

길옆에 있는 호두나무와 부딪쳤다.

막달레노는 그 호두나무를 쳐다보았다.

키가 크고 수령이 100년은 되어 보이고 튼튼했다.

호두나무는 아직도 페보 마을에 가는 길옆에 있지만 키나 언니는 이제 없다.

언니 죽음은 엄마를 압박했다.

엄마는 말라 갔고 끓는 물에 데친 나뭇잎처럼 검게 되었다.

엄마가 아파지자 막달레노와 함께 의사를 찾아가기 시작했다.

누구는 이렇게 말하고 누구는 저렇게 말했다.

마침내 의사들은 수도 소피아에 있는 큰 병원에서 치료해야 한다고 결정했다.

"막달레노야? 아빠의 형제인 삼촌에게 전화해서 병원에서 치료하기 위한 검사를 받는 동안 소피아에 있는 집에서 며칠간 지내도록 부탁해라."

엄마가 말씀하셨다.

막달레노는 오랫동안 삼촌과 만난 적이 없다.

삼촌은 소피아에 있는 경찰서에서 어떤 간부로 있으며 막달레노 자신보다 나이 많은 딸과 아들을 두고 있음을 안다.

전화했더니 수화기에서 딱딱한 남자 목소리가 들렸다.

막달레노가 누구라고 말하자 목소리는 훨씬 부드러워졌다.

"정말 막달레노니? 무슨 일이야?

잘 지내고 있니?"

왜 전화했는지 이유를 말했다.

조용하더니 나중에 천천히 돌을 부수듯 말하기 시작했다.

"알겠다. 그러나 우리 집이 크지 않다는 것은 알아라. 내 아들이자 네 사촌인 **도브린**은 이혼을 하고 지금 우리와 함께 살고 있어. 머물 장소가 없구나. 너희 숙모 **요르단카**는 잘 지내지 못하고 아파서 집에 초대할 수 없어."

막달레노는 삼촌이 큰 집을 가지고 있음을 알지만 입을 다물었다.

삼촌은 아직 뭔가를 더 말하고 수화기를 놓았다.

막달레노는 엄마를 성가시게 하고 싶지 않아서, 삼촌이 사는 곳을 수리하느라 초대할 수 없다고 단순하게 말했다.

"**베스카** 이모에게 전화해라." 엄마가 건의했다.

"내 사촌이 아마도 나를 자기 사는 곳에 초청할 수 있을 거야."

막달레노는 전화했다.

하지만 베스카 이모 역시, 무엇을 할지 오랫동안 머리를 쓰더니 결국 초대할 수 없다고 말씀했다.

누구도 막달레노를 도우려고 하지 않지만, 희망을 잃지 않았다.

급류처럼 강하게 몰아닥치는 힘을 느끼기 시작하고 모든 일에 맞설 준비가 되었다.

'그래 돈을 빌려 곧바로 소피아로 가야겠어. 엄마와 함께 호텔 방을 빌리자.' 굳게 결심했다.

'그래, 곧 떠나자.'

엄마를 돌아가시게 하면 안 된다.

반드시 살려야 한다.

이미 아버지와 언니를 잃었는데 엄마까지 잃고 싶지 않다.

온종일 도시를 헤매고 다녔다.

거의 모든 아는 사람, 친척 친구들을 찾아가 엄마를 치료하기 위해 돈이 필요하다고 설명하고 빌려 달라고 청했지만, 소용이 없었다.

모두 돈이 없거나 한 달 뒤에 오라고 대답했다.

그러나 지금 돈이 필요했다.

한 달 뒤에는 늦을 것이다.

이제 병든 엄마와 함께 소피아로 가야 한다. 시간을 놓쳐서는 안 된다. 곧 치료를 시작해야 한다고 사람들이 말한다.

지치고 슬프고 절망에 빠져 도시의 광장 가까이에 서 있다.

점심 무렵이다.

7월의 햇살이 세게 인정사정없이 비추고 있다.

광장은 넓어 마치 끝없는 사막을 닮은 듯 보인다.

광장의 대리석 조각은 눈부시게 빛나고 마치 화산 앞에 서 있는 것처럼 그렇게 뜨거웠다.

갑자기 휘청거리는 것을 느꼈다.

눈앞이 어두워지며 흔들렸다.

도끼에 찍힌 나무처럼 쓰러지지 않으려면 곧 앉아야만 했다.

광장 옆에는 의자가 몇 개 있는 작은 공원이 있다.

매우 열심히 거기로 뛰어갔다.

의자 중 하나에 가까이 다가가 앉았다.

하얀 벽처럼 창백했다.

얼마나 오래 그 의자에 앉아있었는지도 모른다.

눈을 뜨고 더 편안하게 숨을 쉬기 시작해서 주위를 둘러보았다.

몇 미터 떨어진 옆 의자에 젊은이가 앉아있다.

앞에 그림이 있는 것을 보니 아마 화가인 듯하다.

공원 이곳에서 그림을 팔고 있다.

'이 뜨거운 날에 누가 그림을 사 갈까?' 궁금했다.

젊은이는 의자에서 일어나 가까이 다가와 물었다. "어디 아프세요?"

"예" 말하고 싶지 않았지만 대답했다.

"도와드릴까요? 그래요. 저기에서 음료수를 파니 마실 무언가를 곧 가져다드릴게요. 아니면 물을 가져다드릴까요?"

"아니요, 감사합니다." 막달레노가 말했다.
"정말 떨고 있네요. 내가 곧 탄산수를 가져올게요.
내 그림을 지켜주기만 부탁해요. 곧 돌아올게요."
'이 뜨거운 날에 누가 그림을 훔쳐갈까?'
공원에는 아무도 안 보이는데, 막달레노는 혼자 생각했다.
젊은이는 가까운 판매점으로 뛰어갔다.
몇 분 뒤 탄산수 한 병을 들고 돌아왔다.
"이것 마셔요. 너무 더워요. 물을 많이 마셔야 해요."
젊은이는 말하고 물병을 막달레나에게 줬다.
병을 들고 몇 모금을 마신 뒤 갑자기 격하게 몸부림치며
울기 시작했다.
"무슨 일이세요?"
두려운 듯 젊은이가 쳐다보았다.
"아니요!" 눈물을 흘리며 대답하려고 했다.
슬픔이 밀려와 숨 막히게 했다.
누군가에게 모든 것, 아버지에 대해, 언니에 대해, 곧 돌
아가시게 생긴 엄마에 대해 말하는 것이 필요하다고 느
꼈다.
막달레노는 말하고 또 말했다. 젊은이는 들었다.
삼촌, 베스카 이모에 관해 이야기하고 온종일 도시를 다
니며 얼마나 헤맸는지, 돈을 구하려고 했는지 말했다.
어떤 친척도 친구도 빌려주지 않았고, 아무도 도와주기
조차 안 했다.
이야기를 마치자 젊은이는 일어났다.

다음에 천천히 말했다.

"소피아에 제가 거주하는 곳이 있어요.

지금 아무도 살고 있지 않아요.

이거 열쇠 받으세요."

전혀 모르는 젊은이가 열쇠를 빼 들고서 막달레노에게
주었다.

바다별

남자는 키가 작고 뚱뚱하고 대머리였다.

몇 살이나 되었는지 50살 이상인지 50살에 가까운지 짐작할 수조차 없다. 식당은 거의 비어있지만 내가 앉은 탁자에 앉았다.

방금 나는 점심을 마치고 조용히 커피를 마시고 있었다.

모르는 남자가 둘레를 살폈다.

식당에 머물 것인지 아닌지 망설이는 것 같았다.

아마도 우연히 식당에 들어온 듯했다.

기차는 40분 뒤에 올 것이다.

하지만 남자는 기차를 기다린 것 같지는 않게 보였다.

작은 가방이나 여행 가방도 가지고 있지 않았다.

식당에 들어올 때 바지 주머니에 손을 넣고 있음을 알아차렸다.

종업원이 오고 남자는 커피만을 주문했다.

나중에 창밖으로 눈길을 돌렸다.

내게 말 걸기를 원한다고 느꼈지만 남자는 머뭇거렸다.

아마 누군가에게 말을 걸고 싶어 식당에 들어온 듯했다.

나는 말을 걸어오는 것을 반대할 아무 이유도 없다.

나는 지루했고 서둘 것이 없었다.

부드러운 어느 5월 오후 중 하루였다.

해는 천천히 저물고 기차 레일은 하늘색으로 빛나고 철도 침목 사이에 있는 푸른 기름 얼룩은 에메랄드를 닮았다.

낯선 남자는 갑자기 용기를 내서 가는 기침을 하고 어디
로 가는지 물었다.

"**부르가스**에"하고 나는 대답했다.

"저도 부르가스에 갑니다." 말하고 곧 덧붙였다.

"그리고 거기서 **벨마르**로."

나는 남자를 쳐다보았다.

"벨마르에 호텔을 가지고 있어요."

남자가 설명했다.

왜 그것을 말하는지 이해하지 못했다. 자랑하는 건지 아
니면 왜 벨마르에 가는지 설명하고 싶은가?

이 소개 뒤에 편안하게 나와 이야기 나눌 수 있다고 결
정한 듯하다.

무슨 일이 남자를 괴롭혔고 누군가에게 그 사실을 말하
기를 원했다.

왜냐하면 말하지 않으면 이것을 부르가스나 벨마르까지
돌자루처럼 가지고 갈 것처럼 보였다.

"저는 평생 기회가 없었어요."

남자가 숨을 내쉬었다.

"학생일 때도 나중에 일할 때도. 지금 또 기회가 없어요.
신이 용서하고 좋게 기억하여 제 이모는 벨마르 바닷가
근처에 아주 좋은 땅을 유산으로 물려주셨어요. 그래서
저는 거기에 작은 호텔을 짓기로 마음먹었죠. 돈을 빌려
서둘러 지었어요. 호텔은 크지 않지만 2년간 조용하고
편안하게 먹고 살았어요. 지난가을 어느 날 나를 망치게

하는 어떤 일이 생겼어요."

남자는 나를 쳐다보고 깊게 숨을 내쉬었다.

갈색 눈에 두려움이나 아니면 포기의 마음이 언뜻 보였다.

"9월 말에 발생했어요. 여름이 끝나고 마지막 휴양객들도 이미 떠났어요. 호텔은 텅 비었죠. 겨울을 준비했어요. 정말 겨울에는 벨마르에도 내 호텔에도 아무도 오지 않아요.

저녁 8시경에 제가 TV를 보고 있는데 문에서 누가 벨을 눌렀어요. 일어나 나갔지요. 제 앞에 약 18살 정도의 아가씨가 서 있었어요.

나중에야 20살 이상인 것을 알았죠.

저는 아가씨를 쳐다봤어요.

처음에 길을 잃어 다른 무언가를 찾는다고 생각했어요.

하지만 호텔에 빈방이 있냐고 물어보더군요.

호텔이 영업하지 않는다고 이미 문에서 말했어야 했는데 당황했어요.

아가씨가 키가 크고 아름다우며 긴 금발 머리에 무화과 색 눈동자를 가졌어요. 전에 본 적이 있거나 아니면 꿈을 꾸는 듯했어요.

정말로 여름 내내 벨마르에서 지냈으며 어디에도 가지 않았어요.

전에 보았다는 것은 거의 불가능해요.

제 꿈은 항상 고통스럽고 무의미해요.

자주 수학 여선생님 꿈을 꿔요.

수학은 저를 많이 괴롭혔지요.

나중에야 아가씨를 실제로 몇 번 본 것을 알았어요.

TV에서 보았지만 그 날 저녁에는 확신하지 못했어요.

아가씨는 제 앞에 서서 '차를 몰고 가다가 호텔을 보았다'라고 작게 설명했어요. 호텔 이름 **'바다별'**이 매우 아가씨 맘에 들었데요.

결코, 바다별을 본 적이 없어서 아가씨는 호텔 앞에 차를 세웠데요.

제 호텔은 작고 소박하고 둘레에는 겨울에도 운영하는 더 크고 현대적 호텔들이 있었지요. 저의 호텔 '바다별'은 해안가 위의 하얀 조개를 닮았어요. 이유는 알 수 없지만 제가 아가씨를 초청한 것이죠.

아가씨의 작은 웃음이나 커다란 무화과 색 눈이 저를 유혹했거나 아니면 제 호텔 이름이 마음에 들었겠지요?

아가씨가 들어왔어요.

가을에는 아무도 오지 않기에 혼자 머물 것이라고 설명하자 정확히 원하는 바라고 대답했어요.

9월 말에 요리사와 호텔에서 일하는 두 명의 여직원을 해고했기 때문에 저녁 식사를 제공할 수 없다고 사과했더니 이미 저녁을 먹었다고 대답했지요.

저는 커피를 권했지만, 샴페인 포도주 한 병을 주문하고 방으로 가져다 달라고 요청했어요.

오늘 저녁 무언가를 축하하기 원했지만, 무엇인지 말하지 않았고 감히 물어볼 용기도 없었어요.

단순히 왜 혼자 축하하는지 놀랐지만, 제가 너무 호기심 있거나 아마 관여하고 싶어 한다고 생각하지 않도록 아무 말도 하지 않았어요.

예, 지금 이야기할 때 아가씨가 조금 이상해 보인 것이 기억나네요.

첫째, 호텔에 혼자 있고 싶어 했고, 둘째 혼자 축하하기를 원했고, 셋째 혼란스럽게 하는 무언가를 물었지만, 그때 그것에 대해 그다지 주의를 기울이지 않았어요.

두 번이나 제가 혼자 있냐고 물어서 저는 '예'라고 대답했지요.

외계인처럼 아가씨를 보았어요.

제 호텔에는 보통 나이든 성인들이 왔기에 아가씨는 정말 바다에서 헤엄쳐 나온 바다별 같았어요.

지금도 숲속 딸기에서 나는 냄새의 향수를 느끼고 그 속에서 빠져나올 수 없는 깊고 밝은 눈에 빠져 있어요.

아가씨의 작은 웃음은 조금 슬펐지만 8월의 해변 모래처럼 따뜻했어요.

가장 마음에 드는 방을 고르라고 모든 방을 보여주었지요. 정말로 방은 고급스럽진 않지만, 아가씨는 단순하게 가구가 놓인 방을 더 좋아한다고 말했어요.

'마음에 든다'가 아니라 '좋아한다'라고 말했지요.

그것을 잘 기억하고 아직도 기타 소리를 닮은 아가씨 목소리가 들려요. 바다가 보이는 방을 골랐고 방에 들어가자 곧 창문을 열었어요.

커튼을 젖히자 바다가 마치 방 안으로 찰랑거리는 듯했어요.

창문 앞에는 바다가 은빛 대초원처럼 끝없이 넓게 펼쳐져 있지요.

이 밤 9월의 마지막에 바다는 조용하고 마치 자는 듯했어요.

그 위로 크고 잘린 수박처럼 달이 흔들렸어요.

시원한 바람이 불고 올리브의 쓴맛, 생선, 소금, 김, 어린 시절부터 이미 알고 있고 평생 잊을 수 없는 향기를 느꼈어요.

항구에서 음악과 함께 유명한 그리스 노래를 부르는 남자의 목소리가 날아오는 듯했는데 아마 제게만 그런 것 같았어요.

열린 창 앞에 서 있는 아가씨를 바라보았죠.

바람은 긴 금발 머리를 어루만지고 하얀 바지, 하얀 블라우스 입은 아가씨 때문에 저는 꿈을 꾸고 있다고 생각했어요.

제 호텔에 요정이 왔어요.

객실에 어둠이 깃들고 오직 아가씨 옷이 인(燐)처럼 하얗게 빛났어요.

혼자 있도록 했지요. 몇 분 뒤 큰 잔 하나와 함께 샴페인 포도주를 가져다주었어요. 아가씨는 계속해서 창 앞에 서 있고, 제가 문을 열고 술병과 잔을 벽 거울 옆 탁자 위에 두는 소리를 들었는지 알지 못해요.

이 밤 저는 오랫동안 잠을 이룰 수 없었어요.

움직이지 않고 누워있었지요.

'왜 이 아가씨가 완전히 혼자 이곳에 왔을까요?

바다에서 나온 듯한데 무엇을 축하할까요?'

아마 아침 무렵에 나는 잠이 들었어요.

일어났을 때 모든 호텔은 고요함, 깊은 적막만이 가득해 마치 바다가 아직 자고 있어 파도의 철썩이는 소리나 갈매기 울음도 들리지 않은 듯했어요. 아가씨가 이미 떠났다고 믿고 그 때문에 조금 화가 났지요.

말하자면 어제저녁에 아가씨가 호텔에 온 것인지 의심하기 시작할 지경이었죠. 점심때까지 조용해서 마치 저 혼자 있는 듯했어요.

벌써 12시 가까이 되어 참지 못해 아직 자고 있는지 보려고 객실로 갔어요.

문을 두드렸지만 아무 대답이 없었어요.

문을 열었는데 잠겨 있지 않아서 객실로 들어가서 저는 얼음처럼 굳었어요. 자고 있었어요.

아니, 하얀 옷을 입은 채 침대 위에 누워있었어요.

샴페인 포도주병은 따져 있지도 않았어요.

가까이 다가갔지요. 차가웠어요.

저는 어떻게 1층으로 내려왔는지 어떻게 경찰서에 전화했는지 기억이 나지 않아요.

여러 시간 저를 조사한 경찰관들에 관해 묻지 마세요.

작고 알려지지 않은 제 호텔은 우주의 중심이 되었어요.

저 세계로 멀리 떠나려고 바다별을 선택한 아가씨는 유명 가수 **이나 바니나**인 것을 비로소 알았어요.

언론인과 기자들 때문에 호텔 문을 닫을 수 없었어요. 밤낮으로 와서 묻고 심문하고 사진을 찍었어요. 온 나라 사람들이 저를 알게 되었지요.

그러나. 선생님, 제 고통은 끝나지 않았어요.

제 호텔은 숙박을 원하는 사람 모두에게 매우 작았지요. 저보고 호텔 이름을 바꾸라고 제안하는 어떤 사람도 왔어요.

호텔 이름을 이나 바니나로 바꿔야 한다고 말했지요.

저는 바다별은 아름다운 이름이고 정확히 이나 바니나의 관심을 끌었다고 자세히 설명했어요.

그러나 동의하지 않고 저를 위협하기 시작했어요.

제가 이나 바니나의 사진을 호텔의 객실, 현관, 복도에 걸도록 강요했어요. 내 허락도 받지 않고 알지 못하는 남자들이 내 호텔을 널리 알리기 시작했고, 뒤에 광고 캠페인을 만들었기 때문에 호텔 수입의 일부를 내도록 하는 계약서에 서명하라고 요구했어요.

불쌍한 이나 바니나는 조용히 떠났지만 지금 여러 사람은 여자를 이용해 돈 벌기를 원해요.

낮이나 밤이나 호텔에는 이나 바니나의 노래가 울려 퍼졌어요.

저는 힘이 없었어요.

제 작은 바다별은 완전히 사라지고 그 자리에 광고와 돈을 위한 기계가 돌아가고 있어요.

전에 자주 호텔에 오던 나이 지긋한 성인은 사라지고 지금 여기에는 늑대처럼 울부짖고 밤새도록 술 마시는 10대들이 있어요. 선생님!

술 취한 10대들이 호텔의 모든 것을 무너뜨려요.

제 이웃 벨마르에 있는 다른 호텔 주인들은 저를 부러워하기 시작하고 지금은 최대한 빨리 저를 없애려고 계획해요.

지금 바다별은 한 달 동안 벨마르에 있는 모든 다른 호텔이 버는 만큼 돈을 벌기 때문에 제가 행복한 별 아래에서 태어났다고 사람들이 말해요.

두 번이나 제 호텔을 불 지르려고 했지만 성공하지 못했어요.

저는 결코 이런 악몽을 경험하는 일이 제게 일어나리라고 짐작조차 못 했지요. 지금 나는 호텔을 팔아야 할지 말지 무엇을 할지 알지 못해요. 저의 불쌍한 이모는 제게 벨마르에 있는 땅을 유산으로 물려줄 때 얼마나 기뻐했는데요. 제가 행복하리라 믿었지요."

멀리서 기차 기적 소리가 들려왔다.

알지 못하는 남자는 플랫폼을 바라보더니 뒤에 천천히 일어났다.

남자는 내게 위로를 기다리지 않았다.

자신은 혼자고 아무도 자신을 도와줄 수 없음을 이미 알고 있다.

갈매기는 빗속에서 멀리 날지 않는다

"이 야영지에서 나는 구애를 용납하지 않을 거야."
교사인 **카르보브**는 외쳤다. 학생들은 아침 식사를 멈추고 머리를 들었다. 모든 학생은 카르보브가 **에미**와 **밀코**에 대해 말하는 것을 알았다.
어젯밤에 또 자정이 넘어 돌아왔다.
야영지에 돌아왔을 때. 시라소니처럼 매복한 카르보브는 거의 1시간 동안 방방 뛰면서 꾸짖기 시작했다.
"내일 **플레멘**으로 너희들을 돌려보낼 거야." 협박하면서 마른 나뭇가지를 닮아 **뼈**가 앙상한 집게손가락을 흔들었다.
"하루라도 나는 이런 수치스러움을 용납하지 않을 거야. 너희들은 여기 운동하러 왔지, 연애하러 오지 않았어. 부끄럽지 않니?"
에미와 밀코는 고개를 숙인 채 듣고 있지만, 입술 구석에 작은 웃음이 엿보였다.
두 사람은 두 마리의 사랑에 빠진 산 비둘기를 닮았다.
에미는 불룩한 사탕 지팡이 같은 밝고 부드러운 머리카락에 장난기 많은 다람쥐 눈을 가졌다. 밀코는 키가 크고 광대뼈가 있는 초콜릿 색 얼굴에 **빼빼** 말랐다.
둘은 항상 같이 있었는데 아침에는 훈련 시간에. 오후에는 해변에서. 저녁에는 무도장에서 함께했다. 둘은 짧은 거리의 달리기 연습을 했다.
에미는 여자 청년들과 함께 밀코는 남자 청년들과 같이

했다.

해변에서 둘은 항상 다른 동료들과 조금 떨어져 앉았고. 파도를 바라보며 시간 내내 이야기하거나 서로의 손을 만지며 조용하게 있어 빛나는 대리석으로 조각한 두 개의 조각상을 닮았다.

둘의 눈길은 목마르게 서로를 찾고, 운동으로 조화가 이루어진 몸은 팽팽한 줄처럼 떨렸다.

"에미, 무슨 생각을 하니?" 밀코가 물었다.

에미는 밀코를 쳐다보았다. 에미의 눈 속에는 재치있고 장난스러운 빛이 놀고 있다.

"너에 대해" 에미가 대답했다.

감정 때문인지 자신에게조차 예상하지 못한 진지함 때문인지 에미의 목소리는 조금 떨렸다.

"그리고 너는?"

"나?" 밀코는 즉시 대답하지 않았다.

"나는 달리기에서 더 나아지고 싶어."

"너는 잘하고 있어." 에미가 끼어들었다.

"나는 최고가 되고 싶어. 하지만 때로 달리기보다 다른 무언가를 할 수 있을까 궁금해."

"왜? 너는 잘 달리고 경기를 좋아하잖아."

"모든 사람은 뭔가를 위해 태어난다고 생각해. 누구는 달리기 선수로, 누구는 비행기 조종사로 또 누군가는 운동선수로 태어나. 그리고 나는…."

"달리기가 아니라면 우리는 서로 알지 못했을 거야."

"사람들은 무엇을 위해 태어났는지 언제 알까?" 밀코가 계속 말했다

"나는 몰라. 아마 사람들은 평생 무엇을 위해 태어났는지 모를 거야."

"나는 어떻게 운동을 시작했을까?"

"어떻게?" 에미가 말했다.

"그것이 네 마음에 들지, 안 그래?"

"나는 아직도 무언가를 만들고 더 잘 만들기 좋아해."

"우리 앞에는 시간이 많아."

"하지만 시간 역시 달려가고 우리는 그것을 잡을 수 없어."

"그만하자. 오늘 너는 너무 철학적이야.
무슨 일 있었니?"

에미는 팔을 뻗어 밀코를 껴안고 키스했다.

정확히 이 순간에 카로보브의 벼락 치는 소리가 들렸다.

"너희들 또다시? 어떻게 그것을 너희들은 허용했니?
왜 모든 학생 앞에서 해변에서 서로 키스하니?"

에미와 밀코는 빠르게 서로 멀어졌다.

카로보브는 숨 쉬는 것조차 허락하지 않고 항상 어디에서나 괴롭혔다.

"나는 더 참을 수 없어. 이 캠프에 온 것을 후회해."
밀코가 말했다.

"마음 쓰지 마, 선생님은 그런 분이라는 것을 알잖아."
에미가 달래려고 했다.

"맞아, 하지만 우리는 여기에 훈련뿐만 아니라 휴식하러

왔어. 우리를 숨기는 것만으로도 지쳤어.

플레멘에서 우리는 숨고, 여기에서도 끊임없이 숨어야해." 밀코는 바다를 바라보았다.

바다는 끝없이 파란 비행장을 닮아 이 순간 그 위로 커다란 비행기가 착륙할 것이다. 밀코는 곧바로 그 위에 뛰어올라 파도 위를 달리고 싶고, 뛰면서 수평선의 파란 선을 건널 것이다. 광활함이 나를 취하게 만든다. 일주일 전에는 결코 바다를 본 적이 없지만, 이제는 파도에서, 하늘빛 무한함 속에서 눈을 뗄 수 없다.

플레멘에서 작은 집들이 서로 누르는 듯한 교외 지역에서 살았다.

과일나무 그늘에 마당이 있고 지역에서 모든 것, 집, 마당, 나무, 사람조차 작게 보였다. 거기에는 그런 고요함이 가득해서 사람들은 정말 여기에 누가 사느냐고 물었다.

거리는 여름날 먼지로 덮여 있다.

아무 일도 일어나지 않고 조용함을 깨는 어느 것도 없다. 가끔 밀코는 운동을 시작하지 않았다면, 에미를 만나지 않았다면, 아마 자기 날들은 길고 끝없는 고속도로에 차례대로 늘어선 회색빛 미루나무를 닮았다고 오래도록 생각했다.

어느 운동경기가 열린 소피아에서 돌아왔을 때인 5월을 결코 잊을 수 없다. 고속버스가 빠르게 왔다.

저녁은 알아차리지 못하게 내려와 어두운 비단 베일이 들판으로 천천히 날아가는 것처럼 모든 것이 황혼 속에 잠겼다.

에미는 옆자리에 앉았다.

오랫동안 서로를 알고 있었지만, 친구는 아니었다.

에미는 2살 연상이고 항상 밀코에게 약 올릴 거리를 찾거나 놀렸다.

그때 버스에서 밀코는 창밖을 바라보며 앉아 있었고, 에미는 눈을 감고 있어 마치 자는 듯 보였다. 아니면 아마 어려운 경기로 피곤했을 것이다. 하지만 갑자기 밀코가 떨기 시작했다.

에미는 조용히 가까이 다가가, 입술로 뺨에 키스했다.

이 예상치 못한 따뜻한 키스가 뜨거운 난로 위에 놓인 눈덩이처럼 밀코를 녹였다.

돌이 된 것처럼 움직이지 않고 앉아 무엇을 할지 알지 못했다.

밀코는 천천히 에미에게 몸을 돌려 둘의 입술이 어떻게 함께 했는지 이해하지 못했다.

이것이 밀코의 삶에서 일어난 가장 길고 달콤한 키스였다. 얼마나 계속했는지 알지 못하지만 둘이 떨어졌을 때 밀코는 마치 구름 위로 어딘가 높이 날아가는 듯했다.

가슴속으로 끓는 커피처럼 뜨거움이 흘렀고 눈길은 오랫동안 해를 바라본 것처럼 흐릿했다.

그때 버스 안에서 아무도 키스를 보지 못했다.

둘은 끝자리 부드럽고 깊은 좌석에 앉아 있었다.

이날부터 둘은 떼래야 뗄 수 없게 되었고 모든 학교에서 둘의 부모도 우정을 알게 되었다.

밀코의 아버지는 끊임없이 되풀이했다. "아직도 이 아가씨랑 다니니? 정말로 그 여자는 너보다 2살 연상이다. 네 친구는 어린 여자 친구를 두고 있어. 그리고 너는…."

그 말을 듣는 것이 밀코에게는 이미 지겨운 일이다.

아버지는 매우 약삭빠르다고 생각한다.

밀코도 꼭 자기를 닮기를 원했다.

종업원인 아버지에게 가장 중요한 것은 사례비이고 끊임없이 많은 돈을 번다고 자랑했다.

신식 차를 가지고 오직 비싼 음료만 마시고 외국산 담배를 피운다.

밀코가 돈을 달라고 하면 아버지는 말했다.

"그렇게 우리는 서로 동의하지 못한다. 그 여자를 대접하기 위한 돈은 안 줄 것이다. 그 아이는 너에게 이득을 보고 있어."

밀코에게는 아버지를 가끔 보는 것이 더 좋다.

그러나 아직 학생이라 자립할 수 없다.

적어도 여기 캠프에서 아버지에 대해 생각하지 않기를 원했지만, 여기에서 카르보브는 편안하게 내버려 두지 않았다.

카르보브가 도덕주의자처럼 보이게 하고 파수꾼 역할을 하지만, 눈길은 소시지를 좇는 개처럼 어린 여자아이 뒤를 따라가는 것을 모두 알고 있다.

아마 에미가 카르보브의 마음에 들었는 듯 그래서 사냥

개처럼 에미를 괴롭혔다.

엄격한 캠프 질서에도 불구하고 저녁에 학생들에게 무도장에 가는 것은 허락되었다.

밤 11시까지 무도장을 운영했다. 거기에서 학생들에게 술은 허용되지 않고 외부인은 들어올 수 없다.

'**남부의 열기**'라고 부르는 무도장은 야영지에 가까이 있고 해변 위 거대한 동물 모양이다.

언젠가 파도가 바위에 동굴을 팠고, 지금 여기에 탁자, 의자, 사람들이 춤추는 무도장이 있다.

모든 동굴은 절반의 조명이 있고 벽에는 단지 몇 개의 등불만 연한 레몬색 빛을 뿜고 있다.

춤추는 사람들의 길어진 그림자가 기적의 손가락처럼 벽 위로 달려갔다.

무도장에서 블루스 음악 소리가 났다.

에미는 일어나 밀코에게 춤추자고 청했다.

에미의 부푼 밝은 머리카락은 바다 냄새가 났다.

블라우스를 통해 가냘픈 몸매와 부드럽고 익은 사과를 닮은 두 개의 젖가슴을 느꼈다.

멜로디는 바다 파도 위 깊은 배 위에 있는 것 같아 두 사람은 흔들었다.

갑자기 누군가가 밀코의 어깨를 두드렸다.

몸을 돌리자 뒤에 카르보브가 서 있다.

"에미랑 춤을 출 수 있겠니?" 카르보브가 웃었다.

카르보브의 검은 눈은 멧돼지 눈처럼 빛났고 브랜디 술

냄새가 났다.

학생들은 술 마실 권리가 없지만, 교사들은 그렇지 않았다. "안 돼요." 에미는 거칠게 대답하고 밀코의 손을 잡고 출구로 끌고 갔다. 카르보브는 그들 뒤에 못 박힌 것처럼 고정된 눈길로 무도장에 남겨졌다.

에미와 밀코는 밖으로 나갔다.

바닷바람이 몸을 어루만졌다. 오늘 밤바다는 화가 났다. 파도가 울부짖고 화가 난 듯 바위를 쳤다.

털이 무성한 거인처럼 검은 구름이 바다 위로 기어갔다. 부두에는 배가 묶여있는데 파도가 가차 없이 배를 때리고 있다. 커다란 북을 누가 치는 것처럼 둔하게 때리는 소리가 메아리친다.

마치 풀려나 자유롭게 파도 위에서 헤엄치려고 애쓰듯 배는 모래 위의 물고기처럼 위아래로 뛰었다.

얼마 동안 에미와 밀코는 그것을 바라보고 배가 힘겹게 숨 쉬고 고통받는 것처럼 느꼈다.

하늘에는 별 하나 보이지 않았다.

바람은 해변의 북쪽에 군인처럼 줄지어 선 플라타너스, 나뭇가지에서 쉿 소리를 낸다.

손에 손잡고 에미와 밀코는 모래 위에 섰다.

조용히 천천히 걸었다.

때로 멈추어 갈망하듯 서로 키스했다.

둘은 신을 벗고 맨발로 해안가에서 파도를 맞으며 걸었다. 더 센 파도가 바지 가장자리를 적셨다.

갑자기 비가 내렸다.

빗방울이 낱알처럼 때리기 시작했다.

에미는 멈추어 하늘로 손을 뻗었다.

비가 얼굴, 머리카락, 팔, 어깨, 블라우스와 바지 위로 떨어졌다.

에미는 잉크 빛 하늘로 높이 팔을 뻗은 여사제를 닮았다.

"이리 와." 밀코가 말했다. "다 젖을 거야."

"중요하지 않아. 나는 갈매기야. 갈매기는 비를 두려워하지 않아. 갈매기는 비에 자신을 숨기지 않아."

"이리 와. 얼어 버릴 거야." 밀코는 에미를 껴안고 해양 구조대 탑으로 걸어갔다.

금속 탑이 보호해 주었지만 바람이 세게 더욱 세게 불었다.

바람이 탑을 밀어내고 비는 폭포처럼 둘 위로 쏟아졌다.

번개가 치기 시작했고 천둥소리가 났다.

에미는 밀코를 세게 끌어당겼다.

두 번째 더 센 번개가 하늘을 갈랐다.

밀코는 둘레를 보았다. 에미의 입에 키스했다.

에미가 키스에 답하기 전에 세 번째 번개가 날카로운 불의 혀처럼 빛을 냈다. 무서운 천둥소리가 들렸다.

서로 껴안은 채 에미와 밀코는 모래 위로 넘어졌다.

비는 움직이지 않는 둘의 몸 위로 쏟아졌다.

번개가 두 사람의 하얀 옷을 밝혀 주었다.

에미의 풀어헤친 팔은 갑자기 총에 맞은 갈매기의 날개를 닮았다.

보이지 않는 어린이

나는 공원에 앉아 부드러운 10월의 햇살을 즐기며 마치 기적과 같은 세상에 있는 것 같다.

오래된 호두나무의 가지와 이파리가 푸른 새의 날개같이 내 머리 위로 길게 늘어져 있다.

내 앞에는 가을의 꽃들이 붉어지고 누렇게 되어, 빛나는 작은 해와 작은 불꽃을 닮았다.

오솔길 위에서 유모차 안에 있는 아이에게 조그맣게 웃으며 젊은 엄마들이 산책한다.

너무 조용하게 보인다.

일상의 소음이나 어린아이의 떠드는 소리, 자동차 소리, 가까운 차도에서 보통 흘러나오는 브레이크 소리도 들리지 않는다.

나는 생각에 잠긴 채 앉아있는데 갑자기 눈앞에 어린이가 나타났다.

어디서 왔는지 보지 못했다.

우연히 의자 밑에서 나온 것은 아닐까?

조용히 앞에 서서 호기심을 가지고 나를 쳐다봤다.

나는 어린이를 알아차리지 않고 계속해서 공원에서 산책하는 젊은 엄마들을 조용히, 담담하게 보는 체했다.

그들은 여러 색깔의 가을 겉옷을 입어 매우 아름다운 검은 머리카락과 노란 머리카락을 가진 여자 요정들을 닮았다.

알지 못하는 어린이가 계속해서 움직이지 않고 내 앞에 서 있어 짜증이 나기 시작해서 조금 화난 듯이 쳐다보았다.

아마 나이는 7~8세 정도였고 초록색 바지와 빨간색 사각형 무늬의 웃옷을 입었다.

머리카락은 해바라기처럼 노랗고 눈은 작은 전구처럼 파랗고 어린이다운 호기심으로 가득 차 있다.

참지 못하고 말을 하려는데 어린이가 먼저 물었다.

"아저씨, 제가 보여요?"

많은 질문을 들었지만 이같이 이상한 질문은 처음이다.

더 주의 깊게 쳐다보았다.

정말, 나는 그 아이를 본다.

하지만 그 질문이 무슨 뜻일까?

어린이는 조심스럽게 질문을 되풀이했다.

"아저씨, 제가 보여요?"

"물론" 조금 화가 나서 대답하고, "그러면 나는 보이니?"

"예, 매우 잘 보여요." 어린이가 말했다.

그리고, "하지만, 제가 보이는지 여쭙고 싶어서요."

"그래 잘 보여. 너는 대략 7~8세고 키는 110cm 정도에 초록색 바지와 빨간색 사각형 무늬의 웃옷을 입고 있구나. 금발의 파란 눈을 가지고 있어."

"예" 어린이는 대답에 만족하고 말했다.

"정말로 저를 보실 수 있네요."

어린이가 가려고 몸을 돌렸는데 멈춰 세웠다.

"왜 보여요 하고 물었니? 잘 보지 못하니?"

"저는 잘 봐요. 아저씨는 흰머리가 난 노인이시고, 따뜻해서 비가 오지 않게 보인데도 우산을 갖고 잿빛 외투에 둥근 모자를 쓰고 계세요. 그러나 여러 번 제가 보이지 않아 사람들이 저를 보지 못한 듯해요. 그래서 보이냐고 여쭤본 거예요."

"그것은 불가능한데", 나는 놀랐다.

이 어린이는 보통사람이 갖지 못한 환상을 가졌거나 아주 건강하지는 못한 듯했다.

"예, 사람들이 저를 보지 못해요. 이미 확실해요, 이런 면에서." 어린이가 계속 말했다.

"예를 들어 학교에서 돌아와 집에 들어가면 아빠는 컴퓨터 앞에 앉아 '학교 다녀왔어요' 하고 인사해도 알아차리지도 못하고 듣지도 않아요.

저녁에 엄마가 부엌에서 요리해요. 제가 부엌에 들어가 '영어 공부 책 사셨어요?' 하고 여쭤봐도 직장동료와 전화로 이야기하면서 나를 보지도 듣지도 않아요.

두 달 전에 정말 때때로 제가 보이지 않는다고 확신했어요. 학교에서 여자 선생님의 질문에 대답한다고 손을 들었는데 나를 보지 않고 다른 어린이들에게 물었어요. 어젯밤에 아빠가 엄마에게 무슨 비밀을 말하고 싶어서 제가 방에 있는 것을 알지 못한 채 조금 작은 소리로 말씀하셨어요.

'새로운 다리를 건설하라고 내게 지시하도록 윗사람을 매수해야 해요.'

저는 무슨 주제인지 이해는 못 하지만 아빠가 뭔가 비밀을 말한다고 알았어요.

이번 주에는 정말 보이지 않는다고 확신하고 싶었어요.

가게에 들어가 초콜릿을 들고 돈을 내지 않고 조용히 나왔어요. 아무도 나를 보거나 알아채지 못했어요. **베로니카**는 우리 반에서 가장 예쁜 여자아이입니다. 베로니카는 폭포처럼 긴 머리카락에 초콜릿 색 눈을 가졌어요. 등에 메는 가방은 파랗고 현대적이라 가장 예뻐요. 쉬는 시간에 가까이 다가가 뽀뽀를 했어요. 화를 내거나 울기 시작하리라 생각했는데 사과처럼 붉어지기만 했어요. 정말 저를 알아차리지 못한 것 같아요. 그래요. 정말로 때때로 안 보여요.

그것이 좋은 건지 나쁜 건지 알 수 없어요. 여러 번 아빠 엄마랑 말하고 싶지만, 저를 보지도 않고 옆에 제가 있는 것도 알아차리지 못해요.

어제 엄마가 우셔서 왜 우는지 왜 슬픈지 여쭤봤어요. 그러나 듣지도 않고 보지도 않아요.

아빠에게 베로니카가 우리 반에서 가장 예쁜 여자아이라고 말해도 아빠 역시 듣거나 나를 보지도 않아요. 컴퓨터 앞에 앉아서 화면만 쳐다봅니다."

어린이가 작게 웃음을 머금자 가장 슬픈 어린이의 웃음

을 본 것처럼 느껴졌다.

이름이 무엇이고 어디에 사느냐고 묻고 싶었지만, 어린이는 떠나가고 나는 어린이의 탄식 소리만 오직 느낄 뿐이었다.

니나와 어린 남자아이

이번 봄은 **니나**와 **보얀**에게 좋지 않게 시작했다.
전혀 난데없이 집주인이 세 사는 집을 '나가 달라'고 말했다.
"우리는 다시 다른 살 곳을 찾아야 해요." 니나가 말하면서 눈에 어둠이 가득했다.
"우리 **틸리오** 마을로 가서 삽시다."
보얀이 제안했다.
그곳에는 보얀의 부모님이 남겨준 작은 집이 있었다.
"틸리오로?" 니나가 물었다.
니나는 그리스형의 오뚝한 코, 깊숙한 진줏빛 눈, 그리고 날씬한 몸매를 한 예쁜 여자로, 아마 큰 도시에서 가장 아름다운 배우 중 한 명일 것이다.
둘이 틸리오에 살기 시작하여 니나는 마당에서 꽃 정원을 관리할 수밖에 없었다.
어딘가에서 한번은 꽃과 색, 조용함이 마음을 위한 가장 좋은 치료제라는 글을 읽었다.
어느 아침에 화단에서 꽃을 손질하고 있을 때 누가 자신을 쳐다보는 것을 느꼈다.
고개를 들어, 마당 울타리 옆 길가에 움직이지 않고 선 채, 니나를 쳐다보고 있는 7세나 8세 정도 된 어린아이를 놀라서 바라보았다.
"이름이 뭐니?" 니나가 물었다.

"**페트코**예요." 아이가 대답했다.

"여기 살고 있니?"

"예, 저 언덕 너머에 살아요," 말하면서 언덕을 가리켰다. 아이의 커다란 눈은 푸른 호두나무의 열매를 닮았고 생각에 잠겨 꿈꾸는 듯이 쳐다보았다.

빨갛고 검은 사각형 무늬가 있는 여러 가지 색의 웃옷에, 몸에 이미 짧게 된 바지를 입어, 발목이랑 하얀 긴 양말이 보이고 낡고 검은 신발을 신었다.

마을에서 아이가 학교에 다니기 시작할 때 부모들이 그와 비슷한 검은 신을 사주었다.

무성한 머리카락은 고슴도치의 털을 닮았다.

울타리 옆에 서서 니나를 쳐다보았다. 아마 1시간 정도 지나자, 나중에는 소리 없이 나타난 것처럼 그렇게 조용히 사라졌다.

다음 날 아침 다시 페트코를 울타리에서 보고 매우 놀랐다. 지금 아이는 어제처럼 움직이지 않고 조용하게 서 있다. 일하느라 쓰던 목장갑을 벗어놓고 마당 문으로 가까이 가서 문을 열고 말했다.

"페트코야, 들어오렴."

아이는 마치 그것을 기다린 듯했다.

곧바로 마당 안으로 들어왔다.

니나는 집으로 안내했다. 집 앞에서는 보얀이 탁자와 의자가 있는 정자를 만들고 있다.

아이를 앉도록 하고 집에서 딸기 주스, 사과, 크래커를 가지고 나왔다.

먹으라고 권했지만 단지 니나만 쳐다볼 뿐 움직이지 않았다.

니나가 조금 더 세게 권하자 크래커를 조금 먹고 딸기 주스를 조금 마셨다.

"학교에 다니니? 페트코야."

"예, 2학년이에요." 아이가 대답했다.

"형제나 자매가 있니?"

"예, 저보다 나이 많은 누나가 두 명 있어요."

그렇게 수다스럽지 않게 옆에 앉아 자기를 쳐다보는 아이가 매우 상냥한 듯했다.

10분 뒤 페트코는 일어나 조용히 '안녕히 계세요.' 인사하고 커다란 열매 같은 눈으로 니나를 다시 한번 쳐다보고 나갔다. 다음 날 또 나타났다.

아이가 여기서 떠나지 않고 밤새도록 처음 만났던 바로 그 울타리 옆에 움직이지 않고 서 있다고 느꼈다.

아이가 거기 없다면 무엇인가 확실히 모자란 듯하고, 둘레가 그렇게 예쁘고 친절하고 매력 있는 것이 될 수 없다고 여겼다. 아침은 그렇게 해같이 빛나거나 새롭지 않을 것이고, 하늘은 그렇게 파랗게 빛나지 않을 것이다.

니나는 경작용 호미를 놓고 다시 문을 열고 페트코가 안으로 들어오도록 초대했다.

오늘 이른 아침에 판매점에서 과자와 우유를 샀다. 우유를 따르고 따뜻한 과자를 담은 접시를 내놓았다. 과자와 우유에 손을 대려고도 하지 않았지만 니나가 계속 권하자 마침내 과자를 먹기 시작했다.

"친구가 있니? 페트코야. 같이 노니?"

"예, 같이 놀아요." 아이가 대답했다.

"어디서 노니?" 니나가 물었다.

아이와 가족에 대해 더 알기 원했지만 먼저 친구에 관해 물었다.

"숲에서 놀아요." 설명했다.

"뭐 하고 노니?"

"숨바꼭질하거나 나무 열매를 모아요."

"왜 매일 여기 오니?"

이 질문은 페트코를 놀라게 하고 당황하게 했다.

긴 눈꺼풀을 깜빡이면서 모든 아이처럼 거짓말하지 않고 솔직하고 자연스럽게 대답했다.

"아줌마가 너무 예뻐서요." 지금 니나는 당황했다.

정말 이런 소리 듣기를 기대하지 않았다.

"뭐라고?" 아이를 쳐다보았다.

"아줌마는 매우 예뻐요." 페트코는 되풀이하면서 뻣뻣하게 일어선 머리카락을 가지런히 했다.

니나는 쳐다보기만 했다.

둘은 조용히 움직이지 않고 앉아있다.

이 아이는 알지 못하게 소리 없이 마음속에 들어와 상냥하고 따뜻함을 느끼도록 했다,

몇 분 뒤 페트코는 일어나 조용히 집을 나갔다.

거의 온종일 니나는 아이에 대해 생각했다.

'부모는 누구일까? 좋은 학생일까?' 스스로 물어보았다.

이런 질문에 대답할 수도 없다.

가족의 이름조차도 알지 못한다.

아이에 대해 스스로 생각해야 할 순간이 온 듯했다.

아마 아이는 있지도 않은데, 매일 아침에 푸른 호두나무 열매 같은 커다란 눈을 가진 어떤 아이가 와서 오랫동안 자신을 쳐다보고 나중에는 '아름답네요'라고 말하고 떠나간다고 상상하기만 한다.

아마 니나는 마음속 깊이 자신에게 와서 함께 이야기하고 엄마에게 대하듯 사랑해 주는 그런 어린아이를 가졌으면 좋겠다고 간절히 원했다.

이 깊고 조용한 마을에 아름답고 그림 같은 자연 속에서 아프지 않고, 현실에서 멀어지지 않고, 다른 존재하지 않는 세상에서 살지 않음을 느낄 수 없는가?

이웃 여자에게 페트코를 아느냐고 물어보리라 결심했다.

오후에 이웃 여자에게 갔다. 조금 이야기 나누고 매일 니나의 집 울타리에 서 있는 어떤 어린아이를 본 적이 없냐고 물었다.

"왜 못 보았겠어요?" 곧바로 대답했다.

"그 아이는 페트코예요. 아빠는 철도원이고 숲속에 살고 있어요."

"페트코, 맞아요." 니나가 말했다.

"페트코 엄마는 페트코를 낳다가 돌아가셨어요.

세 명의 고아가 남았죠, 페트코와 두 명의 누나.

아빠 **스피리돈**은 다시 결혼하지 않고 직접 아이들을 돌봐요. 일하면서 암소를 키워요.

이번 가을에 페트코는 3학년이 될 거예요. 나는 지금 페트코 선생인데 아이는 부지런하고 좋은 학생이에요."

오후에 니나와 보얀은 정자에 앉았다.

여름날은 천천히 지나갔다.

소나무 위로 떠 있는 해가 구릿빛 강물 속에 잠겨 있다. 하늘 위에 보이는 몇몇 작은 구름은 아이들 풍선과 비슷하다. 보얀은 포도주를 잔에 따르고, 뒤에 집으로 들어가 오래된 외투를 들고나와 니나 어깨 위에 걸쳐 주었다.

정말 조금 추웠다. 산바람이 불었다.

"고마워요." 니나가 말했다.

"무슨 생각 해?" 보얀이 물었다.

"아침마다 와서 우리 집 울타리에 서 있는 어린아이에 대하여," 라고 니나가 대답했다.

"아마 뭔가를 훔치려고 오겠지," 보얀이 말했다.

이 예상치 못한 말이 니나를 흔들고 가슴을 찌를 듯했다. 니나는 보얀을 쳐다보면서 아름다운 비둘기색 눈에 있던 작은 웃음이 곧 사라졌다.

"무슨 말이에요? 이 아이는 고아예요. 페트코 엄마는 출산 중에 죽었어요. 결코, 엄마라는 단어를 말한 적이 없어요."

보얀은 놀라며 니나를 쳐다보았다.

왜 그렇게 세게 화를 내는지 이해할 수 없었다.

어린아이가 엄마라는 단어를 한 번도 말하지 않은 것이 중요한 일인지 묻고 싶었지만 아무 말도 안 했다.

정말로 보얀과 니나는 자녀가 없고, 페트코가 와서 마당에 서 있을 때 니나가 더 예뻐지고 더 친절해지고 더 행복해진 것처럼 보얀에게는 보였다.

호텔 '천국'

늦은 가을 오후였습니다.

하늘은 양철처럼 잿빛이고 나무는 시든 노란 잎이 녹슨 비늘처럼 땅으로 흩어져 내려 앙상했습니다. 비가 내렸고 바람이 강철선 위에서 연주하듯 쉿쉿하는 소리를 냈습니다.

나는 **플레멘** 이라는 도시에서 돌아왔습니다.

여행길에 몇 년 전에 선생으로 근무했고 아직 좋은 추억을 간직했던 **스톤** 이라는 마을을 지나쳤습니다.

나는 서두르지 않고 오랜 친구를 만나기로 했습니다.

마을의 중심지에 전 동료 선생님 **스타멘**의 집이 있었습니다

넓은 마당이 있는 노란색의 이층집은 지금 잡초와 덤불에 가득 차 있었습니다. 마당의 울타리는 옆으로 기울어져 있고, 치장 벽토는 산산조각이 났습니다. 몇 분 동안 잠긴 마당 문 앞에 서 있었습니다. 나는 왼쪽으로 오른쪽으로 두리번거렸지만 거리는 사람이 없어 누구에게 스타멘이 여기 사는지 안 사는지 물어볼 수가 없었습니다.

나는 이미 떠나려고 차를 향해 출발했는데 이웃 마당에서 누가 나를 지켜보는 것을 느꼈습니다.

나는 돌아서서 울타리 사이 갈라진 구멍에서 불씨처럼 빛나는 두 눈동자를 알아차렸습니다.

눈동자는 열심히 내가 무엇을 하려는지 주의 깊게 살펴

보았습니다.

할머니였지만 눈길이 족제비처럼 앞뒤로 움직이면서 나의 모든 행동을 뚫어지게 쳐다보는 것이 아주 활기찼습니다.

나는 울타리에 다가가서 인사하고 스타멘 선생님에 대해 여쭈어보았습니다.

"그분은 여기 살지 않아요." 할머니는 대답하였지만, 문은 열지 않았습니다.

"지금 어디 사시나요?"

할머니는 말이 없으시며 내게 말할 것인지 아닌지 망설였습니다. 그러나 아마도 내가 할머니께 예를 갖춘 덕분에 나를 믿을 수 있다고 느끼시고 조금 친절하게 설명해 주었습니다.

"겨울에는 여기 살지 않아요. 겨울에는 도시에 사는 딸네 집에서 살아요. 부인은 돌아가시고 여기에는 오직 여름에만 오신답니다."

나는 감사하고 출발하려고 했는데 할머니가 나를 세웠습니다.

"선생님이시지요? 처음에 도둑이나 강도로 짐작했어요. 오직 그런 사람들만 남이 살지 않은 집을 그렇게 자세히 살피거든요. 그러나 선생님을 곧 알아보지 못했어요. 아는 사람을 보면서도 어디서 선생님을 알게 되었는지 기억이 나지 않아요. 정말로 선생님이 우리 **판코**를 가르치셨지요. 그 녀석은 나쁜 학생이었지만 하나님의 은혜로 초등학교를 마쳤답니다."

이제야 나는 수학도 못 하고 문학도 못 했고 심지어 읽는 것조차 원활하지 못했던 무슨 판코가 있었다는 것이 기억이 났습니다.

사과처럼 붉은 얼굴에 키가 크고 건강했던 판코는 장난만 쳐서 여학생이나 여교사들이 교장 선생님에게 이른다고 판코를 두렵게 하곤 했습니다.

"나는 판코의 이모고 **쎄사** 할머니입니다."

할머니는 설명했습니다.

"이쪽으로 들어오세요."

크게 문을 열고 마당 안으로 초대했습니다.

"선생님, 몇 년 동안이나 여기에 오지 않았나요?"

"여러 해요."

할머니는 내게 집에 들어가자고 세게 재촉했지만 나는 그만두었습니다.

나는 마당에 머물렀고 할머니는 집 안으로 사라졌습니다. 곧 신선하고 잘 익은 사과가 든 자루를 가지고 돌아왔습니다.

"부디" 할머니가 말했습니다.

"맛을 보시고 언제 이곳에서 교사로 지냈는지 기억해 보세요."

나는 쎄사 할머니에게 작별 인사를 하고 떠났습니다.

운전하면서 나의 친구 스타멘에 대해 생각했습니다.

2년 전에 소피아에서 만났습니다.

"왜 수도에 있습니까?" 나는 그때 물었습니다.

"나는 이 부서에서 저 부서로 헤매면서 싸우고 있습니다."

나는 놀란 빛으로 쳐다보았습니다.

그 사람은 무례한 사람이 아니었고 싸운다는 것이 전혀 어울리지 않았습니다.

내가 누구와 싸우는지 알고 싶은 눈치를 채고 나에게 말했습니다.

"당신은 우리 마을에 있는 경기장을 알고 있지요.

언젠가 큰 노력을 기울여 그것을 만들었지요.

우리 스스로 의자, 탈의실, 목욕탕을 만들었지요. 둘레에 철 울타리를 세웠지요. 부드러운 초록 풀이 있는 멋진 경기장이었지요.

우리는 축구팀을 가지고 있었고 우리 아이들은 열심히 공놀이했지요. 경기장은 우리 모든 마을의 공동 재산이었는데 일부 이해할 수 없는 현재 부자들이 이 경기장을 사서 부수기 시작한다고 발표했어요. 그래서 나는 누가 이것을 팔고 부수라고 허가했는지 알려고 이 부서 저 부서 찾아다녔지만 헛수고였어요. 사람들이 나를 이 사무실 저 사무실 보냈지만 아무도 나의 질문에 대답을 못 해요. 이미 여러 달 동안 이쪽저쪽으로 다녔지만, 절대 포기하지 않을 겁니다. 나는 진실을 알 겁니다.

우리 마을 주민들은 경기장을 지키기 위한 시민 위원회를 만들었고 결코 경기장을 부수도록 놔두지 않을 겁니다. 주민들이 나를 시민 위원회의 회장으로 선출했고 지금 나는 체육 관련 부서에 갔다가 돌아올 겁니다. 우리는 경기장을 살리기 위해 모든 것을 할 것이고 필요하다면 굴착기 앞에 누울 것입니다."

나는 스타멘의 말을 들으면서 크고 마른 몸을 쳐다보았습니다.

두꺼운 안경 너머에서 그 선생님의 눈이 불타고 있다고 내게 느껴졌습니다.

이 과묵한 수학 선생님의 어디에 숲 전체를 태울 그런 불꽃이 있을까?

우리는 서로에게 작별 인사를 했고 나는 선생님에게 모든 성공을 기원했습니다

이제 나는 스타멘 선생님과 만남을 다시 기억하면서 경기장을 지키는 데 성공했으리라고 확신했습니다.

자주 과묵한 사람 안에는 우리가 짐작한 것보다 큰 야망과 힘이 있습니다.

나는 스타멘을 만나지 못했지만, 마을 끝에 있어 유럽으로 가는 고속도로가 지나는 경기장을 보러 가기로 마음먹었습니다.

거기에서 밭이 넓어졌고 드렌 강이 뱀처럼 구불구불하게 밭을 가르며 흐릅니다.

내가 여기서 가르쳤을 때, 봄과 여름에 강가에서 산책하는 것을 좋아했고, 버드나무 아래에서 자주 낚시를 했고, 느리게 흐르면서 할머니가 귀에 대고 무언가를 속삭이듯

살랑거리는 강물을 여러 시간 바라보았습니다.

멀리 남쪽으로 발칸 반도가 상승하여 마을 이름이 스톤인 것은 우연이 아닙니다. 왜냐하면, 모두 하얀 돌(스톤)로 집을 지었기 때문입니다.

아름답고 튼튼한 이층집이 있었습니다.

내가 여기서 가르쳤을 때 나는 젊었고 경기장에서 학생들과 공놀이를 했지만 이제 마을은 인적도 없고 사막처럼 황폐한 듯 보였습니다. 어떤 집은 몇 년 동안 아무도 살지 않았습니다.

그리고 거리는 어둠과 침묵에 빠졌습니다.

어느 사이에 경기장에 도착했습니다.

이미 저녁이 되었습니다.

나는 차에서 나왔습니다.

왜냐하면, 길을 잘못 든 것처럼 보였기 때문입니다. 고속도로는 보였지만 경기장은 그렇지 않았습니다.

주위를 둘러보면서 나는 조금씩 방향을 잡기 시작했습니다. 경기장은 전혀 없었습니다.

그 장소에는 호텔이 서 있고 가을 저녁에 네온 간판 '호텔 **천국**'이 보였습니다. 라틴 글자로 쓰여 있어 고속도로 저 멀리에서도 볼 수 있습니다.

이제 왜 여기 경기장 터에 호텔이 세워졌는지 이해했습니다.

실제로 매우 편리했습니다. 고속도로를 타고 지나가는 사람들은 즉시 그것을 알아차리고 멈추거나 쉬거나 호텔에서 밤을 보낼 수 있습니다.

호텔 근처에 커다란 지역이 넓게 퍼져있어 지금 그곳에는 외국 자동차 번호판을 단 여러 자동차와 트럭이 보였습니다.

나는 식당을 구경하러 들어가서 그 화려함에 정신이 혼미해졌습니다.

유럽을 모델로 하여 식당을 꾸며놓았습니다.

현대적이고 우아한 그것은 아름다움과 순수함으로 빛이 났습니다. 넓은 홀에는 부드러운 가락이 흘러나왔습니다. 손님은 많지 않았고 그들 사이에서 진하게 화장하고 탁자 여기저기 앉아있는 짧은 치마를 입은 젊은 여성들을 알아차렸습니다.

가장 순진한 방문자조차도 아가씨들이 주로 휴식을 취하고 즐겁게 지내려고 차를 세운 외국 운전자에게 특별 서비스를 위해 여기에 있는 것을 즉시 짐작할 것입니다.

명백하게 호텔 주인은 손님에게 완전한 편안함과 모범적인 배려를 보장했습니다.

나는 문으로 돌아갔지만, 근처 탁자에서 크리스마스트리처럼 장식한 젊은 남자가 일어났습니다. 목에는 금목걸이가 무겁게 매달려 있고 오른쪽 손목에 금팔찌, 왼쪽에는 값비싼 롤렉스 시계가 있습니다.

귀 중 하나에 귀걸이가 보였습니다.

"**트라야노브** 선생님, 안녕하십니까?"

젊은 사람은 나에게 인사했습니다.

놀라서 그 젊은이를 쳐다보고 오랫동안 보지 못했을지라도 즉시 알아보았습니다.

"판코, 너야?" 나는 물었습니다.

"여기서 뭐 하는 거야, 30분 전에 네 이모를 봤어?"

"저는 호텔 주인입니다. 제발 대접하고 싶습니다. 선생님은 오랫동안 스톤에 오시지 않았습니다."

"고마워, 판코. 근데 서둘러야 해, 길을 잘못 들었어. 여기에 무엇을 지었는지 보러 들어왔어."

"우리가 지었습니다. 선생님, 우리는 우리의 사랑하는 마을 스톤을 현대화하고 있습니다."

나는 판코에게 작별 인사를 하고 떠났습니다. 나는 결코 판코가 현대적이고 고급스러운 호텔 "천국"의 소유자라고 짐작하지 않았을 것입니다

라쇼, 빅토르, 스타브리스

처음에 나는 그 아이를 '**다누보**'와 '**로자 발로**' 거리의 모퉁이에서, 그리고 나중에는 탁자와 재떨이를 청소하는 카페 '**리오**'에서 보게 되었다. 나는 놀랐다. 지금까지 그렇게 어린아이가 온종일 카페에서 일하는 것을 보지 못했다.

일곱 살이나 여덟 살 먹은 어린이가 양배추를 닮은 검고 진한 머리카락에 설탕에 담겨 물기를 머금은 체리를 닮은 두 눈을 가졌다. 어린 남자아이의 작은 웃음이 강낭콩 낱알처럼 하얀 이를 내보이면서 얼굴에서 사라지지 않았다.

남자아이는 청바지를 입었는데 그게 몸 크기에 맞지 않아 바지 끝단이 접혀 있고 하얀 와이셔츠의 소매도 똑같이 접혀 있다. 이 아이는 집시를 닮지는 않았지만 부드러운 피부는 잘 익은 살구처럼 황금빛으로 빛났다.

아침에 '리오'에서 커피를 마시고 신문을 넘길 때 아이가 얼마나 진지하게 책임감 넘치게 일하고 있는지 놀라면서 살펴보았다. 방직기의 북처럼 이리저리 다니며 재떨이를 청소하고 부지런히 탁자를 닦고 결코 카페 오는 손님에게 인사를 잊는 법이 없었다. 구걸하지도 않고 사람을 귀찮게 않고 '리오'에서 행동거지가 신중하여 어린아이가 아니라면 확실히 누구도 알아차릴 수 없다. 단골 중 어느 사람이 자주 신문을 사러 심부름을 보내거나 커피잔을 탁자로 가져다 달라고 부탁했다. 왜냐하면, 카페는 스스로 해야 하기 때문이다. 나는 그 아이가 언제 나타났는지 이미 기억이 나지 않는다. 아마 두세 달 전 여름의 시작 무렵이다.

한번은 대략 27, 28살 먹은 카페 주인 **요한**에게 그 아이가 누군지 우연히 친척이거나 아는 사람인지 물었다. 즐겁고 농담을 좋아하는 청년 요한은 웃기 시작했다. 그것이 나를 혼란스럽게 해 아마 이상하다는 듯 쳐다보았다. 왜냐하면, 곧 요한이 말했기 때문이다.

"누군지 몰라요. 어느 날 아침 아이가 카페에 들어와서 나를 돕기 시작했어요."

요한이 농담하는 것처럼 보였다. 정말 요한은 농담을 잘하는 사람이었다.

"어떻게?" 나는 이해하지 못했다.

"이렇게 아이가 와서 청소하고 탁자를 닦기 시작했어요."

"그러면 누구냐고 여기서 무엇을 하느냐고 묻지 않았나요?"

"왜요? 분명 내게 거짓말할 텐데요."

"그럼 종일 여기에 있나요?"

"물론입니다. 나는 아이에게 샌드위치와 과자를 줍니다."

"어디서 사나요?"

"이상 하시네요."

요한은 화가 나기 시작했다.

"그것이 나를 흥미롭게 하지 않아요. 나는 쫓아낼 것이 아니니까요, 그렇죠?"
"이름이 무엇인가요?"
"참 성가시게 하네요.
여기 아이가 있으니 물어보세요."
갑자기 요한이 말하며 내 뒤에서 기다리는 아가씨를 위해 커피를 만들기 시작했다. 나는 내 커피잔을 들고 옆 탁자에 앉았지만, 요한과 대화가 계속해서 나를 자극하며 내 생각을 드릴처럼 뚫고 들어왔다.
길가에서 나는 자주 구걸하는 집시의 자녀들을 보았다. 더러운 넝마 옷을 입고 주둥이 앞에는 아교를 붙인 나일론 작은 주머니를 가지고 다녔다.
그러나 카페에 있는 그런 아이를 나는 처음 봤다. '리오'의 어린이는 아주 깨끗해 보였고 옷차림은 크기가 컸을지라도 넝마는 아니었다.
자주 호기심이 매처럼 나를 사로잡아 다른 무엇을 생각하도록 허락하지 않았다. 그래서 나도 아이가 누구인지 어떤지 그렇게 흥미를 갖지 않고 다만 손으로 부르니 곧 나의 탁자로 달려왔다.
아이가 꽁초가 든 재떨이를 들려고 움직일 때 멈춰 세웠다.
"이름이 무엇이니?" 내가 물었다.
자기 이름을 잘 기억하지 못한 것처럼 생각에 잠겼다. 뒤에 작은 여우처럼 교활하게 웃으며 대답했다.
"여러 이름을 가지고 있어요."

"어떻게?" 나는 이해하지 못했다.

"정말로 제가 있는 곳마다 사람들이 저를 다양하게 불러요. **라쇼, 빅토르, 안겔**"

"그래, 어디에 있었는데?"

"처음에 **비딘**이라는 도시에서 살았어요. 나중에 **그리스, 데살로니가**, 나중에 **바르나** 그리고 지금은 여기에요."

모든 말이 있고 나서 나의 놀람이 자라나 아이에게 묻는 것은 이미 의미가 없다는, 요한의 말을 이제 믿게 되었다. 왜냐하면, 아마 아이의 상상력은 끝이 없고 내게 무수히 놀랄만한 생각들을 이야기할 수 있기 때문이다.

"어떻게, 왜 그리스에 있었니?"

내가 의심스럽게 아이를 쳐다보았다.

"사람들이 절 거기로 팔았어요."

"누가 너를 팔았니?"

나는 누가 나를 검은 땅굴 속으로 갑자기 밀어 넣는 것처럼 그렇게 놀라고 당황했다.

"어떤 사람들이 저를 팔았지만 이미 그 사람들을 기억하지 못해요."

"어떻게 여기로 왔니?"

"다른 사람들, 나를 사서 바르나로 데리고 가는 외국 사람들과 함께. 하지만 저는 도망치기에 성공했어요."

"도망쳤다고?"

"그것이 제겐 어려운 일이 아니에요.
이미 익숙하거든요."

나는 아이를 쳐다보며 그것이 가능한지 아니면 거짓말하는 것인지 사막의 모래 속에 잠기는 기분이 들었다.

"어디서 사니?"

"저기, 가까이"

"어디?"

조용해지더니 더 말하지 않았다.

'무엇을 먹니?"

요한 삼촌이 샌드위치, 과자, 먹을 빵을 주세요."

"누가 이 청바지를 주었니?"

"요한 삼촌이" 나는 외계인처럼 아이를 살폈다.

"내가 누구라고 부를까?"

"원하시는 대로요. **스타브리스**라고 부르실 수 있어요. 데살로니가에서 사람들이 저를 스타브리스라고 불렀거든요."

내 질문에 지겨웠는지 '안녕히 계세요'라고 말하며 손을 들어 인사하고 얼마 전에 서서 커피를 주문하고 다 마신 후 두고 떠난 아가씨의 빈 잔을 가지러 옆 탁자로 달려갔다.

2주 뒤 아이는 사라졌다.

나는 요한에게 물었다.

"스타브리스는 어디 갔나요?"

요한은 입을 벌리냐 나를 바라보았다.

"어떤 스타브리스요?"

"여기 있었던 어린아이."

"여기에는 어떤 어린아이도 없었어요."

"좋아요. 그때 라쇼, 안겔, 빅토르."

요한은 작게 웃었다.

"누구에 대해 말하는지 이해할 수 없어요."

나는 화가 났다. 매일 아침 나는 카페에서 계속 커피를 마신다. 여기는 조용하고 편안해서 마음에 든다.

나는 고정 손님을 알고 우리는 서로 친절하게 인사한다. 카페 벽에는 자주 그림이 걸린다. 화가에는 흥미가 없다. 그래서 지금 그리스의 풍경, 항구, 바다, 배, 해를 그린 한 개 그림이 매우 매력적이다.

그러나 '리오'의 매력 중 무언가가 사라졌다.

가끔 나는 여기에 체리처럼 검은 눈을 가진 어린아이가 있었는지 아니면 내가 꿈을 꿨는지 궁금하다.

도둑 캠프

도둑을 위한 캠프가 내게 우연은 아니었다.

사람들은 오래전부터 나를 안다.

나는 어릴 때부터 훔쳤다.

이미 초등학교 때 나의 이 열정도 불꽃처럼 빛이나, 학교 가방은 항상 다른 사람들의 펜, 색연필, 필통으로 가득했다.

부모님은 정직한 사람이라 무엇을 해야 할지 몰랐다.

동급생의 할아버지 할머니가 손자들의 펜이나 비싼 공책이 없어졌다고 쉴 새 없이 불평하러 집으로 왔다.

뭔가가 없어지면 사람들은 내게서 모든 것을 찾게 되었고 아무도 단순히 잃어버렸다고 짐작조차 하지 않았다.

불쌍한 엄마는 고통과 성가심 때문에 병들어 누웠다.

엄마는 시들어 벼락 맞은 나무 같았다.

예전에는 엄마도 예쁘고 매력이 넘쳤다.

내가 1학년 때 예쁜 엄마를 아주 많이 자랑스러워했다.

아버지는 할 수 있는 한 최선을 다해 나를 교화시키려고 애썼다.

아버지는 낮에 몇 번이나, 북을 치듯 나를 때렸지만, 효과가 없었다.

나는 계속해서 훔쳤고, 아무도 내가 가는 그 길에서 나를 벗어나도록 할 수 없었다.

'내가 무엇을 해야 하나'하고 아빠는 한숨을 쉬었다.

'내가 아들이 손을 잘라 평생 쓸모없는 사람이 되도록 할 것인가 아니면 아들을 죽여야 하나?'

엄마는 계속해서 나를 의사나 심리치료사에게 보냈지만 헛된 일이었다.

나는 조용하고 회중시계를 닮은 작은 남자아이처럼 보였다. 의사와 교육자는 주로 젊고 동정심 많은 여자였는데 나를 보고 놀라며, 이 귀엽게 잘 차려입은 아이가 실력 있는 도둑이라고 믿지 못했다.

그들은 나를 돕기 위해 가능한 모든 것을 다 했다.

여러 시간 나랑 이야기하면서 내가 누구인지 무엇을 좋아하는지 묻고 말도 안 되는 부분을 많이 끄집어냈다.

그러나 나는 무엇을 훔치기는커녕 나쁜 단어조차도 말할 수 없는 어린 양처럼 조용하게 그들을 바라보았다.

치료하는 동안 나는 매우 지루했다.

해가 커다란 오렌지처럼 매달린 누런 사막에 있는 것처럼 앉아있다.

조금 기분전환을 위해 의사나 교육자의 지갑이나 다른 무언가를 훔쳤다.

그들은 물건이 없어진 순간조차 느끼지 못할 정도였다. 몇 초면 내가 원하는 모든 것을 훔칠 수 있다.

날이 갈수록 실력이 더욱 완벽해짐을 확신하기 때문에 매우 자랑스러웠다. 오직 엄마만 모르게 할 수 없었다. 엄마와 함께 있을 때, 엄마는 로켓 비행장 발사대 위에 선 군인처럼 긴장해 있으며 눈은 잠시라도 움직이지 않앉다. 이런 지속적인 관심 때문에 엄마의 눈길은 총검처럼 날카로웠다.

얼굴 근육은 당겨진 인디언의 화살처럼 팽팽했다.

입술을 지그시 눌러 가장자리에 두 개의 딱딱한 느낌표가 만들어졌다. 계속해서 나를 감시하는 매의 눈초리일지라도 치료자의 지갑이 언제 없어지고 있던 곳에서 언제 내 주머니로 옮겨졌는지 볼 수 없었다.

그것은 정말 극히 소수의 사람만이 할 수 있는 예술이었고 나는 그런 사람들 가운데 하나였다.

그러나 엄마는 나의 본색을 드러낼, 해볼 만하고 실수가 없는 방법을 가지고 있었다. 치료가 끝났을 때 매우 친절하게 의사나 교육자 앞에서 나에게 일어나서 손을 들라고 시켰다. 그리고 신발에서 머리까지 노련한 경찰관처럼 나를 훑어보기 시작했다. 얼마 뒤 엄마는 내 소매 또는 바지 가장자리에서 그들의 지갑을 꺼냈다.

엄마는 승리하여 깃발을 흔드는 군인처럼 나를 쳐다보았다. 불쌍한 의사는 놀라서 소리치고 곧 혼수상태에 빠졌다. 자신의 지갑이 엄마의 손에 있는 것을 믿을 수 없었다. 여의사는 열심히 자신의 주머니를 만지고 손을 집어넣고 땀 흘리며 안절부절하다가 마침내 조금 전에 엄마가 내 바지 가장자리에서 꺼낸 지갑이 자기 것임을 확인했다.

의사는 무료 구경거리 보듯 바라보았다.

웃고 놀라며 나를 칭찬하고 내 머리를 쓰다듬으며 훔치

려고 하는 무서운 열정을 치료하기 위해 여기 함께 있다는 사실을 잊은 듯했다.

우리는 자비롭고 조용하고 얼음처럼 흰 머리카락에 오래된 금빛의 눈을 가진 나이든 유명 교수를 만났는데 매우 오랫동안 나를 상담하고 말을 하고 설득하여 거의 잠들 지경이 되도록 계속했다.

나는 이미 지루해서 어디를 바라보아야 할지 알지 못하고 무엇을 생각할지 모를 정도였다.

나는 참을 수 없고 손가락은 마치 식초에 손을 담근 것처럼 근질거렸다.

교수실 입구에서 엄마는 무엇이든 훔칠 생각조차 하지 말라고 매우 엄하게 경고했다.

나는 좋은 교수님에게 아무것도 훔치지 않겠다고 약속했지만 30분간의 강의가 지나자 참을 수 없어서 약속을 지키지 못했다.

교수의 커다란 지갑은 그의 웃옷 주머니에서 내 스웨터 밑으로 매우 느리게 기품있게 옮겨졌고, 지갑이 꽤 두껍고 무거웠기 때문에 약간 부풀어 올랐다.

아마 교수는 방금 월급을 받은 듯 했다.

과정이 끝나자 매우 만족하여 마치 나이든 남자에게 하듯 내 손을 꼭 쥐고 엄마에게 결코 훔치지 않을 거라고 단언했다.

그리고 이런 치료에서 큰 성공을 거둬 외국의 동료들을 돕기 위해 해외에 자주 초대받는다고 덧붙였다.

엄마는 입술이 물음표처럼 변형되어 회의적인 웃음을 띠며 감사했지만 떠나기 전에 주의해서 자세히 나를 살피리라 마음먹었다.

확실히 교수의 능력을 믿지 않았다. 교수는 친절하고 관대하게 웃으며 우리 앞에서 일어섰다.

엄마는 재빨리 내 스웨터 아래서 교수의 두꺼운 지갑을 찾아내 그것을 끄집어내자 교수는 돌처럼 굳었다.

사랑스러운 작은 웃음이 겁에 질린 올빼미처럼 멀리 날아가고 눈은 총알처럼 빛났다.

얼마 뒤 엄마의 손에 있는 지갑을 슬그머니 보더니 나중에 매처럼 잡아채고 울부짖기 시작했다.

교수는 소리치지 않았지만 마치 누가 거짓으로 휘파람 불 듯 날카로운 목소리를 크게 냈다.

헐떡이며 엄마와 내가 도와 달라고 온 것이 아니라 도둑질하기 위해 온 범죄자라고 되풀이했다.

경찰을 곧 부르겠다고 협박했다. 왜냐하면, 범죄자는 치료해야 하는 것이 아니라 감옥에 보내야 하기 때문이다.

교수는 세게 더 세게 소리 질렀다.

이미 불타는 난로처럼 빨갛게 되어 도끼에 찍힌 나무처럼 언제라도 땅 위로 넘어질 수 있다.

사랑스럽고 조용한 노교수에게는 아무것도 남지 않았다.

지금 우리 앞에는 날카로운 뿔로 우리를 당장이라도 잔인하게 찌르려는 분노에 찬 숫염소가 서 있다.

나의 불쌍한 엄마는 이미 말할 수도 움직일 수도 없이

두려움에 떨며 그를 바라보고 있어 나는 엄마에게 미안함을 느꼈다. 엄마는 아무것도 설명할 수 없고 교수는 소리쳐 엄마가 입을 열도록 허락하지 않았다.

나는 화난 교수의 방에서 어떻게 나왔는지 알지 못하지만 이날 이후로 엄마는 나를 과정으로 안내하는 것을 잊었고 내가 원하는 것을 하도록 내버려 두었다.

물론 나는 훔치기를 계속했다. 경찰서에서 나를 불렀지만, 아직 미성년자라 재판에 넘기지는 못했다.

경찰관은 오직 몇 년 뒤에는 재판에 넘겨지고 감옥에 보낼 것이라고 경고하고 협박했다.

나는 전혀 기대하지 않게 '데르벤' 마을에서 열린 도둑을 위한 캠프에 참가했다. 버려진 산장에서 개최된 비밀 캠프로 미성년자 도둑들, 남자아이와 여자아이, 집시 중 일부를 단체별로 모았다.

우리의 평범하지 않은 능력에 대해 잘 아는 사람 누군가가 우리를 모았는지 모른다.

나는 학교 캠프에 간다고 부모님을 속였고 부모님은 곧바로 허락했다. 내가 없는 동안 그들은 불쾌한 놀람에서 조금 쉴 것이라고 아마 생각했을 것이다.

아빠는 내게 돈을 주시면서 캠프에서 훔치지 말라고 엄중하게 경고했다.

불쌍한 아빠는 내가 훔치는 기술을 정확하고 완벽하게 연습하기 위해 가는 것을 짐작조차 하지 못했다.

두 명의 매우 경험 많은 도둑이 우리를 가르쳤다.

그들은 아주 많은 기술을 알고 있지만 내가 그들보다 더 잘한다고 느꼈음을 고백해야만 한다. 이 캠프에서 모든 기술을 오랫동안 참을성 있게 배워야 한다고 깨달았다. "얼마나 재능있는지 자연이 재능을 얼마큼 주었는지와 상관없이 너희들은 많은 경험과 기술을 완벽하게 할 필요가 있다." 두 명의 나이든 도둑은 우리가 완벽하기를 원하고 나중에 우리는 그들을 위해 또는 어떤 비밀 도둑 조직을 위해 일해야만 한다.

모든 캠프처럼 여기에서도 마찬가지로 엄격한 질서와 규율이 있다. 오전에는 강사 중 한 명 즉 도둑이 이름한 것처럼 강의와 훈련이 있다.

오후에는 소풍을 가서 공을 차고 저녁에는 홀에서 춤을 즐긴다.

도둑보다는 배우 같은 대략 서른 살의 강사가 나에게 아주 만족하며 계속해서 나를 노련한 도둑의 예로 지목했다.

그러나 캠프에서 나보다 나이 어린 **게마**라는 여자아이를 사귀었다. 그 아이가 몇 살인지는 잘 모른다. 왜냐하면, 게마는 학교에 다니지 않았고 정확히 언제 태어났는지도 모른다. 어떨 때는 14살이라고 말하고 어떨 때는 15살이라고 말했다. 그때까지 나는 그렇게 예쁜 여자아이를 꿈에서도 보지 못했다.

비단 천처럼 부드러운 갈색 얼굴에 항상 놀리듯이 웃는 아몬드 모양의 눈을 가졌다.

팔은 가늘고 가벼워 흰 갈매기 날개를 닮았고 몸은 송어처럼 탄력이 넘쳤다. 게마랑 어떻게 친구가 되었는지 잘 모른다. 다른 모든 아이들처럼 지냈지만, 게마는 아침부터 저녁까지 항상 내 옆에 섰다.

나는 게마가 매우 재능있는 도둑이고 나보다 더 타고난 재능이 있다고 말할 정도였음을 솔직히 고백한다.

자주 우리가 함께 있을 때 게마는 뜬금없이 몇 시냐고 물었다.

그때야 나는 내 시계가 이미 오래전에 게마와 함께 있음을 알아차렸다. 게마는 웃기 시작했고 하얀 이빨은 쌀처럼 빛났으며 웃음소리는 폭포처럼 쏟아져 나왔다. 자랑하듯 내게 시계를 돌려주었다.

게마가 나한테 무언가를 훔쳤다고 느꼈지만 게마를 기쁘게 하려고 아무것도 모르는 척하는 순간도 있었다.

나는 게마를 사랑하게 되었고 전에는 상상조차 못 한 다른 세계를 만났다.

게마의 키스는 100년 된 포도주처럼 나를 취하게 하고 게마의 따뜻한 손바닥이 나를 녹였다.

이제 게마가 없이는 숨 쉴 수도, 볼 수도, 들을 수도 없다고 믿었고 이상한 무언가가 내게 일어나기 시작했다.

어느 사이에 나의 훔치려는 능력과 열정이 사라졌다.

배우를 닮은 강사는 내게 화내기 시작하더니 처음처럼 나를 칭찬하는 대신 자주 더욱 자주 꾸짖었다.

나는 노력하고 땀을 흘렸지만 소용없었다.

여러 가지 물건이 남의 주머니에서 내 주머니로 옮기는

편리성과 신통력이 완전히 사라졌다.

내게 무슨 일이 일어났는지 나는 모른다.

완벽성을 갖는 대신 나는 오히려 굳어갔다.

나는 나 자신에게 화가 나기 시작했다.

내가 가진 능력이 부족한가?

오직 게마만이 나를 이해했고, 숲의 딸기처럼 잘 익고 달콤한 키스로 나를 안정시켜 줬다.

나는 사랑 때문에 거의 미치듯 했고 다른 어떤 것도 더 내게 재미없었다.

자주 저녁에 우리는 어느 수풀 속에서 끝없이 반짝이는 별이 있는 깊은 하늘을 쳐다보면서 누워 있었다.

게마는 나를 끌어당겼고 기적같이 내 속에 있는 다른 커다란 재능 즉 사랑의 문을 연 것처럼 느껴졌다.

나의 훔치는 능력은 영원히 사라졌다.

하나의 열정이 다른 것을 대체한다.

그리고 지금 많은 세월이 지나도 계속해서 게마를 꿈꾼다. 나는 훔치지 않는다. 이미 훔치는 것은 예전에 누군가의 지갑이 알아차리지 못하게 내 주머니로 들어올 때처럼 그런 즐거움의 이유가 되지 못한다.

남자의 아픔

마게로브와 **보이코브**는 서로 말하는 것을 피한다.

아무도 그 이유를 모른다. 보이코브는 고등학교 교장이고 마게로브는 교감이다.

마게로브에게는 교장의 몇 가지 행동이 마음에 들지 않았다. 그러나 나쁜 교장은 아니다.

마게로브보다 더 젊고 활기차고 일을 열심히 한다. 모든 교실을 새롭게 정비하는 데 성공해서 컴퓨터 있는 교실, 열람실 있는 큰 도서관, 욕실 있는 학교를 만들었다.

학교에 왜 욕실이 필요하냐고 마게로브는 불평했지만, 누구에게도 이 사안에 대해 한마디도 하지 않았다.

교장이 이혼하고 젊은 영어 교사 **쿨레바**와 사귀기 시작한 것도 마게로브 맘에 안 들었다. 학교에서는 쿨레바 있는 곳에 교장이 있다는 것을 모두 다 안다.

추문이다. 마게로브는 불만스럽다.

교장은 50살이고 쿨레바는 25살이다.

그 남자는 교장이고 그 여자는 교사다. 그래서 부인이 교장을 떠났다. 게다가 교장은 잠시라도 쿨레바를 혼자 두지 않았다. 쿨레바는 미인이고, 키는 크며, 조금 갈색의 부드러운 얼굴과 큰 눈에 아름다운 옛날 도자기를 닮은 맵시를 갖고 날씬했다. 눈의 색깔은 쉽게 표현할 수 없는데 어떨 때는 비둘기색이다가 어떨 때는 부드럽고 따뜻한 반사경의 어두운 초록색이다. 쿨레바는 수업이 없을 때는 도서관에 가서 사서인 **베나**와 지칠 때까지 수다를 떤다. 베나는 쿨레바와 동갑이며 일보다 수다 떨기를 더 좋아한다. 그러나 가장 웃긴 것은 쿨레바가 도서관에 들어갈 때 교장은 문으로 조용히 도둑처럼 다가가 두 사람의 말을 엿듣는다는 사실이다.

여러 차례 마게로브는 교장이 도서관 문 옆에 서서 어떻게 엿듣는지 보았다.

"이것은 추문이고 웃긴 일이다."라고 마게로브는 중얼거렸다.

1년 전 젊은 역사교사 **파네브**가 쿨레바와 사귀기 시작하자 교장은 파네브를 해고했다.

교장의 눈빛을 보면 교장과 쿨레바 사이의 관계가 어떤지 곧 알 수 있다.

교장이 비 오는 가을날처럼 화를 낸다면 둘 사이의 관계는 좋지 않다.

교장이 웃고 농담한다면 양쪽 모두 잘 지내고 있다.

학교에는 차가 있는데 교장만 사용하고 그 외에는 누구도 탈 수 없다.

교장과 쿨레바가 자주 차로 **'예쁜 샘'**이라는 휴양지에 가서 값비싼 식당에서 저녁을 먹고 나중에 멋진 호텔에서 밤을 보낸다고 여자 교사들이 험담했다.

마게로브는 그 험담을 믿지 않았다. 교장의 월급이 많지 않고 이런 즐거움을 위해서 전혀 충분하지 않음을 잘 알고 있다. 더구나 교장의 전 부인은 끊임없이 자녀양육비를 요구하며 괴롭혔다. 교장은 고등학생 두 자녀를 두고 있었는데 전부인 역시 교사로 혼자 아이들을 양육할 수 없다. 한 번은 토요일에 학교에 수첩을 두고 온 것을 알았다. 고장 난 세탁기를 수리하려고 아는 사람에게 전화를 걸어야 했는데 그 전화번호가 수첩에 적혀 있었다.

학교에 가고 싶지는 않았지만, 꼭 수리 기사에게 전화해야 했다. 학교 문에는 얼마 전에 채용된 젊은 수위가 근무하고 있다. 수위가 문을 열려고 하지 않는 것을 알아차렸지만 마게로브는 교감이라 마침내 들어가도록 열어 주었다.

마게로브는 서둘러 2층으로 가서 사무실에 들어가 책상 위에 있는 수첩을 챙겼다.

들어가면서 교장실에서 어떤 소리를 들었다.

주저하지 않고 문고리를 잡자 문이 열렸다.

마게로브는 열린 문 때문이 아니라 교장실에서 본 것 때문에 놀랐다.

교장은 셔츠에 슬리퍼를 신고 창가 작은 탁자 위에 고개를 숙이고 커피를 타고 있었다.

마게로브가 문을 열자 당황한 채 몸을 돌리고, 재빠르게 감추더니 말했다.

"아이고, 교감 선생님. 안녕하세요. 이리 들어와 커피를 같이 마시죠."

마게로브는 어쩔 수 없이 방에 들어갔다. 이미 문을 열었기에 돌이킬 수 없었다.

몇 걸음을 걸어 방 가운데 있는 긴 탁자 옆에 앉았다. 장의자 위에는 이불, 담요, 방석이 있었다. 정말 조금 전 침대에서 나와 아직 장의자를 정리하지 못한 듯했다. 의자 중 하나에는 초콜릿 색 양복과 넥타이가 걸려 있다. 교장은 두 개의 커피잔에 커피를 따르고 탁자 옆 마게로브 앞에 앉았다. 두 사람은 조용히 따뜻하고 향기 나는 커피를 마시기 시작했다.

"교감 선생님." 교장이 말을 꺼냈다. "이혼하면 보신대로 이런 일이 생깁니다. 돈이 충분하지 않아 아파트를 빌릴 수도 없어요. 물론 학교에서 지내서는 안 된다는 것을 알지만 어쩌겠어요."

마게로브는 조용했다. 오늘 아침 교장은 기분이 좋다. 정말로 오늘 쿨레바를 만나기로 하여 준비하는 듯했다. 이제서야 마게로브는 교장이 왜 학교에 욕실이 필요했는지 알았다.

"그리고 교감 선생님은 이른 아침에 학교에 왜 오셨어요?" 교장이 물었다.

"교장 선생님을 감시한다고 생각하지 마세요."
마게로브는 교장을 안심시켰다.

"어제 저는 여기에 제 수첩을 잊고 가서 가지러 왔습니다. 왜냐하면, 급하게 아는 사람에게 전화해야 하거든요."

"예, 교감 선생님이 나를 감시하지 않는다고 잘 압니다."
교장은 소리 내며 작게 웃었다.

"자주 제 의견에 동의하지 않는 것을 알지만 저는 오직 교감 선생님만 믿습니다. 선생님만 학교에서 제게 험담하지 않는 유일한 분이거든요. 아시다시피 학교는 벌집과 비슷해서 모든 교사가 끊임없이 나를 험담하고 나는 그 입을 막을 수 없어요."

"가보겠습니다." 마게로브가 일어섰다.

"커피와 믿어 주셔서 감사합니다."

"저도 감사합니다."

마게로브는 나갔다.

'교장의 사는 것이 쉽지 않구나. 하지만 누구를 탓할 수 없지.' 마게로브는 깊이 생각했다.

일 년 뒤 쿨레바는 학교를 떠났다. 외국에서 일하는 기자를 알게 되었다고 여교사들이 말했다. 쿨레바는 그 사람과 함께 멀리 떠나서 곧 결혼할 것이다. 많은 시간이 지나지 않았다.

교장도 학교를 떠났다. 교장은 친구가 어디 회사에서 더 많은 급여를 주는 일자리를 제안했다고 말했다. 교장은 땅 아래로 잠기듯 사라졌다.

2년 뒤 마게로브는 연금 수령권자가 되었다.

한 번은 9월 초에 활짝 갠 조용한 오후에 '**로드피**'와 '**오데사**'거리 구석에 있는 '**하얀 말**'이라는 식당에 들어갔다. 습관적으로 여러 번 여기 와서 좋아하는 향기의 아니스 브랜디를 마셨다.

여기서 친구를 만나고 대화하면서 시간은 빠르게 순식간

에 지나갔다. 지금 식당에 들어설 때 거의 비어있음을 알았다. 정말로 축구 시합이 있어 친구 중에 아무도 이 식당에 오지 않았다.

마게로브는 나가려고 했으나 누가 그에게 손을 흔들었다. 슬쩍 보니 보이코브였다.

4년 이상이나 그를 보지 못했다.

"안녕하세요. 교장 선생님." 마게로브는 그에게 다가갔다. "어떻게 지내세요?"

"감사합니다. 잘 지내지요." 보이코브가 대답했다. "앉지 않으실 건가요?"

"예, 나는 아니스 브랜디 마시기를 좋아해요."

마게로브는 보이코브를 쳐다보았다. 그는 마르고 피곤해 보이고, 전에 마게로브가 학교에서 보아 기억하는 똑같은 초콜릿 색 옷을 입고 있었다. 머리카락은 회색빛에 숱이 많이 빠져 있고 검은 타타르색 눈에는 이미 전의 활기찬 불꽃이 사그라져 있다. 마게로브는 아니스 브랜디를 주문하고 보이코브에게 무엇을 마실 거냐고 물었다. 보이코브는 포도 브랜디를 더 좋아한다고 대답하고 이미 주문한 브랜디를 계속 마셨다.

그들은 무엇에 대해 말할지 조용했고 어떤 따뜻한 파도가 마게로브의 가슴에서 올라왔다. 정말 여러 해 동안 마게로브는 보이코브와 함께 일했다. 마게로브는 보이코브를 바라보며 조용히 물었다.

"그 여자를 매우 사랑했나요?" 마게로브는 이름을 언급하지 않았지만 두 사람은 누구 이야기인지 알았다.

"예" 보이코브는 대답했다. "매우. 그렇게 제가 사랑할 줄 짐작조차 못 했어요. 그 여자는 마녀였어요. 아마 그 이상일지도. 내 마음을 가져갔어요.

나는 내가 신중하고 현명한 나이든 남자로 생각했는데 아니라는 것이 아주 무서웠어요.

나는 그렇지 못했어요. 나는 계속해서 그 여자를 사랑했고 그 여자를 잊을 수 없었어요."

보이코브는 잔을 들어 그 속에 있는 브랜디의 남은 것을 다 마셨다. 마게로브는 교장의 여윈 얼굴을 바라보았다. 교장의 눈은 지금 불 꺼진 두 개의 납덩이를 닮았다.

마게로브는 교장에게 내가 이해한다고 말하고 싶었지만, 의미는 없다.

보이코브는 위로가 필요하지 않다.

자신의 아픔을 잘 알고 받아들이는 남자다.

여우식당

활기찬 여름날 오후입니다.

식당 '조용한 숲'은 말 그대로 조용합니다.

때때로 자동차들이 차도(車道)를 따라 지나가지만, 어느 차(車)도 식당 앞에서 멈추지 않습니다. 게르긴 아저씨는 탁자에 앉아 어두운 소나무들 사이로 긴 다람쥐 꼬리처럼 여기저기 뻗어서, 멀리 사라져 가는 차도를 보고 있습니다.

아저씨는 황금으로 만든 공이 주조된 철의 바다 속에 잠긴 듯, 해가 산꼭대기 너머로 사라지는 순간을 좋아합니다.

숲, 계곡 아래로 흐르는 급류, 새들의 합창, 산맥 사이 바람조차 마치 모든 것이 조용해진 듯합니다.

저녁이 그리움처럼 산으로 옵니다. 아저씨는 탁자에 조용하게 앉아 있다가 갑자기 작게 부스럭거리는 소리를 들었습니다. 처음에는 그렇게 들렸는데 소리가 조금 더 세게 계속되었습니다.

마치 수풀 속에서 누군가 나와 거의 숲에 놓여있는 식당 맨 끝 탁자에 가까이 온 것 같습니다.

아저씨는 머리를 들어 주위를 둘러보았습니다. 갑자기 몸이 굳어졌습니다.

거기에 맨 끝 탁자 가까이에 작고 누런 불꽃처럼 두 눈이 빛나고 있습니다.

여우였습니다.

서서 아저씨를 주의 깊게 살펴봅니다. 몇 초 동안 아저씨와 여우는 움직이지 않았습니다.

아저씨는 여우를 놀라게 하기 싫고 여우는 아저씨를 잘 살피고 싶어 하는 것 같았습니다.

아저씨는 여우, 산양, 산돼지가 있다는 것은 알지만 지금까지 야생동물은 보지 못했습니다.

여우는 움직이지 않고 조금 서 있다가 뒤에 주위를 둘러보더니 탁자 아래서 무엇인가 먹을 것을 찾아 먹기 시작했습니다.

'그래. 훔치지 않고 스스로 먹을 양식을 찾는다면 괜찮지' 아저씨가 말했습니다.

여우는 여기저기 빵과 살라미 소시지 조각을 찾으며 탁자 둘레를 돌아다녔습니다.

나중에는 나타날 때처럼 그렇게 조용히 사라졌습니다.

다음 날 숲에 있는 식당에서는 더 큰 소동이 났습니다.

차들이 훨씬 더 자주 멈추고 사람들이 와서 탁자에 앉아 아침이나 점심을 먹었습니다.

아저씨는 고기를 굽고 맥주잔을 채우고.

정신없이 그렇게 하루가 지나갔습니다.

해가 지기 전에 탁자 둘레를 깨끗하게 쓸기 시작했습니다.

빗자루에 몸을 기대고 있을 때 누군가 자신을 살피는 것을 느꼈습니다. 머리를 들어 맨 끝 탁자를 쳐다보고 여우를 바라보았습니다.

어제처럼 같은 장소에 서서 조심스럽게 아저씨를 쳐다보

앗습니다. 아저씨는 잠시 숨을 멈추고 놀라게 하지 않으려고 긴장했습니다.

여우를 놀라게 하지 않으려는 것을 마치 아는 듯, 사람들이 먹다 남긴 무엇인가 먹을 것을 찾으며 탁자 둘레를 어슬렁거리기 시작했습니다.

다음날 아저씨는 더 잘 대하리라 결심하고, 해가 지기 전에 구운 닭고기 조각을 가장 구석 탁자 아래에 두었습니다. 여우가 다시 올 것인지 보려고 했습니다. 그런 약삭빠른 동물이 그렇게 사람 가까이 날마다 감히 오리라고 아직도 믿고 싶지 않았습니다. 여우는 저녁에 나타난다고 알고 있습니다. 낮에는 자신을 숨깁니다.

그러나 여우를 기다리면서 다시 어느 탁자에 앉았습니다. 담배 연기가 여우를 두렵게 만들지 않도록 담뱃불도 태우지 않고 움직이지 않고 앉았습니다.

마침 해가 저 먼 언덕 뒤로 사라질 때 식당 앞에 자동차가 서더니 두 젊은이가 내렸습니다.

"손님, 잠깐만 기다려 주세요. 무언가 보여주고 싶어요."

아저씨가 그들에게 말했습니다.

젊은이들은 호기심을 가지고 아저씨를 보았습니다.

"해가 지는 이 시간에 여우가 나타나요. 여우를 위해 저 탁자 아래에 고기를 놓고 기다리고 있어요. 나중에 주문 받을게요. 괜찮지요?"

아저씨가 자초지종을 이야기했습니다.

젊은이는 놀라서 서로 쳐다봤습니다.

아마 남자가 미쳤거나 농담하는 것으로 생각했습니다.

'무슨 여우? 이 밝은 낮에. 여우가 그렇게 미련한가!'

속담에 따르면 여우는 시장에 가지 않습니다.

그렇지만 젊은이는 아저씨가 무엇을 할 것인지 보려고 탁자에 앉았습니다.

채 10분도 지나지 않아 여우가 나타났습니다.

닭고기 조각을 찾아 맛있게 먹기 시작했습니다.

아저씨는 젊은이들에게 움직이지 말고 부드럽게 여우를 쳐다보라고 몸짓으로 알려 주었습니다.

지금 더 자세히 여우를 관찰할 수 있습니다.

여우는 예뻤습니다. 빛나는 적황색 털, 날카로운 주둥이, 두 개로 쪼개진 듯한 호박색 작은 눈동자, 무겁게 곤두선 꼬리가 있습니다.

먹으면서 때때로 고개를 들고 아저씨를 쳐다보는데 마치 조그맣게 웃는 듯했습니다.

부드러움에 휩싸여 조용히 말했습니다.

'너는 아름다운 여우구나. 황금색이며 약삭빠르고 배고프지 않으려면 어디로 가야 할지 아는구나. 여기 게르긴 집에서는 절대 배고프지 않을 거야.

여행자를 위해, 너 같은 숲의 동물을 위해 항상 먹을 것이 있어.'

여우는 고기 조각을 다 먹고, 뭔가 다른 남은 것이 없는지 탁자 둘레를 돌아다니다가, 아무것도 없는 것을 알고 곤두선 꼬리를 흔들며 몸을 돌려 사라졌습니다.

숲으로 들어가기 전에 여우가 다시 아저씨를 쳐다보고 작게 웃는 듯이 보였습니다.

"이런 것을 결코 본 적이 없어요."

젊은이 중 하나가 여우 뒤를 쳐다보면서 말했습니다.

"나도 전에는 이런 것을 결코 본 적이 없어요."

아저씨가 말했습니다.

"그러나 두 눈으로 똑똑히 보았지요. 젊은이처럼 여행자로 처음 이곳에 와서 먹을 것을 주문해요. 여기서 가장 중요한 것은 훔치지 않고 빼앗지 않고, 사람들이 먹다 남긴 것을 단순히 먹고 뒤에는 조용히 간다는 사실이에요. 나는 그것을 여우의 교양이라고 불러요."

젊은이들은 먹을 것과 맥주를 주문하고 여우에 대해 계속 말합니다.

"정말 여우는 약삭빠르네요. 오직 동화책에서나 이야기한다고 생각했는데요."

곤두선 여우 꼬리를 닮은 무성한 머리카락을 가진 젊은이 중 하나가 놀랐습니다.

그들이 떠난 뒤 아저씨는 탁자를 깨끗이 한 뒤에 TV를 보려고 방으로 들어갔습니다.

여름 한 철 동안 여기에서 살고 있습니다.

가족도 없이 혼자 산속에서 잘 지내고 있습니다.

아내는 10년 전에 죽었고 아들은 5년 전에 교통사고로 생을 다 했습니다.

며느리는 손자와 함께 마을에 살고 있습니다.

아저씨는 여기 산속 식당에서 일하여 번 돈으로 며느리를 돕고 있습니다.

일하면서 걱정 때문에 숨이 막힙니다.

지금 TV를 보면서 다시 여우에 대해 생각했습니다.

혼자 말합니다.

'누구는 고양이를 키우고, 다른 사람은 개, 앵무새, 박새를 키우지만, 나는 이미 여우, 황금색 약삭빠른 여우를 갖고 있어.'

마치 신이 보내준 듯합니다.

언젠가 죽은 뒤에는 사람들이 동물로 다시 태어난다고 믿는 부족이 있다고 들었습니다.

지금 아들 **도브리**가 이 여우로 다시 태어나 조용히 온 것이라고 믿고 싶었습니다.

매일 해지기 바로 전에, 어떤 여우가 식당 '**조용한 숲**'에 나타난다는 소문이 빠르게 퍼져갔습니다.

여우가 조용히 탁자 둘레를 다니고 사람들이 먹다 남긴 것이나 먹으라고 던져주는 것을 먹는다고 사람들이 서로 이야기하기 시작했습니다.

아저씨는 매일 구운 닭고기 조각을 주고 여우는 매우 고마워합니다. 수많은 사람이 여우를 보러 '조용한 숲' 식당을 오기 시작했습니다. 식당이 가득 차서 주인 **이반 드라세브**는 매우 만족했습니다. 수입이 훨씬 많아지자 드라세브는 의기양양했습니다. 두 달 전에만 해도 수익이 나지 않아 식당을 그만두려고 했습니다. 여우가 여기

온 뒤부터 수입이 갈수록 늘었습니다. 다음 여름에는 식당을 더 새롭게 꾸미려고 생각했습니다.

여기 오는 사람들은 결코 전에는 비슷한 무언가를 본 적이 없습니다.

여우는 길든다고 누군가는 주장합니다. 누구는 눈을 믿고 싶지 않습니다. 그래서 누구나 여우를 찍기 위해 카메라를 가지고 왔습니다. 여우는 사람 때문에 놀라지 않고 점점 가까워졌습니다.

그러나 아저씨를 가장 잘 알아봅니다. 아저씨를 보면 더 조용하고 더 친절해집니다. 아저씨는 반드시 해야 할 일을 알고, 구운 닭고기 조각을 빠뜨리지 않고 줍니다.

친구들이 아저씨를 놀립니다.

"**게르긴**, 여우를 길들인 것이 네가 아니라 여우가 너를 길들인 거야. 아마 조금 후에는 닭고기뿐만 아니라 맥주도 달라고 할걸.

여우는 여자보다 더 약삭빠르다는 것을 반드시 알아라.

만약 여우가 말을 할 수 있다면 모든 소원을 반드시 들어주어야 할걸."

아저씨는 웃었습니다.

여우가 모르는 사이에 삶을 바꿨다는 것이 기분 좋았습니다. 더 즐거워하고 더 수다스러워졌습니다. 이미 중요한 한 가지 일거리, 여우 돌보기가 있습니다.

"소중하구나." 아저씨가 말했습니다.

'여우도 친구가 필요해 나를 뽑아 준 거야. 전에는 아무도 여기에 오지 않았지.

여우가 오고 수많은 사람이 와 아침부터 저녁까지 식당이 가득 찼네.'

찻길을 따라 저쪽 계곡 아래에는 다른 식당이 있습니다. 여우 때문에 다른 식당 '**방앗간**'은 점점 손님이 없어져 방앗간의 주인이 여우를 총으로 쏴 죽인다고 협박했다고 사람들이 말합니다.

아저씨도 그 소리를 들었지만, 이 경고를 믿지 않았습니다. '이 여우는 약삭빠르므로 그렇게 쉽게 총을 쏴 죽일 수 없을 거야' 아저씨가 말했습니다.

그렇지만 경고가 자주 거듭되자 아저씨는 심각하게 생각해 빠졌습니다.

'방앗간'의 망나니들은 정말 어떤 해를 끼칠 수도 있어. 여우를 어떻게 지킬 수 있지?

여우를 묶을 수도 없고 우리에 넣고 문을 닫을 수도 없는데.

숲속에 살아 자유롭게 사는 동물인데, 원하는 대로 돌아다니고 여기 오고 싶다고 정하면 오는데, 나를 찾아오는데 내 책임이 있나? 하지만 어떻게 돕지. 나 때문에 정말 죽을 텐데.

훔치거나 **빼앗**거나 하지 않았어. 스스로 먹이를 구했지. 여우도 혼이 있고 태어나 이 세상에서 살아간다. 모든 존재와 같이할 수 있는 만큼 그렇게 살아간다. 누구에게 나쁜 짓을 하지 않았다.'

어떻든 아저씨는 여우를 구하기 위해 무엇을 할지 깊이 생각했습니다.

'쫓아내 이리 오지 못하도록 할까? 숲에서 훨씬 더 멀리 가 아무도 찾지 못하게 하자.'

마음은 여우를 쫓아내고 싶지 않았습니다.

혼잣말했습니다.

'잘못은 내게 오는 것이니 쫓아내자.'

어느 현명한 사람이 손님을 쫓아내는가? 집에 온 손님은 집에 계신 하나님이라고 정말 속담은 말합니다. 그리고 죄 없는 동물을 쏴 죽이는 나쁜 마음을 가진 잔인한 사람이 있다고 믿지 않았습니다. '누가 즐거움 때문에 동물을 쏴 죽이는가?'

아저씨는 그렇게 생각하지만, 여전히 불안했습니다.

여우, 조금 약삭빠른 주둥이, 호기심이 넘치는 호박색 작은 눈동자, 곤두선 꼬리, 떨리는 듯한 작은 웃음 때문에 기뻤습니다. 스스로 되풀이했습니다.

'감히 누구라도 여우에게 나쁜 짓을 하도록 가만두지 말자.'

그러나 어느 날 9월 초에 무슨 일이 일어날 것 같은 느낌이 들었습니다.

밤에 잘 자지 못하고 이상한 꿈을 꾸고, 이른 아침에 무언가가 마음을 찔렀습니다. 아들 도브리와 아저씨는 산에 있는 투명한 강에서 허우적댔습니다.

이 꿈은 마음에 들지 않았습니다.

투명한 강은 눈물을 의미하는데 혼잣말했습니다.

언제나처럼 이날도 식당에는 손님이 많았습니다.

누군가 오후에 여우를 보러 왔습니다. 모든 먹을 것과 마실 것을 대접하느라 서둘렀습니다. 해가 언덕 너머로 지기 시작할 때, 여우를 위해 구운 닭고기 조각을 가져왔습니다.

"지금 내 약삭빠른 친구가 올 거예요."

손님들에게 자랑스럽게 말했습니다.

"사진기를 준비하세요."

탁자에 앉아있던 남자, 여자, 아이 모두 조용해졌습니다. 시간이 많이 지나지 않아 여우가 나타났습니다. 숲에서 나와 수영하듯 부드러운 발걸음으로 닭고기 조각이 있는 쪽으로 갔습니다. 냄새를 맡기 전에 주위를 둘러보고 아저씨에게 고맙다는 듯이 작은 주둥이를 움직이고 달콤하게 먹기 시작했습니다. 모두 놀라서 여우를 쳐다보았고 아이들조차 움직이려고 하지 않았습니다. 이 순간에 아저씨가 두려워한 일이 일어났습니다. 숲에서 커다랗게 총소리가 났습니다. 여우는 두려운 듯 뛰다가 멀리 달려가는 대신 몸을 돌려 채 먹지 못한 고기 조각 옆으로 넘어졌습니다. 호박색 눈은 마치 '왜'라고 묻고 싶은 듯 부릅뜬 채였습니다. 아저씨는 울면서 고통스러웠습니다. 탁자에 있는 사람들은 돌처럼 굳었습니다. 여우는 움직이지 않고 누워있습니다. 여우가 총에 맞아 죽은 뒤 아저씨는 식당을 떠났습니다.

집주인 드라세브에게 말했습니다.

"이반, 정말로 제 잘못입니다. 하지만 고백하고 싶은 것은 내 아들 도브리를 위해서는 여우한테만큼이나 그렇게 울지 않았어요."

조금씩 '조용한 숲' 식당은 활기를 잃어갔습니다.

자동차는 훨씬 가끔 여기에 멈춥니다.

더 식당에 손님들이 오지 않는다고 드라세브가 볼 때 문을 닫았습니다.

그리고 지금 찻길에서 녹슨 양철 건물을 볼 수 있습니다. 거기에는 거의 비에 씻겨진 어두운 간판 글씨 '조용한 숲'이 남아있습니다.

그러나 식당 벽 위에 석탄으로 서툴고 갈겨쓴 글씨로 '여우식당'이라고 쓰여 있습니다.

충성심

공원은 부드러운 눈 이불 아래에서 자고 있다.

오솔길은 사람이 없이 조용하다.

나뭇가지는 눈으로 하얗게 되었다.

가지 위의 작은 얼음 수정들은 아침 햇살을 반사하고 있다. 누군가 눈 밟고 가는 발소리가 눈 덮인 길 위에서 들린다.

네다 아주머니와 애완견 **라드**는 산책했다.

아직도 자는 공원에서 서로 천천히 걸어갔다.

아침마다 같은 시간에 아주머니와 라드는 공원을 다니며 같이 중앙공원 문에서 가장 먼 오솔길까지 걸어간다.

때때로 라드는 네다 아주머니를 떠나 앞쪽으로 뒤쪽으로 뛰어가서 길 위에서 무언가를 살펴보다가 다시 돌아와 조용하게 같이 가기를 계속한다.

네다 아주머니는 65살이고, 나뭇가지 위에 내린 눈과 같은 은색의 머리카락, 투명한 파란 눈을 가지고 있고 친절한 작은 웃음을 띠고 있다.

오늘 아침 네다 아주머니와 라드는 다시 공원에서 산책했다.

집으로 돌아가기 위해 공원 문에 가려고 할 때, 네다 아주머니는 마치 누가 칼로 찌르는 듯 가슴에 심한 통증을 느꼈다.

네다 아주머니는 흔들렸지만 넘어지지 않고 근처 눈이

쌓이지 않은 의자 위에 앉았다.

라드는 아주머니에게 뭔가 안 좋은 일이 생겼다고 눈치채고 시끄럽게 짖기 시작했다.

공원 입구에는 공원 경비원 초소가 있다.

네다 아주머니가 기절하는 것을 창을 통해서 보고 초소에서 뛰어나와, 앉아있는 의자로 가까이 가 아주머니에게 물었다.

"아주머니, 어디 아프세요?"

"예" 네다 아주머니가 대답했다.

"가슴이 아주 아파요."

"곧 응급차를 부를게요." 경비원이 말하며 주머니에서 휴대용 전화를 꺼내 전화를 걸었다.

네다 아주머니는 힘겹게 숨을 쉬면서 의자 위에 앉아있다. 고통이 계속됐다.

잠깐 조금 약해졌다가, 곧 다시 세게 가슴을 찔렀다.

라드는 움직이지 않고 서 있다.

마치 무슨 일이 일어났는지, 창백한 얼굴로 왜 경련을 일으켰는지 묻기를 원하듯이 아주머니를 쳐다보았다.

응급차가 왔다.

의사가 네다 아주머니에게 가까이 가서 얼굴을 쳐다보고, 무슨 일인지 곧 알아차렸다.

차에 태우고, 사이렌 소리를 내며 출발했다.

라드는 네다 아주머니가 앉아있던 의자 옆에서 움직이지 않고 남았다.

경비원은 초소로 들어가 아침 신문을 펼쳐보기 시작했다. 20분 뒤에 창을 통해서 라드가 아직 의자 옆에 서 있는 것을 보고 "이상하네. 개가 아직도 거기 있네."하고 말했다.

다음 날 아침 경비원이 공원에 왔을 때 다시 의자 옆에 서 있는 라드를 보았다.

개는 어제처럼 거기 있고 분명히 어젯밤 내내 의자 옆에 있었을 것이다.

시간이 지나갔다.

공원에 사람들이 산책하러 왔다.

그러나 라드는 의자 옆에 계속 있었다.

'여기서 배고파 개가 죽겠네.' 경비원이 혼잣말했다.

'내가 집으로 데려가서 먹을 것을 줘야겠다.'

경비 당직 근무가 끝나자 라드에게 가까이 가서 고삐를 잡고 집으로 데리고 갔다.

경비원은 공원 근처에 살았다.

집 마당에 있는 나무에 라드를 묶고 물과 먹을 것을 주었다.

"오늘부터 너는 나의 손님이다." 경비원이 라드에게 말했다.

"주인 아주머니가 병원에서 돌아왔을 때 다시 돌아갈 수 있을 거야."

다음 날 아침 라드가 마당에 없어서 경비원은 아주 놀랐다.

"분명 이곳이 마음에 안 들었던 모양인데" 경비원은 말하고 공원으로 갔다.

더 놀라운 것은 네다 아주머니가 앉아있던 의자 옆에 서 있는 라드를 보았을 때다.

"나보다 먼저 왔네." 경비원이 놀랐다.

라드는 경비원에게 머리를 돌리더니, 나중에는 이틀 전에 응급차가 네다 아주머니를 데리고 간 오솔길을 바라보았다.

오후에 경비원은 다시 라드를 데리고 집으로 갔다.

그러나 아침에 라드는 다시 공원에 있었다.

"똑똑하네." 경비원이 말했다.

"너는 여기서 늘 주인 아주머니 기다리기를 원하는구나."

일주일이 지났다.

라드는 네다 아주머니가 기절했던 공원 벤치에 여전히 있다.

편지

금요일 오후다. 여름의 마지막이라 조금 따뜻하고 약한 바람이 부는 화창한 날이다.

길가의 나무는 커다란 푸른 그림자를 드리운다.

하늘은 조용하고 주변 호수처럼 빛난다.

나무 밑 의자에 앉아서 거리를 지나가는 사람들, 자동차들, 자전거들을 쳐다보니 좋다.

그러나 **도브린**은 어느 의자에 앉아 여름 오후를 즐길 조그마한 시간도 없다.

구릿빛 동전 모양의 커다란 해가 구름 없는 파란 하늘로 천천히 흘러가 지금 수평선으로 가라앉는 것조차 알아차리지 못한다.

직장 일이 끝나고 집으로 돌아오기 전에, 판매점이나 약국에 물건을 사러 가야 하고, 딸 미라가 학교에서 7시에 돌아오기 때문에 저녁을 준비하러 빨리 집에 가야 한다.

몇 가지 시간이 걸리는 일이 있지만, 시간이 쏜살같이 날아가 도브린은 그 뒤를 뛰어간다.

지역 판매점은 사람들로 북적였다.

사람들이 계산대 앞에 줄지어 서 있다.

도브린은 먹을 양식으로 장바구니를 채웠다.

그리고 남과 같이 줄에 섰다.

참을성 있게 기다리면서 집에서 할 일에 대해서 생각한다.
집에 오면 곧바로 저녁을 준비하기 시작할 것이다.

오늘 저녁에는 스파게티를 요리하려고 마음먹었다.

정말 **미라**는 스파게티를 좋아한다.

이미 아내 **조라**가 죽은 지 3년이 지나, 도브린은 물건을 사고 요리하고 접시를 씻고 청소를 한다.

미라의 아빠이자 엄마다.

가끔 피곤해서 책 읽기도, TV 보기도, 말하기조차 할 생각이 없지만, 미라에게는 피곤한 내색을 하고 싶지 않다.

미라 역시 잘 지내지 못하는 것을 알고 있다.

정말 열네 살 어린 여자아이가 엄마 없이 살기는 쉽지 않다.

그러므로 미라가 고통스럽지 않고 편안하게 지내도록 모든 일을 한다.

삶에서 유일한 희망과 의미는 미라다.

일하고 움직이다가 미라의 작은 웃음을 볼 때면 마치 날개를 가진 듯 가볍다.

미라는 7학년 학생이고 지금 아빠를 필요로 한다는 것을 잘 안다.

지금 아이를 돕고, 기대고, 용기를 주어야만 한다.

미라는 아빠가 두 사람 모두 잘 살도록 가능한 최선을 다하고 있는 것을 보고 아빠를 도우려고 시도했다.

때때로 요리도, 빨래도 한다.

그러나 아빠는 항상 '가장 중요한 것은 공부니 좋은 학생이 되라'고 말씀한다.

어느새 계산대 앞에 선 줄들이 사라졌다.

도브린은 먹을 재료들에 대한 값을 지급하고, 판매점에서 약간 옆으로 서서 장바구니에 물건을 넣기 시작했다. 바로 옆에 비슷한 나이 또래로 보이는, 갈색의 꼬불꼬불한 머리카락, 따뜻한 비둘기색 눈, **빨간** 치마에 파란 블라우스를 입은 여자가 서 있다.

도브린에게 작게 웃는 듯 보였다.

그러나 어느 교육을 받지 못하거나 무례한 사람이라고 생각하지 않도록 그 여자를 쳐다보지 않고, 장바구니에 머리를 기울였다.

그러나 여자는 계속 서서 쳐다보았다.

말 걸기를 기다리는 듯 보였다.

도브린은 불안했다.

'내가 이 여자를 아는가 아니면 이 여자가 나를 아는가?'

혼자서 궁금했다.

'아니야, 아니야. 결코, 본 적이 없어.'

하지만 계속해서 나를 쳐다보니 친절함 때문에 인사하지 않을 수 없구나

말을 꺼내려고 하는데 먼저 그 여자가 말을 걸었다.

"안녕하세요, **바크리노브** 씨."

도브린은 머리를 들고 커다랗게 놀란 눈으로 쳐다보았다.

'정말 이 여자가 내 이름을 안다.

믿을 수 없다. 그럼 어디에서?'

곧 어디에서 이름을 알게 되었느냐고 묻고 싶었다.

여자가 다시 말을 꺼냈다.

"당신의 편지를 받았어요.

하지만 아직 답장을 못 해 죄송해요."

이 말이 도브린을 혼란스럽게 만들었다.

틀렸다고 말하려고 준비했지만, 실제 내 이름을 알고 있다.

결코, 도브린은 여자에게 편지를 쓰거나 보낸 적이 없다.

전에 학생이었을 때 가끔 그때 사랑했던 여자아이에게
편지를 썼다.

"친절한 말씀에 감사드려요." 여자가 계속했다.

"나도 당신이 제안한 것처럼 영화관이나 공연장에 같이
가는 것이 좋다고 생각하거든요."

도브린은 땀 흘리기 시작하여 바보스럽게 입을 벌리고
여자를 바라보았다.

여자가 말한 것, 편지, 친절한 말씀, 영화관, 공연장, 이
미 충격에 빠져 단지 우물쭈물했다.

"아, 예, 예."

"편지도 계속하고 언제 만날 것인지 서로 의견을 나눠요."

도브린의 당황함을 알아차린 듯 여자가 말했다.

"안녕히 가세요, 바크리노브 씨."

그리고 다시 친밀하게 작게 웃어주었다.

도브린은 돌처럼 굳어지고 무슨 일이 일어났는지 전혀
이해할 수 없다.

'이 여자가 누구지? 꿈이야 기적이야?'

지금까지 이같이 이상한 경험은 없었다.

천천히 출발하면서 모르는 여자에 대한 생각이 머릿속으로 세게 들어왔다.

집에서 스파게티 요리를 시작했다.

미라가 학교에서 돌아와 부엌으로 들어왔을 때, 도브린은 판매점에서 무슨 일이 있었는지 이야기했다.

미라는 주의 깊게 들었다.

그러나 도브린은 딸의 얼굴이 점점 **빨개지고**, 밤을 닮은 듯한 눈동자가 야릇하게 빛나는 것을 알아차렸다.

"이 편지에 대해 뭔가 알고 있니?"

도브린이 진지하게 물었다.

"예" 미라는 부서지기 쉬운 힘없는 묘목처럼 서서 마루를 내려다보며 고백했다.

"정말?" 도브린은 믿지 못했다.

딸이 조용히 말을 꺼냈다.

"아빠, 엄마 없이 사신 지 벌써 3년입니다.

아빠는 스스로 모든 것을 돌보며 일하고 요리했습니다.

혼자 계셔서는 안 됩니다.

제가 편지를 썼습니다.

마르타 아주머니는 이웃 마을에 삽니다.

역시 혼자세요. 정말 좋은 분이고 교사입니다."

"어떻게 편지를 썼니?" 도브린은 이해하지 못했다.

"페이스북에서 아빠 이름으로 썼어요.

아빠 사진도 보내주었어요."

"페이스북에서?" 도브린은 중얼거렸다.

도브린은 페이스북을 사용하지 않고 쓰려고조차 않았다.
그러나 모든 것이 분명해졌다.
미라가 아빠를 위해 아내를 찾는다는 것을 전혀 짐작할
수도 없었다.

어미 늑대

눈이 내렸다.

동굴 안에서 새끼 늑대들이 배고파서 울며 신음했다.

새끼 늑대들은 며칠 동안 이미 아무것도 먹지 못했다.

어미 늑대는 그들을 핥아 주고 뒤에 천천히 일어서서 나갔다.

하얀 달빛이 눈부시게 빛났다.

마치 어딘가 아주 멀리서 숲과 언덕 뒤에서 자매가 도움을 요청하여 부르듯 바람이 윙 하고 불었다.

이 겨울에 양식을 찾기는 위험하다.

그러나 고통스러운 우는 신음이 어미 늑대의 가슴에 크게 구멍을 뚫는다.

몸을 돌려 무거운 꼬리를 끌고 동굴로 돌아왔다.

새끼 늑대에게 가까이 갔다.

눈들이 어둠 속에서 작게 빛난다.

새끼 늑대들은 어미가 뭔가 먹을 것을 가지고 왔다고 짐작하여 곧 뛰어 왔다.

그리고 다시 더 세게 울며 신음했다.

어미 늑대는 달래려고 젖은 주둥이로 만져주며, 하얗고 사막 같은 겨울에 양식을 찾는 것이 불가능하다고 설명했다.

왜냐하면, 눈 속으로 두 걸음만 나가도 손에 총을 든 몹시 사나운 남자들이 늑대가 어디서 온 지, 새끼가 있는 동굴이 어디에 있는지 알게 될 것이다.

그러나 새끼들은 심하게 배고파 고통스럽기에 이것을 이해하지 못했다.

정말로 어미 늑대는 배고픔, 추위, 잔인하고 모르는 힘이 자주 돌같이 굳게 만드는 두려움, 이 모든 것을 견딜 수 있다. 그러나 고통스러운 우는 신음은 참을 수 없다.

새끼들을 위해 어미 늑대는 여러 시간 눈 위를 헤매거나, 먹이를 찾기 위해 개와 사나운 남자들과 싸우거나, 솜털같이 부드러운 두 마리 새끼들을 배부르게 하려고 준비했다.

어미 늑대는 아직도 엄마가 된 순간을 기억한다.

매우 간절하게 어미 늑대는 엄마가 되기를 원했다.

당시 일주일 내내 늑대들은 수풀, 들판, 풀밭을 헤맸다.

마침내 커다랗고 울창한 숲에 들어갔다.

많은 용감한 늑대들이 있었다.

밤에 어느 언덕 위에서 머리를 들고 크고 누런 달을 향해 도전하듯 소리를 질렀다.

아무것도 그들을 두렵게 할 수 없다고 매우 사나운 남자들에게 보여주고 싶었다.

밤새 무슨 일이 일어나리라고 생각했다.

늑대들은 날카롭고 푸른 눈으로, 마치 몸 안에서 불이 타듯이 암늑대를 쳐다보았다.

그러나 눈빛은 잔인하지 않았다.

눈에서 암늑대를 위해 무엇이든 할 준비성, 갈망함을 닮은 반짝임을 볼 수 있다.

그러나 암늑대는 교활했다.

늑대들의 소원을 알지 못하는 듯했다.

똑같은 불꽃이 암늑대의 몸을 빛나게 했다.

암늑대는 유혹하듯 꼬리를 움직이고 푸른 눈은 부드러운 독약 같았다.

이리저리 늑대들을 쳐다보았다.

늑대들의 마음은 소원과 부드러운 고통으로 가득 찼다.

삶에서 뭔가 새롭고 중요한 일이 시작되리라고 느꼈다.

오래전부터 반드시 일어나리라고 알고 있다.

참을성 없이 떨며 이 순간을 기다렸다.

지금 아주 **빠른** 강처럼 암늑대 속에 있는 모든 것이 중요한 순간으로 끌어당긴다.

아직 언제 어디에서 일어날지 모른다.

늑대 냄새를 맡자 끈처럼 긴장된 강한 늑대 몸이 암늑대를 유혹했다.

지금 늑대들은 예전보다 아름답고 **빠르고** 힘있게 보인다.

암늑대는 전에 결코 한 적이 없는 행동을 했다.

암늑대가 앞으로 달려가면 늑대들이 뒤따랐다.

때때로 암늑대는 머리를 돌려 늑대들을 쳐다보았다.

교활한 시선이 수수께끼처럼 유혹하는 불꽃 역할을 했다.

때때로 암늑대가 자기도 모르게 꼬리를 들면 뒤의 늑대들은 미친 듯했다.

공기는 뜨거워지고 포효하는 소리는 더욱 세져 고집스럽고 참지 못했다.

그러나 모든 것이 단지 한순간이었다.

암늑대는 다리를 펴고 계속해서 달렸다.

마치 끝없이 파란 하늘을, 나서 자란 넓은 숲과 들판을 마지막으로 즐기려는 듯 달렸다.

나중에 무슨 일이 기다릴지, 지금처럼 자유롭고 걱정 없을지 알지 못하기 때문이다.

지금 암늑대는 다시 급류, 수풀, 풀밭의 기적 같고 아주 아름다운 세상을 지나가기를 원했다.

암늑대 뒤에 있는 늑대들은 참을성이 없다.

미친 듯한 불꽃이 그들을 괴롭힌다.

언제 암늑대가 지쳐 멈출 것인지 기다렸다.

젊은 늑대들은 더 난폭했다.

결정적인 순간들을 미리 느꼈다.

마치 바람처럼 달리는 말을 재갈 시키려고 노력하는 기수가 있는 것 같이, 그들 가슴 속에 광풍이 몰아친다.

오직 은색의 달빛으로 빛나는 울창한 숲 풀밭 위에 암늑대는 멈춰 늑대들을 쳐다보았다.

늑대 중 젊고 힘센 두 마리가 암늑대에게 가까이 다가가려고 했다.

그러나 암늑대의 날카로운 이빨이 칼처럼 빛나 그들을 멈추게 했다.

이 순간에 모든 늑대는 미친 듯이 서로 뛰면서 잔인한

싸움을 시작했다.

여러 울부짖는 소리가 자는 숲을 깨운다.

오직 차가운 달이 이 싸움의 유일한 말 없는 증인이다.

이빨을 갈고 털이 뽑히고 뜨거운 핏방울이 풀과 나뭇잎 위로 뿜어졌다.

암늑대는 지금까지 이런 잔인하고 피에 굶주린 싸움은 본 적이 없다.

마음속에는 불꽃이 탔다.

암늑대는 이 싸움이 자기와 관련된 것을 알았다.

가장 힘이 센 늑대 승리자가 암늑대를 상대할 것이다.

지금 암늑대는 어느 늑대가 죽기까지 싸워 이길지 보려고 기다렸다.

차례대로 늑대들은 싸움을 그만두고 상처를 핥기 위해 멀리 뛰어갔다.

정말 힘만이 누가 남을지 결정했다.

어떤 늑대들은 몸과 이빨을 들어보려고 한다.

충분히 힘이 세지 않다고 볼 때, 품위 있게 싸움터를 멀리 떠나갔다.

오직 두 마리, 구리색 털을 가진 늙은 늑대와 화강암처럼 회색 털을 가진 젊은 늑대만 남았다.

눈동자에는 뜨거운 갈망하는 불씨가 빛난다.

늙은 늑대는 평생 늑대를 이끌었다.

지금 두 마리 늑대가 서로 마주 보고 서 있다.

날카로운 이빨이 빛나고 격렬한 폭포처럼 울부짖었다.

울부짖음 속에는 이긴다는 준비성, 열정, 최고에 대한 노력, 능력, 잔인함, 미움과 악의가 있었다.

둘 다 지금 나무 옆에 서서 조용하게 지켜보고 있는 암늑대를 반드시 갖기 원했다.

둘은 서로를 훔쳐보았다.

피곤했지만 몸을 강철 칼처럼 뻗었다.

회오리바람처럼 서로를 향해 뛸 준비를 했다.

암늑대는 움직이지 않고 그들을 바라보면서 승자를 기다렸다.

젊은 늑대는 힘이 더 세고 간헐천처럼 피가 끓고 있는데, 늙은 늑대는 더 교활하고 능숙하다.

젊은 늑대보다 많은 경험이 있다.

적당한 순간을 찾아 젊은 늑대를 숨어 기다리다 갑자기 뛰어 날카로운 이빨과 발톱을 칼처럼 적의 몸뚱이에 넣을 수 있다.

늙은 늑대는 어느 쪽에서 공격해 올지, 위험을 피할지 경험으로 미리 알 수 있다.

늑대들은 서로 쳐다보았다.

두 개의 장전된 활을 닮았다.

눈에서는 독을 비추고 있다.

뛸 준비가 되었다.

암늑대는 늑대가 갑자기 뛰어 몸을 쥐어짜는 것을 보았다.

잔인한 포효소리가 조용함을 갈랐다.

늑대의 몸은 두 개의 공처럼 변했다.

몇 초 동안 서로 멀어졌다가 이윽고 곧 다시 이빨과 발톱을 집어넣었다.

뜨거운 피가 흘렀다.

늙은 늑대가 넘어졌다.

젊은 늑대가 뛰어 늙은 늑대의 몸을 물어뜯기 시작했다.

암늑대는 긴장이 풀어졌다.

늙은 늑대는 작은 피의 늪에 누워있다.

암늑대를 쳐다보고 싶지도 않았다.

마치 부끄러운 듯했다.

마지막으로 커다란 유리 눈을 닮은 달을 쳐다보았다.

달은 이 마지막 잔인한 싸움의 증인이다.

늙은 늑대의 흐릿한 눈앞에 모든 삶이 지나간다.

커다란 숲으로 혼자 다니기 시작한 때, 사냥에 성공한 때, 처음 사랑한 순간, 젊은 순간, 지금까지 승리의 날부터 여기 져서 쓰러진 지금까지.

젊은 늑대는 깊이 숨 쉬고 암늑대 앞에 섰다.

눈빛에는 열정, 갈망, 힘, 암늑대의 뜻에 따르려는 준비성이 있다.

암늑대는 헌신, 따뜻함, 감사의 마음으로 젊은 늑대를 보고 천천히 깊은 숲으로 들어갔다.

젊은 늑대가 그 뒤를 따랐다.

암늑대가 자기 속에서 새 생명이 깨어난 것을 느낄 때 더욱 조심스럽고 더욱 주의해서 세계를 살피기 시작했다.

암늑대는 용감했지만, 이 생명을 위협하게 하는 어떤 행동도 지금은 하지 않는다.
암늑대는 새끼를 낳기 위해 오랫동안 숨을 만한 곳을 찾아 마침내 이 동굴을 찾아냈다.
암늑대는 새끼를 낳았다.

피곤하고, 땀 흘리고, 모든 것을 다 쏟아낸 어미 늑대는 새끼들의 우는 신음을 들었다.
기적 같은 빛이 비치며 달콤한 고통이 몸에 느껴졌다.
이 순간 삶에서 가장 중요한 행동을 한 것으로 보였다.
정말 이것 때문에 지금까지 살았다.
어미 늑대는 기뻤다.
하지만 이 기쁨이 길게 가지 못했다.
왜냐하면, 새끼 늑대에게 먹을 것이 필요했기 때문이다.
지금 따뜻한 엄마 몸 옆에서 놀지만, 곧 배가 고플 것이다.
이미 일주일 내내 눈이 왔다. 모든 것이 하얗다.
얼음 같은 바람이 기분 나쁘게 윙 소리를 내며 웃었다.
눈 때문에 어미 늑대는 갇혀있고 동굴 밖으로 나갈 수 없다.
정말로 바람은 늑대의 냄새를 멀리까지 실어나른다.
하지만 새끼들의 울음 신음이 어미 늑대를 슬프게 만든다.
조금씩 어미 늑대는 용기를 낸다.
반드시 나가서 새끼들을 위해 먹을 것을 찾아야 한다.
새끼들을 위해 아침부터 밤까지 헤맬 준비를 했다.
어미 늑대는 새끼들에게 경고하듯 짖었다.

새끼들은 동굴 안에서 조용해졌다.

어미 늑대는 새끼들을 쳐다보고 나갔다.

밖에서 둘레를 살피고 주둥이를 들고 냄새 맡기 시작했다.

지금 천천히 조심스럽게 걸어가야 했다.

어미 늑대는 어떤 먹을 것이라도 발견하리라고 확신했다.

항상 뭔가 발견하기에 성공했다.

힘이 나는 것을 느꼈다.

정말 어두운 동굴에서 두 마리 약한 새끼들이 기다릴 것이다.

새끼들을 먹이고 돌보아야만 한다.

어미 늑대는 수풀 속으로 밀고 들어가 나무 사이로 지나갔다. 그림자처럼 조용하게 걸어갔다.

냄새를 맡고, 둘레를 살피고, 어떤 위험이 닥치면 활처럼 뛰어갈 준비를 했다.

마침내 찾고 있던 양의 냄새를 맡기 시작했다.

양들이 가깝지는 않지만 어디에 있는지 냄새가 알려준다.

어미 늑대의 피가 끓기 시작한다.

더욱 자세히 살폈다.

소용없는 것은 아무것도 없다.

정말로 강하고 철 같은 몸에 송곳처럼 날카로운 이빨, 어미 늑대는 달리기 시작했다.

지금 불과 천둥을 가진 아주 사나운 남자라도, 양의 우리에 있는 개들도 어미 늑대가 두렵게 할 수 없다.

개는 약하고 작게 보인다.

어미 늑대는 양 우리의 울타리를 뛰어넘어, 조용히 잔칫상이 기다리는 안으로 들어가야 한다.

아직 몇 미터 남았다.

그러나 개가 알아차리고 미친 듯 짖기 시작했다.

정말로 어미 늑대 앞에 나타날 용기는 없었다.

그러나 무슨 일이 생겼다.

개들이 어미 늑대를 향해 뛰어왔다.

어미 늑대는 멈췄다.

싸우기로 했다.

새끼들 때문에 어미 늑대가 무엇이 나타나든 찢어 버리리라 준비된 것을 개들은 모른다.

자기 목숨은 가치가 없고 새끼 늑대는 살아야만 한다.

어딘가에서 불과 천둥을 가진 남자가 나타났다.

복수에 얽매여 어미 늑대는 남자에게 뛰어갔다.

개가 사납게 짖었다.

남자는 나뭇가지를 닮은 무언가를 들고 천둥소리를 냈다.

어미 늑대는 쓰러졌다.

곧 뛰어가 자신을 살려야 할 것처럼 보였다.

돌아가지 않으면 새끼들은 죽을 것이다.

깊은 슬픔을 느꼈다.

두 번째 천둥소리가 났다.

어미 늑대의 몸 아래 따뜻한 피의 작은 늪이 생겼다.

하늘을 쳐다보고 움직이지 않고 누워있던 늙은 늑대를 기억했다. 회색의 화강암 같은 젊은 늑대를 기억했다.

지금 몇 초 동안 어미 늑대의 모든 삶이 눈앞에 지나갔다. 마지막에는 두 마리 새끼의 죄 없는 눈을 보았다.

책-구원자

오전에 프랑스 도시 **리모지노**에 도착했다.
내 친구 **이사벨**과 **피에르**가 나를 기다렸다.
부부의 집은 도시에서 약 10킬로 떨어진 그림 같은 곳에
있었다.
1층 넓은 방에서 커피를 마시는 동안 수많은 책이 있는
커다란 책장을 바라보았다.
가장 높은 선반 위에서, 턱수염이 있고 커다란 여행 가
방을 들고 고속도로에 앉아있는 중년의 남자 사진을 보
았다.
이 사진을 보다가 이사벨에게 '이 남자가 누구냐'고 물었다.
매우 재미있는 역사를 이야기하기 시작했다.

몇 년 전 우리 부부는 차로 이웃 도시 **브리보**에서 리모
지노로 왔어요.
차도에서 이 남자를 보았지요.
우리는 자동차를 얻어 타고 여행한다고 생각하고 차를
세워 '어느 방향으로 가느냐'고 물었어요.
'정처 없이 여행한다'고 대답하더군요.
우리는 놀랐어요.
그 남자는 검은 곱슬머리에 깊고 어두운 눈을 가진 45세
정도였어요.
눈빛으로 슬픔과 절망을 엿볼 수 있었지요.

어느 도시로 데려다준다고 제안했어요.

처음에는 우리를 귀찮게 하지 않으려고 거절했으나 나중에 제안을 받아들여 차에 올라탔어요.

가는 동안, 누구며 어디에서 왔고 왜 목적 없이 다니는지 매우 알고 싶었어요.

참지 못하고 물었지요.

천천히 간신히 말하기 시작했어요.

누군가에게 말할 필요를 느낀 듯 보였어요.

'부인이 갑자기 죽었다'고 말했죠.

자녀는 없었어요.

아내의 죽음이 그 남자를 깨부쉈어요.

우울해지고 절망에 빠졌죠.

"자살할 수조차 없었어요. 아내가 죽고 난 후 집안의 모든 것, 가구, 물건, 옷, 그런 것들이 아내를 생각나게 했지요. 잘 수도 없었고 먹을 수도 없어 갑자기 집을 떠나기로 마음먹었지만 어디로 갈지 알지 못했어요. 한 달 이상 고속도로와 찻길 위에서 혼자 헤맸지요."

우리는 같이 살자고, 그를 도우려고 그 남자를 집으로 초대했어요.

1년간 우리 집 여기에 살았지요.

2층에 묵었던 방이 있어요.

우리와 함께 있어 혼자라고 느끼지는 않았어요.

나는 인생, 사랑, 고통, 나라에서 찻길을 따라 헤매는 심정을 표현한 책을 쓰라고 제안했어요.

그렇게 하면 고통을 이겨내리라고 믿었죠.
그리고 정말 책을 쓰기 시작했어요.
몇 달 뒤 그 남자는 말했어요.
"이사벨, 피에르 정말 감사해요. 책을 다 썼으니 떠날게
요. 출판사를 찾을게요."
큰 여행 가방을 들고 떠났어요.
반년 뒤 우리는 책을 받았어요.
이사벨이 책을 보여주었는데 제목이 '나의 길'이었다.
우리는 그 사람을 결코 잊을 수 없을 거예요.

이사벨이 말했다.
나는 다시 큰 여행 가방을 가진 검은 눈의 남자 사진을
쳐다보았다.
사진에서 그 남자는 찻길에 앉아있는데, 나는 오래된 옛
친구처럼 함께 여행하는 그 남자와 이사벨과 피에르를
보고 있는 듯 느꼈다.

춤추는 천사

다나는 어릴 때부터 벌써 춤을 추었다.

음악을 들으면 곧장 일어나, 몇 걸음 걷고, 마치 지구 밖의 신비로운 힘이 이끌듯이 춤추기 시작했다.

마른 몸은 불꽃처럼 휘어지고, 부드러운 다리는 땅을 닿지도 않고, 팔은 날개처럼 떨리고, 긴 머리카락은 파도 같고, 커다란 눈은 기적 같은 불을 비춘다.

놀랍고 마술 같은 힘이 다나의 춤 안에 있다.

누구나 춤추는 것을 보면 반하여 움직이지 않고 쳐다본다.

춤을 추면 부드러운 바람이 아름다운 다리, 하얀 넓적다리, 뼈가 없는 듯한 모든 몸을 어루만진다.

신기루와 같다.

음악은 나무에서 떨어지는 가을 잎처럼 부드럽게 날게 한다.

다나의 춤은 여자 요정처럼 센 바람 같고 열정적이며 그리움처럼 쉽게 움직이고 가볍다.

모든 발걸음, 모든 움직임이 시냇물 소리처럼 가락 있고 시적이다.

매우 어려서 다나는 고향 집을 떠나 행복을 찾아 나갔다.

처음에 공연장 **'아레노'**에서 공연순서들 사이 쉬는 동안에 춤을 추었다.

공연장에서 인도 사람이 뱀들을 길들여 피리를 불면 상자에서 뱀이 나오며 가락에 맞추어 춤을 춘다.

뱀들과 함께 다나가 춤을 춘다.

어느 쪽이 더 인상적인지, 뱀인지 다나인지 말할 수 없을 정도다.

다나의 몸은 갈대처럼 휘어지고 눈 속의 불꽃은 관객을 끌어당긴다.

공연단과 함께 전국을 다녔다.

도시와 마을을 지나갔다.

다나의 삶은 끝없이 즐거운 춤과 같다.

밤낮으로 춤을 추었다.

놀랄만한 춤이 사람뿐만 아니라 동물까지도 홀린다고 말했다.

춤을 추면 우리의 호랑이도 집고양이처럼 조용해진다.

원숭이는 함께 춤추며 동작을 따라 한다.

공연장에서 소유주 **피에르**부터 마술(馬術) 연습장 일꾼까지 다나를 사랑했다.

다나는 공연장에서 가장 어릴 뿐만 아니라 가장 즐겁고 모두를 행복하게 해 준다고 모든 사람이 말한다.

다나 덕분에 항상 공연장은 다나의 춤을 보러 사람들이 가득 찼다.

결코, 전에는 공연 내용이 그렇게 성공적이지 못했다.

2년 뒤 다나는 공연장을 떠났다.

왜 떠났는지 아무도 모른다.

그때 공연단은 바닷가 도시를 돌며 다녔기에 바다가 유혹했을 것이다.

분명 끝없이 파란 바다, 따뜻한 황금 모래, 파도의 살랑거리는 소리가 머물도록 했는지, 아니면 바다에서 마음을 유혹하는 누구를 만나 사랑에 **빠졌는지** 모른다.

어느 밤, 잠을 자는 미니버스에서 조용히 나가 사라졌다.

얼마 뒤 어느 산골 마을에서 뜨거운 숯 위에서 춤을 주는 것을 보았다고 했다.

이 나라 어느 산골 마을에는 그런 의식이 있다.

젊은 아가씨가 숯 위에서 맨발로 춤을 춘다.

이 춤을 본 외국 사람들은 속임수나 마술이라고 말한다.

그러나 다나는 숯 위에서 춤추고 모든 사람은 황홀하게 보고 있다.

정말로 다나는 신의 의식을 수행하는 여사제 같다.

어깨까지 늘어진 검은 머리카락에 길고 하얀 옷, 별을 바라보는 눈길, 다나는 밤하늘에 있는 불타는 혜성 같다.

하얀 맨발 아래서 꿈, 갈망, 사랑, 매력의 불꽃이 빛난다.

한 번은 숯 위에서 춤추는 동안, 부르고라는 도시에서 제일 부자인 **알로조** 씨의 호텔에서 일하는 두 젊은이 **로코**와 **미코**가 다나를 보았다.

'우리 사장은 곧 생일잔치를 할 것이다. 거기서 이 춤추는 아가씨가 춤추어야 한다.

주인에게 큰 선물이고 유쾌한 놀람을 줄 것이다.'

춤이 끝났을 때 다나를 붙잡고 검은 차로 들어가게 했다.

저항할 수 없었다.

정말로 마르고 부드러웠다.

호텔 '**바다의 바람 소리**'로 데려가서 방에 가두었다.

다나는 왜 이리로 데려왔는지 무슨 일이 일어났는지 알지 못한 채 침대 위에 앉아있다.

혼자라 놀라워서 울었다.

항상 춤추고 웃었지만, 지금은 새장에 갇힌 새 같아서 슬프게 울었다.

다나는 너무 무서웠다.

문이 잠긴 채 방에 혼자 있다.

방이 넓고 TV, 냉장고, 커다란 침대가 있는데 화려하게 가구가 있음에도 불구하고 숨이 막혔다.

욕실에 있는 욕실 대야가 저수지 같다.

다나는 거울 앞에서 구리같이 빛나는 얼굴, 검은 눈에 길고 검은 머리카락을 가진 자신을 보고 믿지 못한다.

쳐다보고 놀랐다.

지금까지 어쩌다 한번 거울을 보았지만, 눈빛이 그렇게 센지 믿지 못했다.

요정을 닮았다.

지루해서 춤을 추려고 했지만, 새장에서는 출 수 없었다.

마음은 두려워 떠는 참새처럼 눌렸고, 팔은 도끼로 찍힌 듯하고, 다리는 마루판에 못 박힌 듯 느껴졌다.

움직일 수조차 없었다.

마비된 듯 느껴졌다.

더욱 크게 울었다.

뜨거운 눈물이 작은 강처럼 흘렀다.

침대는 편안하고, 부드럽고, 꽃냄새가 났지만 밤새도록 잠을 못 이루었다.

다음 날 두 명의 힘센 젊은이가 왔다.

호텔의 식당으로 안내했다.

주로 우아하고 유행하는 옷차림의 남녀 젊은이들이 먹고 마시고 즐겼다.

식당 가운데에는 빛으로 세게 밝혀진 연단이 있다.

거기에 차례대로 노래하는 남녀가수가 서 있다.

소매 없이 긴 빨간 옷의 아가씨가 알렸다.

"사랑하는 알로조 씨를 위해, 생일잔치를 맞아 큰 놀람이 있을 것입니다. 진짜 요정이 춤을 출 것입니다."

다나는 연단으로 떠밀려 조명 아래 섰다.

마르고 두려움에 떠는 다나는 야생의 작은 동물 같다.

검은 머리카락에 하얀 옷을 입고 맨발의 다나는 요정 같다. 센 빛이 눈을 부시게 하여 아무것도 볼 수 없다.

식당에 앉아있는 알로조 씨가 누군지, 왜 모두가 존경하고 머리 숙이는지, 다나는 전혀 모른다.

갑자기 음악 소리가 나자 본능적으로 춤추기 시작했다.

자신이 어디에 있는지 자신 둘레에 사람들이 있는지 잊어버렸다.

마법에 걸린 듯 춤을 추었다.

식당 안에는 깊은 조용함이 가득했다.

다나는 달과 별 아래 어두운 숲에서 풀밭 위에 혼자인 듯 춤을 추었다.

주변에는 나무가 있고 나무 뒤에는 다나를 노리는 짐승이 있는 듯 보인다.

어두운 식당 안에는 야생동물의 눈동자처럼 오직 담뱃불만 작게 빛난다.

조용한 가을 바다의 파도처럼 음악이 흐른다.

얼마동안이나 춤을 추었는지 말할 수 없지만, 음악이 멈추자 식당 안은 함성이 천둥 치듯 했다.

모두가 '잘한다'를 외치며 계속 춤추기를 원했다.

돌처럼 굳어진 다나는 박수가 자신을 위한 것인지 믿지 못했다.

식당 안의 불빛이 세찬 물처럼 한꺼번에 쏟아지듯 비추었다.

우아하고 유행에 맞는 옷차림을 하고 두꺼운 담배를 피우면서 어느 남자가 다나에게 다가와 말했다.

"감사합니다. 감동적이네요.

오늘부터 일해 주세요. 여기서 춤을 추세요.

급여, 호텔 방, 원하는 모든 것을 드릴게요."

이 사람이 호텔과 식당의 소유주 알로조 씨였다.

다나에게 저녁 식사를 가져다주라고 종업원에게 명령했다.

"오늘부터 숲의 요정은 여기에서 춤을 춥니다."

큰 소리로 알로조 씨가 알렸다.

다나는 매일 밤 이 식당에서 춤을 추었고, 점점 더 많은 사람이 춤을 보러 왔다.

식당은 항상 만원이었다.

'바다의 바람 소리' 호텔 식당에서 매일 밤 다나, 숲의 요정이 춤춘다고 알리는 벽 광고가 도시에 붙었다.

다나는 지칠 줄 모르게 춤을 추었고, 춤은 100년 묵은 포도주처럼 관중을 취하게 했다.

춤을 보러 여러 번 오는 사람들도 있다.

정말로 산꼭대기에서 나온 순수하고 시원하고 차가운 물이고 약재였다.

사람들 끌어당기는 춤의 힘이 어떤 것인지 설명할 수 없다.

발레를 전혀 본 적이 없는 사람조차도 보러 왔다.

부드럽게 날아가는 움직임, 불타는 눈동자, 따뜻하고 친절한 웃음이 사람들을 황홀하게 한다.

알로조 씨는 매일 밤 식당에 와서 춤을 본다.

여기서 다나가 춤 춘 이래 일, 가족, 모든 것을 잊고 오직 앉아서 다나만 쳐다본다.

춤추다가 때로 마음에 불이 난 듯 쳐다본다.

알로조 씨의 눈빛은 조용하다.

그러나 전에는 사나운 늑대의 눈빛 같았다.

사업이나 돈에 대한 흥미도 그쳤다.

경쟁업자들도 핍박하지 않는다.

가진 다른 호텔을 잊을 정도였다.

친구와 동료도 차례로 떠났다.

그들 중 누군가가 식당에 음료, 먹을 것이 풍부하고 다나가 처음으로 춤추는 생일잔치를 때때로 기억했다.

어느 저녁 식당 안의 공연이 시작하지 않았다.

손님들이 불평했다.

춤추는 다나가 없어졌다.

찾았지만 어디에도 없었다.

알로조는 매우 화가 났다.

탁자에 앉아 신경질적으로 담배를 피웠다.

로코와 미코에게 바로 찾으러 가라고 명령한다.

"30분 이내에 찾아내라." 엄하게 말했다.

로코와 미코는 밖으로 나갔다.

로코가 말했다.

"찾으면 때려 줄 거야."

"그것만은 하지 마라." 미코가 충고했다.

"나중에 알로조 씨가 너를 쏘아 죽일 거야.

정말로 숲의 요정 없이는 살 수 없을걸."

모든 도시를 둘은 찾아다녔다.

만나는 모두에게 물어보았다.

마침내 누군가 '**마귀의 눈**'이라는 술집에 있다고 말했다.

로코와 미코는 곧바로 뛰어갔다.

'마귀의 눈'에서는 소동이 일어났다.

젊은 남자들이 춤을 추고, 어느 구석에서 몇몇 젊은 남녀들과 춤을 추는 다나를 보았다.

둘은 곧바로 붙잡아 차에 태우고 출발했다.

20분 뒤 범인을 쳐다보듯 경찰처럼 엄하게 다나를 바라보는 알로조 씨 앞에 섰다.

알로조 씨가 말했다.

"너는 내게서 벗어날 수 없어."

"저는 사장님 소유물이 아닙니다." 다나가 말했다.

"우리가 찾을 것이다."

알로조가 거친 소리를 냈다.

"돈으로 저를 살 수 없어요."

쳐다보는데 눈에 불꽃이 빛났다.

"우리가 찾을 것이다."

되풀이하면서 춤 추라고 명령했다.

다나는 연단 위로 올라갔다.

몇 초 동안 움직이지 않다가 나중에 춤추기 시작했다.

새로운 춤이었다.

몸을 활처럼 뻗었다.

큰바람처럼, 야생말처럼 뛰고, 머리카락은 갈대처럼 휘날리고, 폭풍에 가라앉듯 춤을 추고 눈은 빛났다.

알로조 씨는 탁자에 앉아 쳐다보다가 갑자기 몸 상태가 나빠졌다.

심장이 아프고, 땀이 나고, 숨 쉬기가 힘들고, 철 손가락이 목을 눌러 숨이 막히고 어지러웠다.

눈앞에 짙고 검은 구름이 보였다.

마치 무거운 가방이 등 위에 있는 듯했다.

알로조 씨는 공포에 싸여 다나에게 소리치기 시작했다.

"가라, 식당에서 나가라. 너는 정말 저주받은 마녀다. 내어 쫓아라. 더 보기 싫다."

로코와 미코는 뛰어가 다나를 잡고 밖으로 끌어냈다.

그날 이후 누구도 다나를 보지 못했다.
어디로 갔는지, 무엇을 하는지 아무도 모른다.
아직도 춤을 추고 있는지 아닌지 수수께끼다.

외투

문학의 밤에 여자를 만났다.

시인들이 자기 시를 읽었다.

여자는 관중 앞에 서자 떨리며 감정에 젖었다.

명확하고 천천히 읽었다.

눈은 우윳빛 초콜릿처럼 밝은 갈색이다.

머리카락은 검고 짙어서 어깨 위로 자유롭게 늘어져 있다.

머리숱이 이마를 덮어 때로 가늘고 섬세한 손으로 들어 올렸다.

읽으면서 빙긋 웃었는데, 장밋빛 입술의 보조개가 더 매혹적이다.

눈썹은 작고 검은 콤마처럼 조그맣게 움직였다.

단정하게 차려입고 두꺼운 재질의 갈색 치마에 같은 갈색의 무릎까지 긴 신발, 높은 깃을 가진 하얀 웃옷, 가락 있는 목소리와 발음하는 단어를 들었으나, 남자는 마치 알아듣지 못한 듯했다.

읽기 시작할 때 느낀 떨림이 지금 따뜻한 파도처럼 온몸을 덮었다.

조금 술 취한 듯 느꼈다.

시의 마지막 단어를 말하고 조용해지자 갑자기 참가자들의 함성이 남자를 깨웠다.

시 낭송이 끝나고, 가까이 다가가서 '시집을 어디에서 살 수 있냐'고 물었다.

조그맣게 웃자 가슴 속에 작은 떨림이 느껴졌다.

지금 여자 앞에 서서 보니 대략 35살 정도라, 남자보다 스무 살 연하다.

'서점에서 살 수 없으니 집 주소를 알려 주면 우편으로 보내주겠다.'라고 설명했다.

'인터넷에서 읽을 수 있다.'고 덧붙였다.

저녁에 집에 돌아왔는데 아직도 초콜릿 색 눈과 해 같은 웃음을 보는 듯했다.

즉시 컴퓨터를 켜서 인터넷의 시를 읽기 시작했다.

자정까지 읽었다.

며칠 뒤에 우편으로 시집을 받았다.

둘은 인터넷으로 서로 이야기를 나누었다.

여자는 신문학(新聞學)을 공부했지만 적당한 일을 찾지 못한 것을 알았다.

결혼하지 않고 엄마와 함께 살고 있다.

남자도 자기 자신에 대해 편지에 썼다.

혼자 살면서 다리 건축에 관련된 회사에서 자문(諮問)하고 있다.

문학의 밤 이후 삶이 변했다.

날마다 일이 끝나고 집에 서둘러 와서 대화를 위해 컴퓨터를 켰다.

시간은 어느새 지나갔다.

많은 주제(主題)에 관해 이야기했다.

밤에 조용하고 어두운 동굴 같은 방에서 잠들 때 스스로 물었다.

'내가 사랑에 빠졌나?'

이 나이에 마음 깊이 사랑한다는 것을 믿으려 하지 않았다. 낮에는 행복해 날아갈 듯하고, 저녁에는 목소리를 듣고 컴퓨터 화면 위에서 얼굴을 보려고 서둘러 집으로 온다.

둘은 만나기 시작했고 극장, 오페라를 관람했다.

고등학생처럼 사랑에 빠졌지만, 그 느낌을 감히 고백하지 못했다.

여자는 일거리가 없어서 힘들었다.

여자와 엄마는 돈이 충분하지 않다고 생각했다.

돕고 싶었으나 마음 상하게 하지 않으려고 돈 이야기를 꺼내지 않았다.

여자는 1월인데도 얇은 웃옷을 입었다.

아내는 죽기 전, 아름답고 현대적인 짙은 파란색의 외투를 샀다.

그 옷을 선물 하기로 마음먹었다.

여자는 작고 날씬한 아내와 비슷했다.

외투를 선물하며 말했다.

"아내가 아파서 이 외투를 하루도 못 입었어요."

일주일이 지났지만 얇은 웃옷을 계속 입었다.

"제가 선물한 옷을 왜 안 입나요?" 하고 물었다.

"외투요? 나보다 더 필요로 하는 어느 여자분에게 주었어요."

잠잠하다가 뒤에 작게 덧붙였다.

"미안해요. 선생님의 아내를 대신할 수 없어요."
아무 대답도 못 했다.
피곤하고 고민에 빠진 채 집으로 돌아왔다.
자신을 꾸짖었다.
'내가 그렇게 유치한가?
어떻게 아가씨가 나를 사랑하리라고 생각했나?
아마 그 여자가 맞다.
잠재의식에서 죽은 아내를 대신할 여자를 찾았는가?'
나올 수 없는 미로를 헤맨 듯했다.
이야기를 나누고 컴퓨터 화면에서 얼굴을 보려고 이제
컴퓨터를 켜지 않았다.

루스란의 풍경화

해가 빛나는 9월의 어느 날입니다.

하늘은 어린아이 눈처럼 파랗고 희미한 바람은 얼굴을 어루만지고 공원은 자는 듯 조용합니다.

날마다 일이 끝난 뒤, **류벤**은 편안한 9월의 오후를 즐기면서 집까지 걸어가기를 좋아합니다.

지금은 보리수가 많은 넓은 가로수길로 걸어가고 있습니다. 그리고 오른쪽으로 돌아, 공원에 들어서니 노랗고 빨갛고 갈색의 나뭇잎 때문에 여러 가지 색의 외투를 입은 날씬한 여자와 같은 나무들이 서 있습니다.

화단에 핀 가을 꽃이 바람 때문에 조금 움직이는데 마치 인사를 위해 고개 숙이는 듯했습니다.

공원의 작은 연못에 해가 반짝이는 9월의 어느 날, 그림을 전시해서 파는 화가들이 모입니다.

여기 이곳은 커다란 특별전시회 같습니다.

류벤은 그림을 둘러보면서 잘 알고 지내는 화가들과 대화하기를 좋아하고 가끔 그림을 몇 점 샀습니다.

이미 충분히 많은 그림을 가지고 있습니다.

언젠가 여러 화가의 그림들을 전시하는 미술관 세우기가 꿈입니다.

지금 재미있고 특별한 그림을 찾기 바라며 그림들을 자세히 쳐다보고, 잘 세워진 그림 사이를 천천히 지나갔습니다.

그러나 주의를 끄는 그림이 없었습니다.

류벤은 여기에 전시하는 화가 중 많은 화가의 스타일과 그림 기술을 잘 알고 있습니다.

천천히 계속 걸어가다가 갑자기 멈췄습니다.

의자 중 하나에 세워진 몇 가지 수채화 풍경화가 눈에 띄었습니다.

류벤은 쳐다보면서 매우 놀랐습니다.

그림이 특별했습니다.

그것을 그린 화가는 매우 독창적인 스타일을 가지고 있습니다. 마치 알지 못한 기적의 세계를 느끼고 재미있게 그려냈습니다.

색깔도 놀랄 만했습니다.

류벤은 그림들을 쳐다보았습니다.

순수함과 진지함이 류벤을 반하게 했습니다.

빛과 기쁨을 비추었습니다.

화가의 굳센 영감과 기쁨의 소리를 느낄 수 있습니다.

화가를 보려고 둘러보았지만 그림 근처에 아무도 없었습니다.

근처 의자에 잘 아는 늙은 화가 **페트코** 아저씨가 앉아있습니다.

"아저씨, 이 그림을 누가 그렸어요?"

류벤이 물었습니다.

늙은이가 빙긋 웃으며 호수 쪽을 가리켰습니다.

"지금 저기에 있어." 페트코 아저씨가 말했습니다.

늙은 화가가 가리킨 쪽을 쳐다보았습니다.

거기에 공놀이하는 어린 남자아이 몇 명이 보였습니다.

"어디예요?" 류벤이 물었습니다.

"저기 공으로 뛰어가는 금발의 개구쟁이."

다시 페트코 아저씨가 말했습니다.

"그 아이가 이 풍경화를 그렸다고요?"

류벤은 믿지 못했습니다.

"응" 늙은이가 대답했습니다.

"이름은 **루스란**이고, 때때로 여기 와."

그리고 페트코 아저씨는 어린아이를 불렀습니다.

"루스란, 이리로 와. 이 아저씨가 너랑 이야기하고 싶단다."

마지못해 어린아이가 가까이 왔습니다.

대략 10살 정도의 짙은 금발에, 두 개의 유리 전구처럼 밝은 파란 눈, 뛰어와서 뺨은 익은 사과처럼 빨갛습니다.

"이 풍경화를 그렸니?" 류벤이 물었습니다.

"예" 어린아이가 대답했습니다.

"그림 그리기를 좋아하는구나."

류벤이 말했습니다.

"예"

"왜 그림을 여기에 두었니?"

이 질문에 어린이는 조금 당황했습니다.

아래로 낡은 신발을 내려다보는데 눈썹 때문에 눈이 잘 안 보였습니다.

잠깐 말없이 있다가 나중에 조그맣게 말했습니다.

"돈이 필요해서요."

"왜?" 류벤이 놀랐습니다.

"휴대전화를 갖고 싶어요. 모든 아이가 거의 갖고 있어요."

"네 부모님이 휴대전화를 사줄 수 없니?" 류벤이 물었습니다.

"엄마는 일을 안 해요. 회사에서 나가라고 했대요. 아빠는 안 계세요. 누군지도 몰라요."

어린아이를 쳐다보다가 뒤에 다시 의자 위에 놓인 그림을 보고 천천히 말했습니다.

"좋아, 그림을 두 점 살 테니 계속 그리겠다고 약속해."

어린아이의 눈이 밝게 빛나기 시작했습니다.

"휴대전화를 가질 수 있을 거야.

다른 꿈이 무엇인지 말해 줄래?"

어린아이는 조금도 주저하지 않고 곧바로 대답했습니다.

"어른이 되면 도시 미술관에서 전시회를 열 거예요.

모르는 우리 아빠가 와서 내 그림을 보실 것이고 내가 화가가 된 것을 아실 거예요."

"언젠간 너는 분명 큰 전시회를 열 것이고, 네 아빠는 꼭 보러 오실 거야." 류벤이 말했습니다.

"지금 이 두 점 풍경화를 가져갈게."

류벤은 의자로 가까이 가서 풍경화를 들고 루스란에게 얼마의 지폐를 주었습니다.

"너는 유명한 화가가 될 거라고 믿는다."

류벤이 말했습니다.

꿈의 사냥꾼

나는 결코 꿈의 사냥꾼을 잊을 수 없을 것이다.

그 사람은 키가 크고 길어 어깨까지 늘어지고 바다의 파도처럼 곱슬곱슬한 하얀 머리카락에 몸이 말랐다.

꿈의 사냥꾼은 우리 작은 도시에 매년 7월 26일 왔다.

에스페란토 박사가 교본을 낸 7월 26일이기 때문에 그 날짜를 잘 기억한다.

우리 작은 도시는 7월 26일에 해마다 교회당 가까운 주요 광장에서 커다란 시장을 연다.

그때 두 개의 여행용 가방을 가지고 와서, 꿈의 사냥꾼은 광장 위에서 여행용 손가방을 열고 선글라스를 팔기 시작했다.

거의 스무 가지 종류의 남자, 여자, 어린이용 안경이 있다.

하루 내내 뜨거운 10월의 햇볕 아래 광장 위에 서 있다.

옆 작은 탁자 위에 거울이 있다.

꿈의 사냥꾼은 사람들이 거울 속에서 자신을 보는 것을 좋아하는 것을 잘 알고 거울에 대해 매우 조심스럽게 돌본다.

보통 많은 사람이 안경을 사러 온다.

꿈의 사냥꾼에게는 그것이 가장 큰 행복이다.

아주머니나 아가씨들에게 그들의 아름다움을 강조하는 놀라운 단어를 말한다.

요정과 님프에 비교하며 그들의 맑은 눈과 비단 같은 머리카락을 칭찬한다.

기뻐서 아주머니와 아가씨는 장미처럼 꽃이 피고 안경을 사고 날아갈 듯 떠난다.

저녁에 장날이 끝나면 사람들은 흩어지고 도시 광장은 조용해지며 그 위에 바람은 쓰레기, 더러운 플라스틱, 종이를 몰아내고 꿈의 사냥꾼은 큰 거울과 안경을 여행 가방에 넣고 떠났다. 천천히 광장 위를 걸으며 큰 키의 마른 몸매는 긴 그림자를 던진다.

우리 아빠의 식당 호텔로 왔다.

들어올 때 우리 아빠는 곧 말했다.

"어서 오세요. 꿈의 사냥꾼. 다시 여기 오셔서 기뻐요. 올해는 오시지 않을 거로 생각했어요."

"왜요?" 꿈의 사냥꾼이 대답했다.

하얀 이빨은 강낭콩 꽃씨처럼 빛났다.

"언젠가 장날이 없을 수는 있겠지만, 나는 항상 올 거예요." 꿈의 사냥꾼은 어느 탁자에 앉았다.

아빠는 가장 좋은 포도주와 가장 맛있는 치즈를 가지고 왔다. 아빠는 꿈의 사냥꾼이 포도, 치즈를 좋아한다는 것을 안다. 꿈의 사냥꾼은 체리 색 넥타이 매듭을 조금 느슨하게 하고, 천천히 조용하게 먹고 마시기 시작했다.

항상 꿈의 사냥꾼은 회색 복장에 이미 유행이 지난 하얀 와이셔츠에 체리 색 넥타이를 맸다.

아빠는 옆에 앉아 물었다.

"어디에 있었으며 어떤 꿈을 모았는지 이야기해 주세

요.”

꿈의 사냥꾼은 사랑스럽게 아빠를 바라보고 수수께끼처럼 빙긋 웃고 포도주를 조금 마시고 이야기를 시작했다.

우리, 아이들은 꿈의 사냥꾼이 전국을 다니며 안경을 팔고 여러 호텔에서 밤을 보내고 특별한 꿈을 꾼다고 알고 있다.

전에 잔 사람 호텔 침대에서 자면서, 그 사람의 꿈을 꾼다고 말했다.

그래서 우리는 꿈의 사냥꾼이라고 이름 지었다.

결코, 진짜 이름이 무엇인지 묻지 않았다.

“이야기해 주세요.”

아빠가 참을 수 없어 부탁했다.

꿈의 사냥꾼은 천천히, 조용하게 말하기 시작했다.

목소리는 조금 부드럽고 시냇물 소리를 닮았다.

나는 지금 **프로바디아**라는 도시에서 왔어요.

거기서 호텔 ‘**새벽**’에서 묵었지요.

나는 전에 젊은 아가씨가 잔 침대에서 자면서 재미있는 꿈을 꾸었어요.

황금색 머리카락을 가진 아름다운 여자가 있었어요.

정거장에서 이미 떠나간 기차 뒤를 달렸어요.

달리고 달렸지만, 기차는 떠나갔어요.

정거장에 남았지요.

갑자기 여자 어깨 위에 크고 돛처럼 하얀 날개가 나타나는 것을 보았어요.

높이 높이 날아갔지요.

아래 기차가 어린아이의 장난감처럼 매우 작게 보였지요.

황금색 머리카락의 아가씨는 날고 날아서 양모 털을 묶어놓은 듯한 하얀 구름 속으로 사라졌어요.

다른 도시 **타르노보**에서, 30살로 보이는 외국에 사는 젊은이가 집에 돌아오는 꿈을 꾸었죠.

집에 돌아와 키 작고 마른 엄마에게 인사했지요.

그러나 엄마는 조용하고 인사를 안 해요.

엄마와 아들은 움직이지 않고 서로 마주 보고 서 있어요.

갑자기 엄마가 말을 시작했어요.

어떻게 그렇게 행동하니, 내 아들아. 왜 친구의 돈을 훔쳤니? 아들에게 엄마는 그것만 말했어요.

비딘이라는 도시에서 끈으로 만든 커다란 계단을 꿈꿨어요. 10살짜리 어린 남자아이가 겁 없이 하늘로 뻗은 이 계단 위로 갔어요.

가면서 웃고, 웃으면 크게 딸랑거리는 종소리가 났어요.

꿈의 사냥꾼이 꿈을 이야기하면 우리는 입을 벌리고 듣다 보니 어느새 자정이 된다.

마치 보이지 않는 안테나를 가져 그것으로 특별한 꿈을 느끼고, 깊고 놀랄만한 호수에서 퍼내는 듯하다.

듣다가 너무 늦어서 이야기를 더 들려달라고 고집할 수 없다.

꿈의 사냥꾼은 이야기를 그만두고 탁자에서 일어나 큰 여행 가방을 들고 방이 있는 2층으로 갔다.

"친구들, 잘 자. 나는 이 밤에 어떤 꿈을 꿀지 기대해."

우리는 쳐다보면서 커다란 여행 가방 안에는 안경이 아니라 수많은 기적의 꿈이 있는 듯 생각했다.

나는 내가 어렸을 때 기적의 꿈을 믿었는지 모르지만 꿈의 사냥꾼은 우리 앞에 놀라운 세계의 문을 열어 주고, 환상을 갖게 했다.

정말로 삶에서 우리에게 환상에 이르는 길을 가르쳐 줄 누군가가 반드시 있어야 한다.

보물

기적의 보물에 대해 **보얀**의 할아버지가 이야기하셨다.

"오래전 '**성 니콜라스**'섬에 언젠가 파견 대장 **안겔**의 엄청난 보물이 숨겨져 있단다."

할아버지가 말씀하셨다.

"거기 수도원 아래 숨겨져 있어.

나는 정확히 어디에 있는지 알아.

그러나 아쉽게도 가질 수 없구나.

정말로 지금 섬은 군사 영토야.

조심해서 지키고 있고, 민간인은 거기 들어갈 수조차 없어."

할아버지는 가끔 오래된 상자에서 지도가 그려진 누런 종이를 보여주셨다.

그것을 근시(近視)의 눈으로 쳐다보시고 흰 머리카락의 머리를 아쉬운 듯 흔드셨다.

"여기" 지도를 보여주시며 감정에 겨워 목소리가 떨렸다.

"여기가 섬이야."

종이 위에 그려진 것은 이미 분명하지 않았지만, 할아버지는 그것을 슬그머니 보고도, 마치 외운 듯이 지도위의 모든 선, 십자표, 원, 점이 무엇을 의미하는지 아신다.

"이곳이 바다야." 설명하셨다.

"이곳이 해안이고, 이 원이 섬이야.

여기에 수도원이 보이고, 그 오른쪽에 우물이 있어.

여기 이 작은 원, 우물 안에는 물이 없어, 오래전부터 이미 말라 결코 물이 없단다.

보물을 찾기 원하는 자는 우물 속으로 들어가야 해.

거기에 동굴이 있고 그곳을 통과해서 수도원 기도 장소 아래 보물 있는 곳으로 가.

거기에 돌로 만든 판이 있고, 그 위에 새겨진 십자가가 있지. 돌판 아래 보물이 있단다.

나는 잘 알지만, 그 섬에 갈 수가 없구나.

지금 군인이 지키고 있고 새들조차 거기 날아갈 수 없어."

보얀은 할아버지의 이야기를 잘 기억했고, 할아버지가 돌아가시자 지도를 몰래 숨겼다.

세월이 흘렀다.

보얀은 끊임없이 보물에 대해 생각했다.

그것을 꿈꾸고 몰래 섬에 들어가서 우물 속으로 내려가고 동굴 속을 통과해서 십자가 새겨진 돌판을 발견하고 보물을 들고, 그 뒤 조용히 아무도 모르게 집으로 돌아오는 것을 상상했다.

어느 날 군인이 더 섬을 지키지 않는다고 알렸다.

거기에서 군사 기술장비와 기구들을 철거했다.

1년 뒤 섬의 수도원은 다시 새롭게 꾸몄다.

호텔과 현대적인 식당을 짓고 날마다 작은 배가 섬으로 관광객을 실어 날랐다.

'이제야 보물을 찾으러 갈 때가 왔구나'

보얀은 스스로 말했다.

낚싯배를 가지고 때때로 낚시하는 습관이 있다.

어느 밤 목적을 이루려고 섬으로 출발하기 위해 주의를 기울여 준비했다.

모든 필요한 것, 지도, 끈, 손전등, 도구를 챙겼다.

낚싯배가 있는 해안으로 가서 배를 바다로 밀어 노를 젓기 시작했다.

자정이 지나 섬에 도착한 뒤, 배를 작은 정박장에 묶고 조용히 수도원으로 걸어갔다.

오른쪽에 우물이 보였다.

어둡고 조용했다.

아무것도 볼 수 없고 아무 소리도 들리지 않았다.

오직 바다에서 단조로운 파도의 철썩거리는 소리만 날아왔다.

보얀은 끈을 묶고 우물로 내려가 동굴을 보고, 그 안으로 들어가 십자가가 새겨진 돌판이 있는 곳을 발견했다.

조금 힘겹게 돌판을 들고, 그 아래 상자를 보고, 그것을 열자 혼수상태에 빠졌다.

상자는 황금 동전이 가득했다.

놀라서 한 마디 소리도 낼 수 없었다.

살면서 그렇게 많은 황금 동전을 결코 본 적이 없다.

끝없는 기쁨이 보얀을 사로잡았다.

이미 어떻게 할 것인지 안다.

커다란 화려한 집, 현대적인 차, 빌라를 사고, 지금부터 삶은 행복하고 걱정이 없다.

황금 동전을, 가지고 온 큰 가방에 넣고 뒤로 나왔다.

마치 날개를 가진 듯 걷지 않고 날아갔다.

그러나, 들어간 동굴이 다른 동굴로 안내했고 나중에 세 번째 동굴로 이끌었다.

그래서 보얀은 진짜 방향을 잃었다.

돌아와 다시 앞으로 갔다.

그러나 도착했던 동굴이 없다.

여러 시간 갔다가 돌아오고, 다시 갔다가 했지만, 소용이 없다. 동굴에서 나올 수 없다.

지쳐서 쓰러져 결코 더는 동굴에서, 이 지옥 같은 미로에서 나가는 데 성공할 수 없음을 알았다.

아침에 보얀의 가족들은 보얀이 집에 없는 것을 보았지만 어디로 갔는지 모른다.

3일을 기다리다 경찰에 사라졌다고 알렸다.

경찰이 보얀을 찾았으나 효과가 없었다.

어디에서도 찾지 못했다.

오직 보얀의 낚싯배가 '성 니콜라스' 섬의 정박장에 묶인 채 남아 있다.

특별한 제안

필립은 눈을 떴다.

처음에는 자기 둘레 모두가 하얀 듯 보였다.

'내가 어디 있지?' 궁금했다.

'내가 꿈을 꾸고 있나?'

그러나 꿈꾸지 않고 하얀 침대보에 덮여 침대에 누워있었다.

거의 모든 순간 침대 위에서 움직이지 않고 있다.

나중에 노인이 가까이 왔다.

대리석 바닥에 슬리퍼 끄는 소리를 들었다.

노인이 필립 위로 고개를 숙이더니 빙긋 웃었다.

대략 70세로 짙은 흰 머리, 회색 수염, 빛나는 검은 눈을 가졌다.

"마침내 일어났군." 조용히 말하자 필립은 목소리에서 따뜻함, 걱정하는 마음을 느꼈다.

발음이 이상했다.

"몸은 어때요?"

모르는 노인이 큰 눈으로 필립을 보면서 물었다.

무엇이라고 말을 하려고 했지만, 힘이 없어 눈만 깜빡했다.

"깨어났군. 깨어났어." 노인은 되풀이했다.

몇 분 뒤 서로를 쳐다보고 필립이 간신히 입을 열었다.

"여기가 어디예요?"

"병원이죠." 노인이 대답했다.

"병원이요? 무슨 일이죠?"

"기억이 안 나나요? 사고가 나서 일주일 전에 여기로 왔어요. 하나님의 은혜로 깨어났네요.

위험한 고비는 지나갔어요."

"어느 병원이지요?" 필립이 물었다.

"테살로니카에 있는 시립 병원이에요."

"테살로니카?" 필립은 되풀이하고 천천히 무슨 일이 있었는지 기억하기 시작했다.

친구 **안토, 미로**와 함께 필립은 자동차를 타고 그리스로 여행했다.

안토는 소피아에서 판매점을 하면서 아테네에서 상품을 사야 한다.

필립과 미로는 안토를 따라 왔다.

아테네에서 돌아오는 길에 몇 군데 그리스 도시를 방문했다.

유쾌한 여행이었다.

그러나 테살로니카 근처에서 자동차가 다른 차와 부딪쳤다.

안토와 미로는 다행히 상처를 입지 않았지만, 필립은 크게 다쳐 정신을 잃었다.

"이미 일주일 동안 병원에 있었어요."

늙은이가 설명했다.

"내 친구는 어디 있죠?"

"모두 건강하고, 당신을 보러 왔지만, 그리스에서 더 머물 수 없었죠.

돈이 떨어져 불가리아로 가면서 당신을 돌봐달라고 내게 맡겼어요.”
“감사합니다.”
“내게 아니라 구해주신 하나님께 하세요.”
이틀 뒤 필립은 앉기 시작했고 방에서 몇 걸음 걸었다.
코스타스 아저씨라고 불리는 늙은이는 계속 돌보며, 물도 주고, 도와주고, 필립이 방에서 걷는 동안 붙잡아 주었다.
“아저씨.” 필립이 물었다.
“불가리아 말을 잘 하시네요. 그런데 발음이 조금 이상해요. 어디에서 배웠어요?”
“할머니한테 배웠소. 그러나 돌아가시자 다 잊었지. 어머니가 불가리아 말로 말하는 것을 싫어해서. 그러나 지금 젊은이와 함께 그 말을 다시 하기 시작했어.”
“왜 병원에 계세요?” 필립이 물었다.
“나는 오래된 병이 있어. 위가 아파서 때로 여기서 치료해.”
날마다 의사들이 환자를 방문해서 필립은 언제 병원에서 나갈 수 있냐고 물었다.
의사들은 아주 건강해졌다고 확신하도록 아직 며칠 더 머물러야 한다고 대답했다.
밖에 있는 나무들은 푸르렀다.
하늘은 투명하게 파랗고 햇볕은 폭포수 같다.
필립은 빨리 병원을 나와 불가리아로 돌아가고 싶었다.

날마다 친구들이 전화해서 이제 건강해졌다고 기뻐했다. 오후에 필립과 코스타스 아저씨는 병원 가까운 공원으로 습관적으로 산책한다.

의자에 앉아 대화한다.

필립은 자신과 **소피아**에 관해 이야기한다.

필립은 컴퓨터 분야 기술자로, 소피아에 지인이나 친구가 많이 없다고 아저씨에게 말했다.

올리브 나무 아래 의자에 앉아 코스타스 아저씨는 필립을 쳐다보며 천천히 말했다.

"필립, 뭔가 말하고 싶네."

"말하세요. 아저씨." 필립이 빙긋 웃었다.

"딸 이야긴데, 30살 된 딸이 하나 있어. 이름이 **이리나**지. 내 아내는 5년 전에 죽었어. 이리나는 아테네에 살면서 일하고 있는데 아직 미혼이라 걱정돼. 이미 결혼해서 아이도 있어야 하는데 나는 늙었고 손자를 보고 싶어. 나는 얼마나 더 살지 몰라. 내 딸을 만나 결혼하기를 원해."

필립은 놀라서 쳐다보았다

"진지하게 말씀하세요. 코스타스 아저씨."

"맞아. 내 딸은 예뻐. 곧 보겠지. 며칠 뒤 병원에 올 거야."

"그러나 우리는 서로 몰라요. 이리나 마음에 안 들 수 있어요." 필립이 말했다.

"당신이 마음에 든대. 전화로 딸에게 당신은 꽤 훌륭한 청년이고, 잘 교육받았고, 지적이라고 말했네."

"그러나 코스타스 아저씨. 너무 걱정하지 마세요. 아저씨와 이리나는 잘 살 거예요. 가정에 부족한 것이 없잖아요."

"나는 올리브 나무숲과 오렌지 정원을 가지고 있어. 여기 테살로니카에 큰 집이 있고 아테네에는 값비싼 아파트가 있지. 돈도 많아. 누군가 유산을 받아야 하는데 아쉽게도 아직 이리나는 결혼하지 않았네. 혼자 사는 것을 원치 않아. 반드시 좋은 남편을 찾아야 해. 그래서 젊은이에게 말하려고 결심했지. 좋은 청년이고 불가리아 사람이잖아. 나와 이리나 안에는 불가리아 피가 있어. 자녀를 가질 것이고 그러면 우리 종족을 이어 가겠지. 예라고 말해 주게. 젊은이는 이리나 마음에 들어. 이리나는 나를 닮았네. 젊은이가 이리나는 마음에 들어. 마르고 키가 크고 파란 눈에 밝은 머리카락을 가졌지. 이리나는 나와 닮았어. 검은 눈과 검은 머리카락을 가졌네."

"코스타스 아저씨, 모든 것을 생각하였지만 저는 그리스에서 사는 것을 좋아하지 않습니다."

"젊은이는 결혼하지 않았지?"

"예." 필립이 대답했다.

"그럼 문제가 안되네. 사람은 잘 지내는 곳에 살아. 여기에 모든 것을 가지고 있네. 젊은이와 이리나는 테살로니카나 아테네 어디서든 살 수 있어. 그 가정의 삶을 성가시게 하지 않아. 둘은 행복하고 자녀도 있고 서로 잘 이해할 거야."

코스타스 아저씨는 조용해졌다.

"아버지가 되는 것은 책임감이 필요해요."

필립은 오래도록 생각했다.

아버지는 자녀가 잘되라고 돌본다. 코스타스 아저씨는 이리나가 아직 결혼하지 않아 걱정했다. 아저씨는 손자를 원한다. 아저씨는 일하고 집과 정원을 가지고 있다. 자연스럽게 누가 자기 일을 계속 이어가고 살면서 얻은 것을 잘 돌보기 원한다.

이틀 뒤 아버지를 보기 위해 이리나가 병원에 왔다.

코스타스 아저씨는 필립을 딸에게 소개했다.

정말로 이리나는 아름답고 날씬한 몸매에 역청 색깔의 긴 머리카락, 코스타스 아저씨의 눈처럼 빛나는 눈을 하고 있지만 가장 아름다운 것은 친절하고 좋은 인상을 주는 웃음이었다. 이리나는 대략 30살에 달콤한 즙이 있는 익은 과일에 딱 맞는 나이였다.

이리나는 불가리아 말을 몰라 필립과 서로 영어로 이야기했다. 이리나는 필립에게 어떻게 지내는지, 무엇을 도와드릴 것인지 물었다.

이리나는 필립이 병원에서 나간 뒤 며칠간 테살로니카에 있는 아빠 집에서 머물기를 원했다.

이리나는 아빠가 필립에 관해 이야기했고 필립을 아들처럼 좋아한다고 말했다.

코스타스 아저씨는 그들 옆에 앉아 그들의 이야기를 들

었다. 비록 영어를 이해하지 못할지라도 얼굴에는 끝없는 행복이 보인다.

다음날 필립의 친구 안토가 왔다.

필립은 소피아로 돌아갈 준비를 했다.

코스타스 아저씨에게 헤어지는 인사를 했다.

아저씨는 작은 쪽지를 주며 말했다.

"여기 주소와 전화번호가 있네. 깊이 생각하고 결심하면 오게. 우리는 큰 결혼 축하를 할 거야."

"정말 감사합니다. 코스타스 아저씨. 모든 것에 감사합니다. 도와주고 돌봐주셔서. 아저씨나 이리나에게 거짓말을 하고 싶지 않아요. 진지하게 제안을 받아들일 수 없다고 말씀드립니다. 저는 친척을 떠나 여기 살기 위해 올 수 없습니다. 모든 나무는 심은 곳에서 자란다는 것을 아실 것입니다." 필립이 말했다.

"그래. 맞네. 건강하고 잊지 말게. 불가리아까지 좋은 여행이 되기를 바라네." 아저씨가 말했다.

필립은 아저씨의 손을 잡고 쳐다보며 다시 눈에서, 병원 입원실에서 처음 아저씨가 말을 걸었을 때 본 사랑의 마음을 알아차렸다.

듀코브 씨와 인형

모든 일은 7월 오후에 시작되었다.

듀코브는 집으로 서둘렀다.

땀이 나고 목이 아파, 집에 돌아와서 곧 옷을 벗고 차가운 물이 시원하게 해주는 욕실에 들어가려고 계획했다.

길 위를 걷다가 무엇이 멈추게 해서, 옆으로 지나가던 가게 진열장을 보았다.

작은 고물가게 진열장이었다.

보통 작은 고물가게 진열장에는 오래된 책, 꽃병, 그림, 음악기구, 촛불 꽂이 같은 수 없는 물건이 있다.

그런데 진열장에는 어린이용 인형이 하나 있었는데, 정말로 그것이 듀코브의 관심을 끌었다.

더 자세히 인형을 보려고 멈췄다.

지금까지 인형에 관심이 없었다.

자녀도 손자도 없다.

어린아이였을 때 어린이를 위한 장난감을 가지고 놀았다.

나무총, 어린이용 트럭, 어린이용 활, 더 정확히 말하면 장난감, 가끔 그것을 가지고 놀았다.

아버지는 진지하고 엄격하여 놀기를 원하지 않았다.

아주 어릴 때부터 벌써 읽도록 가르쳤고, 열심히 읽고 난 뒤에 아버지에게 내용을 말하라고 책을 사 주셨다.

그래서 어린 시절은 책을 읽으며 지나가, 좋아하는 장난감을 가졌는지 아닌지 기억나지 않는다.

지금 듀코브는 주의를 기울여 인형을 바라보았다.

대략 50cm 높이에 금발이고, 비단처럼 부드럽고 밝은 푸른색 눈, 빛나는 천으로 된 길고 파란 외투를 입었다.

인형의 매끈한 얼굴은 친절하게 보이고 빙긋 웃는 듯 듀코브에게 보였다.

부드러운 입술은 조금 열려 있어, 작은 진주 같은 이빨을 볼 수 있다.

인형의 오른쪽 팔에는 이름인 듯 '**소냐**'라고 쓰여 있는 이름표가 있다.

몇 분 동안 움직이지 않고 진열대 앞에 서 있으면서, 왜 그렇게 주의해서 인형을 살피고 있는지 설명할 수 없다.

비꼬듯이 '입을 딱 벌리고 있는 사람'이라고 자신을 이름 지었다.

이윽고 가려고 몸을 돌리다가 곧 다시 멈추었다.

마치 인형이 눈으로 윙크하는 듯했다.

듀코브는 살짝 웃었다.

'아마 해가 너무 세서 힘들거나 몸 상태가 좋지 않구나' 하고 생각했다.

인형을 쳐다보았다. 아니다. 불가능하다.

인형은 움직이지 않았다.

다시 가려고 하자 인형이 눈으로 윙크했다.

듀코브는 인형이 오른쪽 눈으로 윙크했고 그것은 전혀 의심할 여지가 없다.

듀코브는 생각에 빠졌다.

아마 인형에는 어떤 장치가 있어, 때때로 눈으로 윙크하는 듯했다.

호기심이 들어, 가게 안으로 들어가 더 자세히 인형을 살펴보리라고 마음먹었다.

문을 열고 선반에 여러 가지 물건이 있는 가게 안쪽으로 들어갔다.

마치 아무도 없는 듯했으나, 갑자기 어느 구석에서 친절하게 인사하는 늙은 사람이 나타났다.

"안녕하세요. 손님, 무엇을 원하나요?"

듀코브는 무엇을 원한다고 바로 말할 수 없어 그냥 물었다.

"진열장에 있는 인형을 볼 수 있을까요?"

"물론입니다." 대답하고 손쉽게 움직여 인형을 가지러 진열장으로 다가갔다.

그러면서 말했다.

"이 인형은 독특합니다.

전쟁 중 지난 세기 40년간 독일에서 만들었어요.

'파뇨'라고 발음을 내고, '소냐'라는 이름을 가졌어요."

노인은 팔 위에 있는 이름표를 보여주었다.

나중에 인형 쪽으로 조금 몸을 숙이자 인형이 '파뇨'라고 소리 냈다.

"인형이 눈으로 윙크합니까?" 듀코브가 물었다.

노인은 당황한 채 듀코브를 쳐다보았다.

무슨 말인지 이해하지 못했다.

"눈으로 윙크합니까?" 듀코브가 되풀이했다.

"아니요. 전혀 아닙니다." 상인이 대답했다.

"이것은 인형이지 사람이 아닙니다.

눈으로 윙크할 수 없어요."

"내가 밖에 있을 때 진열대 앞에서, 그것이 눈으로 윙크하는 것을 매우 잘 보았어요."

듀코브가 말했다.

놀라서 듀코브를 보더니 정말로 정신이 이상하다고 생각했다.

노인의 회색 작은 눈에는 두려움이 나타났다.

상인에게 자신이 정말 정상이라고 알리기 위해 듀코브는 '왜 인형이 혼자 진열장에 있냐'고 물었다.

"빨리 팔기를 원해서요." 노인이 대답했다.

"나는 아는 가족에게 꼭 판다고 약속해서 오직 그것만 진열장에 두었어요."

"얼마예요?" 듀코브가 물었다.

노인이 값을 말하자 듀코브는 자기도 모르게 바람 소리를 냈다.

"너무 비싸요? 예, 그것이 독특하다고 말했지요. 오래전부터 이미 그런 인형은 없었어요. 정말로 세계에서 오직 세 개나 네 개 비슷한 거 있어요."

"감사합니다. 매우 친절하군요. 안녕히 계세요."

듀코브는 말하고 빨리 가게를 나왔다.

집으로 돌아와 계획했던 대로 욕실로 들어가 매우 시원하게 몸을 씻었다.

그 뒤에 방에 앉아 가져온 신문을 펼쳤다.

해가 지기 시작하자 듀코브는 조금 산책을 하러 집을 나섰다.

가까운 공원에서 오래된 아까시나무의 그림자 아래 있는 의자에 앉았다.

듀코브는 혼자 산다. 가족도 없다. 젊어서 결혼하지 않았다. 나중에 후회했다. 조금씩 혼자 사는 데 익숙해졌다.

하루 일정은 정확하여 무엇도 자신을 흔들 수 없다.

공원에 있는 동안 인형을 잊었다.

저녁에 집으로 돌아와 조금 TV 뉴스를 보고 나서 잤다. 습관적으로 일찍 잔다.

이날 밤에 다시 눈으로 윙크하는 인형 꿈을 꾸었다.

듀코브는 깨어나 아침까지 다시 잠을 이룰 수 없었다.

하루 내내 인형에 대해 생각이 나서 다른 일을 할 수 없고 전혀 자유롭지 못했다.

3일 동안 밤마다 인형 꿈을 꾸었다.

4일째 가게에 가서 인형을 샀다.

회색 눈의 노인은 한없이 행복해서 인형을 싸면서 말하는 것을 멈추지 않았다.

"손님. 독특한 인형을 사셨어요. 준 돈이 헛되지 않을 겁니다. 손녀가 매우 좋아할 거예요."

듀코브는 인형을 들고 길에서 아는 사람을 만나면 비웃음을 받지 않으려고 집으로 서둘렀다.

집에서 TV 옆 옷장 위에 인형을 놓고 잊으려고 했다.

그러나 이 순간부터 삶이 바뀌었다.

집에 있을 때는 인형이 빙긋 웃고 눈으로 윙크했다.

그러나 가끔 집에 없다가 돌아오면 인형이 불친절하게 화난 듯이 쳐다본다.

첫날 듀코브는 그렇게 보인다고 생각했으나 다음에 틀리지 않았다고 확신했다.

인형이 말을 한다고까지 느껴졌다.

소리 없이, 단어도 없이 말한다.

하지만 듀코브는 모든 것을 알아들었다.

인형은 많은 어린 여자아이가 자기를 가져서 여러 가정에서 살았는데, 그중 일부는 매우 부자였다고 이야기했다.

"사람들은 좋기도 하지만 나빠요."

가장 재미있는 것은 어느 가족의 이야기인데, 어린 여자아이의 아빠가 죽었다.

엄마가 새로 결혼한 남자는 어린 여자아이를 좋아하지 않아서 가끔 뺨을 때렸다.

인형은 그 남자에게 좋은 교훈을 주기로 마음먹었다.

아빠가 어린 여자에게 뺨을 때릴 때 인형이 쳐다보자, 아빠의 오른팔이 움직이지 않고 늘어졌다.

일주일 내내 숟가락이나 포크도 들 수 없고 이유가 무엇인지 모르지만, 뺨 때리는 것을 더 못 했다.

듀코브는 인형이 풍부한 상상을 가졌는지 아니면 자신의 무의식이 이런 이야기를 생각해냈는지 궁금했다.

여러 날 동안 혼란스러워지면서 꿈꾸는지, 정신 이상한지, 모든 것이 현실인지 알지 못했다.

한 번은 일주일 휴가를 받아 바다에 가기로 했다.

출발하려고 준비하는데 인형이 화가 나서 쳐다보았다.

그것을 알지 못하는 척했다.

일주일 만에 돌아오자 인형이 집에 없었다.

어떻게 사라졌는지 알지 못한다.

사는 집안 구석구석을 찾았다.

책상 아래, 침대 밑 어디에서도 찾을 수 없다.

이날부터 속을 태우게 되었다. 정말 가장 사랑하는 친구를 잃은 것이다.

바이올리니스트

가을이다. 서늘한 황금빛 가을이다.

창문 앞의 오래된 밤나무 잎들이 눈물처럼 떨어진다.

방은 조용하다.

슬라바는 창가에 서서 떨어지는 밤나무 잎을 센다.

단지 며칠 전만 해도 잎들은 금빛에 **빨**갛고 갈색이었다.

지금 헐벗은 검은 가지는 하늘로 간절히 원하여 **뻗**은 팔과 같다.

나무는 슬라바처럼 슬프고 외롭다.

이미 오랫동안 슬라바는 혼자 살고 있다.

사랑했던 사람들은 하나둘 차례대로 죽었다.

그들은 나뭇잎처럼 차가운 바람에 의해 어딘가로 쫓겨 멀리 날아갔다.

오직 슬라바의 딸 **엘카**만 남았지만, 바다와 대양을 넘어 멀리 떨어져 살고 있다.

그러나 며칠 전부터 모든 것이 변했다.

엘카가 돌아왔다.

멀리서 마치 가을 나뭇잎처럼 날아왔다.

오늘 슬라바는 엘카가 집으로 오기를 기다린다.

갑자기 열쇠가 철컥 소리가 나며 방으로 엘카가 들어온다.

얼마나 예쁜지!

딸이 이미 성인이라는 것이 중요하지 않다.

언제나처럼 엘카는 빙긋 웃었다.

올리브 빛 검은 눈은 빛나고 검은 머리카락은 비록 여기저기 은색 실처럼 흰 머리카락이 보이지만 아직 숱이 많다.
엘카가 말했다.
"엄마, 관현악 연주회 표를 샀어요. 음악을 매우 좋아하시지만, 오랫동안 연주회에 못 가신 것을 알아요."
"나는 걷기 힘들고 내 다리가 아프다는 것을 알지. 어떻게 연주회에 가겠니?"
슬라바는 알았다.
"그것은 걱정하지 마세요. 택시 타고 갈게요. 내가 옆에 있을게요. 이 작은 기쁨을 선물하고 싶어요."
"알았다." 슬라바는 말하며 행복에 겨워 얼굴이 빛났다.
관현악 연주회. 실로 수년 만에 관현악 연주회를 보고 연주를 들을 것이다.
기쁨이 슬라바를 들뜨게 하고 바다의 파도처럼 어루만진다. 정말로 다시 좋아하는 음악을 듣고, 다시 관현악의 매력 속에서 놀라운 화음에 깊이 잠길 것이다.
마음을 따뜻하게 하는 깊은 즐거움을 느낀다.
감정이 솟구친다.
'무엇을 입고 어떤 옷에 어떤 신발을 신을까?'
옷은 이미 오래전에 유행이 지났고 신은 낡았으나 누가 슬라바를 쳐다볼까?
슬라바는 마르고 창백한 얼굴에, 파란 구름 같은 눈을 가진 키가 작은 여자다.
연주회 장소는 사람이 가득하여 벌집처럼 웅성거린다.

모두가 시작을 기다리지만 가장 참을 수 없는 사람은 슬라바다.

떨면서 힘겹게 숨을 쉬고 난로 옆에 있는 것처럼 뜨거움을 느낀다.

연주회장의 시끄러운 소리가 조용해졌다.

무대 위로 지휘자가 나온다.

관객들에게 조금 숙여 인사한 뒤 관현악단 쪽으로 몸을 돌리고 음악이 남쪽의 바람처럼 날아간다.

슬라바의 눈에 눈물이 흐른다.

관현악이 차례대로 연주한다.

젊은 바이올리니스트가 연주를 시작한다.

바이올린이 잔잔한 바다의 조용한 파도 소리처럼 부드러운 음색을 보인다.

슬라바는 바이올리니스트를 쳐다보다가 그 남자를 아는 듯 생각했다.

'그러나 어디서, 언제?

불가능하다. 그 사람은 정말 젊었다.

어디서, 언제 그 남자를 보았을까?'

그는 꽤 재능이 있다.

갑자기 눈앞에 마치 보이지 않는 휘장이 열린 듯했다.

슬라바는 오래전부터 여러 해 동안 도시의 중앙로에 있는 음악 판매점에서 판매원이었다.

많은 사람이 음반을 사러 가게에 왔지만 사기 전에 듣기를 원했다.

가게에는 가끔 5, 6세 정도의 어린 남자아이가 왔다.

구석에 서서 1시간 정도 음반으로 음악을 들었다.

한 번은 슬라바가 물었다.

"네 이름이 뭐니?"

"**바스코**입니다." 어린아이가 대답했다.

"왜 가게에 오니? 아이들과 놀지 않고."

"음악 듣기를 좋아해요." 대답하고 곱슬머리를 숙였다.

"알았다, 엄마에게 이리로 오시라고 말씀드려라. 엄마와 이야기하고 싶구나."

그때 바스코는 큰 눈으로 슬라바를 쳐다보았다.

다음날 바스코 엄마가 가게에 왔다.

"아주머니" 슬라브가 말을 꺼냈다.

"아들이 음악을 매우 좋아해요.

반드시 음악과 관련된 일을 해야 해요."

바스코 엄마는 놀랐다.

"음악을 좋아한다는 것을 전혀 몰랐어요.

나와 남편은 음악을 좋아하지 않아요.

나는 바느질하고 남편은 운전사예요."

"아들은 반드시 음악을 배워야 해요." 슬라바가 말했다.

몇 년 뒤 바스코가 음악 학교에서 배운다는 것을 알았다.

지금 사람이 가득 찬 연주회장에서 슬라바 앞에서 무대 위에 서 바이올린을 연주한다.

슬라바는 작게 속삭였다.

"바스코야, 네가 유명한 바이올리니스트가 되도록 나 역시 한몫을 한 듯하구나."

큰불

밀코 아저씨는 작은 길 '**시링고**' 윗쪽 마을 변두리에 살았다. 70살에 키가 크고 산의 호수처럼 파란 눈을 가지고 활기차다.

아침부터 저녁까지 집 마당에서 일했다.

풀을 베고 과일나무 가지를 치고 채소에 물을 준다.

밀코 아저씨 집 옆에는 형 **디코**의 집이 있다.

그러나 형 부부는 5년 전 돌아가시고 지금 집에는 아무도 살지 않는다.

그래서 집과 마당은 사막 같다.

어느 일요일 아침, 밀코 아저씨는 형 집 마당에서 남자를 보았다.

'누구지?' 밀코 아저씨가 혼잣말했다.

이웃 마당에서 헤매는 남자가 누구인지 보려고 곧 나갔다.

밀코 아저씨는 마당으로 들어갔다.

모르는 남자는 집 앞 계단에 서 있다.

밀코 아저씨는 가까이 갈 때. 남자가 조카, 형의 아들이라는 것을 확신했다.

"**에프팀**이니?" 밀코 아저씨는 기뻤다.

"너를 잘 보지 못해 도둑이 마당에 들어왔다고 생각했구나."

"저예요. 작은아버지." 에프팀이 말했다.

"어떻게 지내니? 오랜만에 여기 왔구나. 네 부모님 돌아가신 지 5년이 지났구나."

"예. 여기에 빌라를 지으려고 마음을 먹고 집과 마당을 둘러보려고 왔어요."

에프팀은 40살로 키 크고 힘이 세고 밀코 아저씨처럼 파란 눈을 가졌다.

지금 청바지와 푸른 스포츠 잠바를 입었다.

"매우 잘 되었구나. 사랑하는 조카야. 이곳은 네 부모의 집이니 네가 잘 관리해야 해."

밀코 아저씨가 말했다.

아저씨와 조카는 조금 이야기를 나누고 에프팀은 갔다.

밀코 아저씨는 에프팀이 여기에 빌라를 짓는다고 해서 기뻤다.

"나는 이웃에 조카를 둘 거야."

밀코 아저씨가 말했다.

"여기에 가족과 함께 올 것이고 가끔 우리는 같이 있을 거야."

밀코 아저씨는 조카에 대해 자랑스러웠다.

에프팀은 대도시에 살고 유명하고 부자며 큰 철공장 관리자다. 텔레비전에서 인터뷰도 가끔 한다. 중요한 상품의 수입과 수출에 관해 말했다.

한 달 뒤 에프팀은 빌라를 짓기 시작했다.

처음에 오래된 부모의 집을 철거하며 큰 공사를 했다.

불도저, 건축재료를 나르는 큰 트럭, 많은 일꾼이 있다.

공사는 이 년이 걸렸다.

어느 날 에프팀은 밀코 아저씨에게 와서 말했다.

"작은아버지, 빌라건축 계획에 들어있어 마당 일부를 가져야 합니다."

그것은 전혀 밀코 아저씨 마음에 들지 않았지만 동의했다. 정말 에프팀은 조카이고 서로 싸우기를 원치 않았다. 그렇게 에프팀은 마당을 더 넓혔다.

마침내 빌라가 다 지어졌다.

커다란 빌라, 주차장, 정자, 마당에 큰 풀장, 꽃 정원, 과일나무가 있는 3층짜리다.

그렇게 화려한 빌라를 밀코 아저씨는 보지 못했다.

그러나 에프팀은 밀코 아저씨의 마당에서뿐 아니라 '시링고' 길에서도 똑같이 땅을 일부 가져갔다.

그것이 밀코 아저씨를 매우 화나게 했다.

"에프팀, 왜 그렇게 했니?" 밀코가 말했다.

"왜 길에서 땅을 가져가 마당을 넓혔니?"

"빌라의 오래된 계획이 거기까지입니다."

그리고 에프팀은 길을 보여주었다.

"아버지가 정한 구획이고 지금 제가 다시 찾은 겁니다. 그 외에도 제 빌라는 길의 마지막입니다."

"그러나 길은 숲으로 이어져 있어." 밀코 아저씨가 설명했다.

"중요하지 않습니다." 에프팀이 대답했다.

"숲으로 가려면 집 뒤에 있는 다른 길로 가야 합니다."

밀코 아저씨는 오로지 말없이 에프팀을 보고 혼자 말했다.

'사람의 마음은 욕심이 가득하여 만족할 수 없다. 가능하다면 전 세계를 정복할 것이다.'

에프팀은 커다란 철 울타리를 만들어 길의 절반을 막았다.

올해 여름에는 비가 없었다.

두 달 7월, 8월에 비가 오지 않았다.

모든 것이 말랐다.

정원에 물을 주었지만, 채소는 시들었다.

어느 밤 소음과 외침 때문에 밀코 아저씨는 잠에서 깼다.

침대에서 벌떡 일어나 창을 쳐다보았다.

에프팀의 빌라에서 100m 떨어져 있는 숲이 불에 탔다.

처음 큰불을 본 이웃 사람이 불을 끄려고 했지만 성공하지 못했다.

누가 소방서에 전화했고 얼마 뒤 소방차가 왔다.

그러나 에프팀의 울타리가 길을 막아 숲으로 갈 수 없었다.

소방차는 돌아가느라 시간을 놓쳤다.

그러나 불은 기다려 주지 않았다.

커다란 혀처럼 불꽃은 빠르게 다가왔다.

에프팀의 울타리에 도착하고 마당으로 들어와 마른 풀이 금세 탔다.

불꽃은 빌라를 태웠다.

다행히 안에는 아무도 없었다.

소방대원도 불을 끄는 데 성공하지 못했다.

빌라는 아무것도 남지 않고 오직 몇 개의 벽만 남았다.

밀코 아저씨는 불을 쳐다보며 조용히 속삭였다.

"에프팀, 내가 길을 막지 말라고 말했지.
그러나 너는 내 충고를 듣고 싶지 않았지."

부러움

막달레나는 활기차고 노련해서 모든 어려운 문제를 푸는 능력이 있다.

남편은 없고 오직 아들만 돌보고 이미 늙은 부모님을 돕는다.

아이용 장난감 공장에서 일하는데 모두 막달레나를 존경한다.

경험이 많은 일꾼이며 재빠르게 움직이고 함께 일하는 여자들을 도와준다.

공장에서 가장 나이든 **키나** 아주머니는 가끔 말한다.

"막달레나야, 너는 정말 예쁘구나.

아름답고 경험도 많고 능숙하고 항상 사랑스럽게 웃고.

왜 다시 결혼하지 않니?

정말로 너를 도와줄 남편이 있어야 해."

"언젠가 하겠지요. 키나 아줌마." 막달레나가 대답했다.

"그러나 일 때문에 남편을 찾을 시간이 없어요."

하지만 어느 날 아이용 장난감 공장이 문을 닫아서 막달레나는 더는 일 하지 못했다.

막달레나 부모님은 정말로 걱정이 되었다.

막달레나 엄마가 말했다.

"지금 어떻게 사니? 너는 이제는 일하지 않고 우리 연금은 적어 너를 도와줄 수 없구나."

"엄마, 걱정하지 마세요.

저는 항상 문제를 푸는 데 성공했어요.

똑같이 지금 이겨 낼 거예요.

일거리를 찾으면 반드시 있을 거예요."

그리고 막달레나는 빨리 문제를 해결했다.

거주지역에 작은 식품 판매장이 있는데, 막달레나는 그 것을 빌려 빵, 치즈, 소시지, 절인 물건을 파는 판매점을 운영하게 되었다.

가게에 오는 사람들을 친절하게 웃으며 만나고 잘 대해서 많은 사람이 막달레나 가게에서 사기를 좋아했다.

이번 겨울은 추웠다.

큰 눈이 내려 거리는 미끄러웠다.

북쪽 바람이 늑대처럼 소리를 냈다.

거주지역에는 추운 날에 어딘가 피난처를 찾으려는 몇 명의 노숙자가 있다.

그들은 길 위를 헤매다가 찻집이나 술집에 들어갔다.

가끔 인도 위에 서서 구걸을 했다.

어쩌다 그들 중 누구는 막달레나 가게에 들어와 누더기에서 빵을 사기 위해 약간의 동전을 꺼냈다.

그것 때문에 막달레나는 속이 상했다.

가끔 돈을 받지 않고 노숙자에게 빵을 주었다.

사람들은 놀라서 '왜 돈을 받지 않고 빵을 주느냐'고 물었다.

그러나 막달레나는 습관적으로 대답했다.

"정말로 나는 더 가난해지지 않을 거예요."

가끔 막달레나는 노숙자를 도우려고 마음먹었다.

가게 진열장 위에 커다란 종이판을 놓았다.

'노숙자들을 위해 빵은 공짜'

많은 사람이 이 종이판에 대해 알고 도시의 다른 지역 노숙자들도 오기 시작했다.

그러나 마치 종이판이 기적의 힘을 가진 듯 막달레나 가게 손님도 많아졌다.

막달레나를 부러워하기 시작한 이웃 가게 주인들은 이 사실을 알아차렸다.

어느 날 아침 나쁜 소식이 지역에 퍼졌다.

저녁에 막달레나 가게에 불이 났다.

이것은 막달레나 부모를 매우 괴롭게 했다.

엄마는 우셨다.

"막달레나, 지금 무엇을 할까?

불태운 것은 가게가 아니라 너 자신이다."

그러나 막달레나는 엄마를 쳐다보며 단순하게 말했다.

"엄마, 울지 마세요. 나는 많은 사람을 도왔어요.

분명 나를 도와줄 누군가가 있을 거예요.

하나님은 좋은 분입니다."

가장 아름다운 추억

거주지는 작다.

몇 개의 길, 마당 가진 건물, 마당에는 겨울에 부드러운 눈으로 하얀 모자를 쓴 꽃과 과일나무들이 있다.

아침부터 저녁까지 거리에서 아이들을 볼 수 있다.

그들은 놀고 달리고 소리쳤다.

가끔 **밀라**는 어린 시절, 멀리 지나간, 먼 걱정 없던 날들을 기억했다.

그 이후 많은 세월이 흘렀다.

지금 거주지는 마치 사람이 없는 듯 조용하고, 그 당시 아이들은 이미 성인이 되어 결혼하고 가을의 거머리처럼 어딘가로 사라졌다.

그러나 밀라는 그때 어린이 놀이를 잊을 수 없다.

저녁에 아이들은 밀라 집 앞에서 습관적으로 모여 무서운 믿을 수 없는 이야기들을 서로 했다.

그러나 즐겁고 웃길 만한 일을 더 자주 했다.

한 번은 이웃집에 사는 **자하리**라는 남자아이가 가장 기쁜 일을 모두 이야기하자고 제안했다.

자하리는 나보다 나이가 조금 더 많고 다른 남자아이와 같지 않았다.

놀이를 매우 좋아하지 않고 훨씬 많이 책을 읽고, 읽은 것을 이야기해서, 아이들은 그것을 주의하여 조용히 들었다.

밀라는 이미 다른 아이들이 말한 것을 기억하지 못한다. 그러나 자하리가 무엇이 가장 기뻤냐고 물었을 때 어느 성탄절 잔치에서 2학년 학생일 때 아파서 집에 머물러야 해서 아이들과 함께 놀 수 없었다고 이야기하기 시작했다. 슬퍼서 아침에 성탄절 앞날 일어나서 창을 쳐다보다가 마당의 전나무가 성탄 장식품으로 꾸며진 것을 보았다. 많은 색깔의 작은 전구들이 푸른 가지 위해서 불을 밝혔다. 그것이 매우 놀랍고 기뻤다.

전나무는 빛나는 별과 같고 눈으로 덮인 모든 마당은 기적의 동화처럼 있다.

나중에 엄마가 밤에 몰래 전나무를 꾸민 것을 알았다.

이 어렸을 때의 기억을 결코 잊을 수 없다.

지금조차 더 키가 크고, 더 커지고, 더 푸르른 전나무가 있는 마당을 가끔 쳐다본다.

오래전부터 밀라의 자녀들은 멀리서 떨어져 큰 도시에 산다. 이웃인 자하리는 수도에서 학업을 마치고 기술자가 되었고, 여동생이 그렇게 자주 오지 않는다.

정말 세월이 빠르게 흘렀다고 밀라는 생각했다.

곧 다시 성탄절이 올 것이고 다시 밀라는 어릴 때 그때처럼 같은 감정을 느낄 것이다.

지금 손자들을 위한 선물을 사러, 성탄절 음식을 준비하러 서둘렀다.

왜냐하면, 자녀들과 손자들이 찾아올 것이고 그들을 기쁘게 해야 하기 때문이다.

성탄절 밤에 밀라의 집은 사람들로 가득하다.

어린이의 웃음이 메아리치고 눈에는 기쁨이 빛난다.

정말 아름다운 잔치다.

아침에 밀라는 식사를 준비하러 일찍 일어났다.

커피와 차를 타고 평평한 과자를 만들고 뜻밖에 창을 내다보았다.

기적이다.

마당에 있는 전나무가 다시 꾸며져 있다.

성탄절 장식품이 가지 위해서 빛나고 있다.

다시 아주 오래전처럼 같은 기쁨이 밀라 가슴을 가득 차게 만들었다.

몇 분간 움직이지 않고 서서 오직 속삭였다.

'자하리구나.'

정말 자하리가 그것을 만들었다.

자하리는 정말 여동생 가족과 함께 성탄절을 축하하러 와서 밀라를 놀라게 하고 기쁘게 하리라 마음먹었다.

오전에 누가 문 앞에서 소리를 냈다.

밀라는 문을 열고 웃는 얼굴, 수년 전에는 검었던 흰 머리카락의 자하리를 보았다.

"즐거운 성탄절이야." 자하리가 인사했다.

"즐거운 성탄절이야."

밀라는 대답하고 집안으로 초대했다.

새 학교

찻길은 은색 리본을 닮아 곧고 미끄럽다.

양옆에는 푸른 들판이고 여기저기에 하얀 옷을 입은 약혼녀처럼 꽃이 핀 나무들을 볼 수 있다.

볼 수 없는 기적의 새처럼 봄은 넓은 날개를 뻗고 자연은 새로운 삶을 위해 깨어난다.

해가 나는 4월의 아침에 **카로얀**은 **부르고**라는 도시로 천천히 운전해서 갔다.

10킬로 뒤에 차로(車路) 공사를 하니 자동차는 다른 길로 방향을 바꾸라고 큰 간판에 쓰여 있다. 카로얀은 간판에 표시된길에 따라 자동차 방향을 바꾸었고, 다른 간판은 '**황금 계곡**'이라는 이름의 마을로 가까이 간다고 알렸다.

'결코, 이 마을에 간 적이 없다.'

멈춰서 둘러보고 커피를 마시리라 마음먹었다.

카로얀은 읍사무소, 도서관, 학교 건물이 있는 큰 마을 광장에 주차했다.

읍사무소와 도서관은 오래되었지만, 학교는 전혀 새롭고 큰 창이 있고 아름다웠다.

카로얀은 둘러 보았다.

오직 작은 공원에 사람들은 보이지 않고 학교 앞에 노인이 앉아있다.

카로얀은 가까이 다가가 인사했다. "안녕하세요."

"안녕하세요." 노인이 대답했다.

"여기에 찻집이 있나요?"

"예" 남자는 말하고 읍사무소를 가리켰다.

"저기 읍사무소 뒤에"

그러나 아직 일러 찻집은 닫혀 있어요.

"감사합니다." 카로얀은 말했다.

"문 열 때까지 기다리죠." 노인 옆 의자에 앉았다.

"마을이 큰 것 같이 보입니다." 카로얀이 말을 시작했다.

"황금 계곡이라는 아름다운 이름이네요."

"예" 남자가 대답했다.

"여기에 황금광산이 있었지요. 그래서 마을 이름이 황금 계곡입니다."

"아마 얼마 전에 이 학교를 지었네요." 카로얀이 짐작했다.

"예" 남자가 대답했다.

"의심 없이 이 마을은 아름다운 학교를 짓기에 부유하죠."

"학교는 기부로 지어진 것입니다."

노인이 설명했다.

"기부요?" 카로얀은 믿지 못했다.

"놀랍네요. 누가 이런 큰 기부를 했나요?"

"기부자의 이름은 **즈라탄 드라기노브**입니다.

아버지가 이 마을에서 가장 부자였죠.

황금광산, 거대한 땅, 방앗간, 공장, 양조장을 가지고 있었어요.

아버지가 돌아가시자 즈라탄은 모든 것을 상속하고 동생에게 아무것도 주지 않았어요.

동생 필립은 아무것도 남지 않아 마을을 떠났지요. 아버지처럼 즈라탄은 황금 계곡에서 가장 부자가 되었죠. 그러나 욕심과 잔인함 때문에 운명이 벌을 내렸어요. 즈라탄은 눈이 멀게 되었죠.

몇 년 뒤 분명 그 사실이 즈라탄을 괴롭게 하기 시작했어요.

혼자 생각했죠. '나는 부자지만 내 땅, 방앗간, 공장, 돈, 해와 하늘도 보지 못한다.'

그래서 학교 짓는데 돈을 내기로 했어요.

마을에는 오래되고 작은 학교가 있었어요. 그러나 아이들은 많아지고 새로운 큰 학교가 필요했지요. 오래된 학교를 부수고 그 자리에 즈라탄의 돈으로 새 학교를 지었죠."

"정말 아름다운 학교네요." 카로얀이 말했다.

"예"

"정말 찻집 문이 이미 열렸어요. 안녕히 계세요." 카로얀이 말했다.

"안녕히 가세요." 남자가 대답했다.

카로얀은 의자에서 일어나 노인을 처다보고 놀라서 머뭇거렸다.

이제서야 노인이 시각장애인이라는 것을 알았다.

사랑의 다리

어느 마을들은 산 가운데 높이 있다. 깊은 숲이나 가파른 바위 아래 숨겨져 집들은 하얀 양 떼를 닮았다. 그 위를 천천히 위엄있게 둥글게 나는 독수리만이 이 마을들을 본다.

산 위 저기에 '작은 별'이라는 마을이 있다. 정확히는 높은 작은 별과 낮은 작은 별 2개 마을이다. 여러 산 사이를 흐르며,엄청 빠르고, 시끄럽고, 폭풍 치듯 돌 사이에서 흐르고, 위협하는 우는 소리는 깊은 숲에 숨은 화난 용의 소리를 닮은, 성난 야누스 강의 두 강가에 있다.

이미 오래전부터 높은 작은 별과 낮은 작은 별 사이에는 잔인한 미움이 있다. 이 미움이 언제 시작되었는지 아무도 모르고 그 누구도 기억하지 않는다. 두 마을의 거주자들은 강을 건너 다른 마을로 가면 저주를 받거나 죽을 것이기 때문에 감히 강을 건너려고 하지 않는다.

높은 작은 별의 젊은이들은 낮은 작은 별의 아가씨와 결혼하지 않고 그 반대도 마찬가지다. 두 마을의 거주자들은 오직 화내면서 서로 반대편 해안을 쳐다본다. 강은 피의 경계이고 모두 거기서 멀리 떨어져 있다.

그러나 한 번은 기적이 일어났다. 힘이 세고 용감한 낮은 작은 별 마을의 **피린**이라는 젊은이가 높은 작은 별 마을의 아름다운 아가씨 **리라**와 사랑에 빠졌다. 리라는 자두 같은 눈, 흑단처럼 검은 머리카락에 날씬한 아가씨다. 리라가 젊은이를 보고 불꽃이 마음에서 생겨나 아무도 끌 수 없었다. 피린은 키가 크고, 쇠같이 강한 팔을 가지고 몸통이 컸다. 나무꾼으로 가장 두꺼운 나무조차도 도끼질해서 쓰러뜨린 경험이 있다. 해에 그을린 얼굴은 막 구운 빵과 같고 눈은 산의 호수처럼 파랗다. 리라와 피린의 사랑은 너무나 굳세서 감히 어떤 위협이나 사람의 저주도 두렵게 할 수 없었다.

어느 밤 피린은 리라를 데리러 강을 몰래 건넜다. 하지만 무서운 일이 생겼다. 피린과 리라가 강에 빠졌다. 누구도 왜 그런 일이 생겼는지 알지 못한다. 소용돌이치는 강에 떨어졌을까? 아니면 무언가가 강에 빠뜨렸을까? 일주일 내내 아무도 피린과 리라가 죽은 것을 몰랐다. 흔적도 없이 사라졌다. 그러나 어느 양치기 어린 남자아이가 강물이 그렇게 빠르게 흐르지 않는 수풀에서 시체를 보았다. 무덤에 묻었다. 피린은 낮은 작은 별 마을에 리라는 높은 작은 별 마을에. 그들 때문에 걱정이 커졌다. 리라의 아버지 **잠피르**는 제일 많이 슬펐다. 하나밖에 없는 딸이라 딸이 죽은 뒤 잠피르는 시들해졌다. 그림자를 닮아 갔다. 전에는 100년 된 참나무 같았다. 며칠 사이에 머리카락은 산의 바위꼭대기 위의 눈처럼 하얗고 얼굴은 재처럼 회색이고 눈빛은 사라졌다. 잠피르는 건축자였다. 높은 작은 별 마을에서 여러 채 건물을 지었으나 리라가 죽은 뒤에는 일하기를 그만두었다. 날마다 소나무 숲 위에 있는 집 앞 돌 위에 앉아 강을 쳐다보고 말이 없었다. 무언가를 깊이 생각할까 아니면 리라가 어린아이였을 때를 기억할까? 그때는 리라를 어깨 위에 올려두고 다녔으며 빠른 사슴처럼 풀밭 사이로 장난삼아 리라와 함께 뛰었다.

어느 여름날 잠피르는 말했다.

"이런 일이 다시는 있어서는 안 돼.

성난 야누스 강 위에 다리를 만들 거야."

그리고 다리를 만들기 시작했다. 전에 누구도 강 위에 다리에 대해 생각조차 하지 않았다. 높은 작은 별 마을 사람들이 잠피르가 슬퍼서 미쳤다고 말했다.

다른 사람들은 결심에 놀라고 어떤 사람은 비웃었다.

그러나 잠피르는 다리를 계속 지으며 말이 없다.

혼자 돌, 나무를 나르고 지지대(支持臺)를 만들었다.

아침부터 해질 때까지 일했지만 밤에는 누가 하루 내내 만든 건축물을 무너뜨렸다.

그러나 잠피르는 일하기를 멈추지 않았다.

꾸준히 하여 마침내 이루어냈다. 성난 야누스 강 위에 돌로 된, 다른 해안으로 손을 뻗은 힘센 팔처럼 하얀 다리가 생겼다. 다리 돌 위에 잠피르는 이 말을 새겼다.

이 다리를 리라와 피린을 기억하기 위해 나는 세웠다.

그래서 이름을 '**사랑의 다리**'라고 부른다.

오랜 시간 아무도 이 다리로 건너지 않았다. 강 위에 서 있지만 두 마을 사람은 그저 조용히 보기만 했다. 처음에 마을의 아이들이 다리에서 놀았다. 나중에는 건너기 시작했다.

부모의 위협은 무섭지 않았다. 아이들은 자라서 결혼하기 시작하고, 가족을 이루고, 높고 낮은 작은 별은 한 마을이 되었다.

만남

트라얀은 찻집 문 옆에서 기다렸다.

그 옆으로 남자 여자들이 지나갔다.

긴장하며 쳐다보고 생각했다.

여기서 나는 우리 안의 작은 동물 같다.

모두가 오직 나만 쳐다본다.

손바닥은 난로 옆에 있는 듯 땀이 났다.

입술은 말랐다.

여종업원 중 정말 같은 나이로 보이는 **하나**가 몇 번 가볍게 움직이는 다람쥐처럼 옆으로 **빠르게** 지나갔다.

유혹하듯 쳐다보았지만 지금 트라얀은 사랑할 만한 기분이 아니다.

그러나 아가씨는 아름답고 작은 별 같은 눈, 밀 빛깔 머리카락, 휘어지는 갈대 같은 몸매를 했다. 트라얀은 매우 중요한 남자를 여기서 만나야 하므로 찻집에 왔다.

트라얀은 그 남자를 모르지만, 그 남자는 자신을 보면 곧 알아차릴 거로 생각했다.

'왜 지금 나를 만나고 싶어 하지?'

트라얀은 궁금했다.

오랜 세월 이 남자에 대해 생각했다.

지금까지 아버지는 **안톤**이라고 알고 있다.

그러나 트라얀은 안톤이 친아버지가 아니라고 짐작했다.

왜 그렇게 짐작했는지 설명할 수 없다.

트라얀의 지인이나 친척은 안톤이 아버지가 아닌 것을 알까?

정말, 그들은 확실히 알지만 아무도 트라얀에게 말하지 않았다.

트라얀에 대해서 안톤은 매우 사랑했고 진짜 아버지임을 보이려고 매우 애썼다.

정말 바로 그 점이 의심할 만하고 그래서 트라얀은 안톤이 아버지가 아니라고 생각했다.

노력에도 불구하고 진실을 알 수 없었다.

어머니는 잘 돌보고 그것을 숨겼다.

그러나 다소 빠르게 모든 것이 분명해 질 것이라고 확신했다.

지금 찻집에서 무엇을 느끼는지 정확히 설명할 수 없다.

호기심인지 불안인지 진짜 아버지를 눈으로 본다는 굳센 바람인지 아마 두려움을 느꼈다.

정말 아버지를 보면 꿈이 깨질 것이다.

오래전부터 진짜 아버지를 보기를 꿈꿨다.

아버지는 키가 크고 자신처럼 검은 곱슬머리에 검은 눈을 가졌다고 생각했다.

아버지는 안톤처럼 냉담한 사람은 아니라고 확신했다.

진짜 아버지는 반드시 열렬하고 힘세고 항상 웃고 많은 일로 매우 바쁠 것이다.

진짜 아버지는 기관사라고 생각했다. 왜 그렇게 생각했을까?

아니면 아버지는 자신의 엄마처럼 의사일 것이다.

아버지와 엄마는 의학을 공부하며 그렇게 알게 되고 결혼했을 수 있다.

그러나 나중에 무슨 일이 일어났을까?

왜 아버지는 사라졌을까?

거의 10년간 어디에 계셨을까?

이틀 전 기대하지 않은 전화 소리가 모든 것을 바꾸었다.

모르는 여자가 전화해서 말했다.

"여보세요, 트라얀씨. 진짜 아버지를 보기 원하나요?"

분명히 여자는 트라얀을 잘 알았다.

누구냐고 물으니 여자가 대답했다.

"나는 고모란다. 네 아버지의 여동생"

매우 세게 놀랐다.

고모, 아버지의 여동생이 있으리라고 짐작도 못 했다.

곧 아버지를 꼭 보기를 원한다고 대답했다.

언제 어디서 만날 것인지 설명해 주셨다.

여기 지금 트라얀은 찻집에 서 기다리며 어디서 누가 살피고 있다고 느꼈다.

트라얀은 오른쪽, 왼쪽으로 찻집의 사람들을 살펴 보았지만, 사람들이 많았다.

그들은 탁자에 두세 명씩 앉아 커피나 맥주를 마셨다.

'아버지는 어디에 계실까?'

어느 탁자에도 혼자 있는 남자는 보이지 않았다.

아마 얼마 뒤 찻집으로 키 크고 힘센 검은 머리카락의

남자가 들어와 인사할 것이다.

그러나 이미 30분이 지났지만 비슷한 남자는 찻집에 들어오지 않았다.

아마 아버지는 안 올 것이다.

무슨 일이 생겨 오지 않을 것이다.

아니면 마지막 순간에 오기를 그만두었을 것이라고 걱정스럽게 생각했다.

그러나 희망을 버리고 싶지 않았다.

찻집으로 갈 때 엄마에게 여자아이를 만난다고 말했다.

집에 돌아가면 다시 거짓말로 여자아이가 만나러 오지 않았다고 엄마에게 말해야 할 것이다.

다람쥐를 닮은 상냥한 젊은 여종업원이 가까이 다가와 빙긋 웃으며 말했다.

"구석 탁자에 앉은 남자와 여자가 오라고 부탁했어요."

곧 찻집 구석에 있는 탁자를 쳐다보았다. 전에 거기 앉아있는 남자와 여자를 보았다.

그러나 그들이 자기를 기다린다고 짐작하지 못했다.

가까이 다가가 말했다. "제가 트라얀입니다."

여자가 대답했다.

"내가 고모 **마리아**고 이 분이 아버지 **시므온**이다."

빼빼한 고모는 창백하고 주름진 얼굴로 빠르게 말했다.

활짝 웃었지만 조금 슬프게 마음이 쓰라리다.

트라얀은 아버지께 몸을 돌렸다.

매우 키가 작고 더러운 작은 유리를 닮은 회색 눈에 대머리였다.

탁자에 앉았다.

"무엇을 마시겠니?" 고모가 물었다.

"오렌지 주스요." 트라얀이 대답했다.

고모는 여종업원을 불렀다.

아버지는 탁자를 보면서 말이 없다.

무엇을 말하고 무엇을 물어볼지 몰랐다.

마침내 용기를 내어 작게 물었다.

"그동안 어디에 계셨어요? 아버지."

아버지라는 단어가 바위 위에서 떨어지는 작은 돌처럼 입에서 나왔다.

시므온은 놀라서 쳐다보았다.

정말로 이런 말을 들으리라고 믿지 않았다.

잠깐 눈에서 빛이 나더니 빠르게 사라지고 다시 더러운 작은 유리같이 되었다.

정말 작게 시므온이 말을 꺼냈다.

"나는 감옥에 있었다."

놀랐다. 이런 말을 들었다고 믿지 못했다.

"감옥이요?"

"응" 고개를 끄덕였다. "18년간 감옥에 있었다."

"왜요?" 떠듬떠듬 말했다.

"질투 때문에 사람을 죽였다."

크게 열린 눈으로 놀라서 쳐다보았다.

여종업원은 오렌지 주스를 가져다주고 부드럽게 빙긋 웃

었다.

마시기 위해 차를 들 수 없다.

움직이지 않고 분필이나 먼지를 닮은 이상한 회색으로 앙상한 얼굴의 아버지를 쳐다보았다.

시므온은 오래되고 유행이 지난 조금 큰 잠바를 입었다. 푸른 와이셔츠의 깃은 단추가 안 채워져 있고, 목젖은 함께 묶인 참새처럼 움직였다.

나는 감옥에 있다고 말하는 것을 원치 않았다.

시므온이 말했다. "너는 이제 다 자랐다."

트라얀은 말이 없다.

땀이 나고 무엇을 느끼는지 정확히 설명할 수 없다.

아버지에 대한 동정, 고통 아니면 아무것도.

트라얀 앞에 낯선 남자가 앉아있다.

트라얀은 누구를 죽였냐고 묻고 싶지 않았다.

아버지와 아들은 말이 없다.

서로 아무것도 말할 수 없다.

시므온은 용감하게 말하려고 하지 않았다.

트라얀은 생각했다. 아마 감옥에서 수많은 조용한 시간을 보냈다.

거기서 조용해지는 데 익숙해졌거나 오직 자신에게만 말했다.

끝없는 혼자 말하기다.

얼마나 오랜 시간 움직이지 않고 조용히 있었는지 말할 수 없다.

시므온은 여종업원을 불러 값을 치르고 일어섰다.

"안녕" 아버지가 말했다.

"안녕히 가세요." 트라얀이 말했다.

"네 고모가 전화해서 **때때**로 만나자." 시므온이 제안했다.

"알겠습니다." 트라얀이 말했다.

밖은 이미 저녁이 되었다.

10월의 마지막에 낮은 아직 따뜻하고 집으로 가는 사람은 서두르지 않았다.

트라얀은 가면서 생각했다.

마침내 오랜 세월 사람들이 내게 숨긴 비밀을 알아냈다.

닫힌 상자였고 열 수 없었다.

진짜 아버지가 감옥에 있으리라고는 그것만은 짐작조차 못 했다.

트라얀은 모든 것을 상상했지만 그것은 아니었다.

정말 상상은 어린이의 종이배가 떠다니는 파도 같다.

상상은 우리를 위험하게 잘못하게 만드는 비현실적인 그림을 그린다.

트라얀은 집으로 돌아왔다. 엄마, 안톤과 함께 저녁을 먹을 때 엄마가 물었다.

"만남은 어땠니?"

트라얀은 떨렸다. 우연히 엄마가 내가 아버지를 만난 것을 알지 않겠지?

트라얀은 천천히 대답했다.

"여자아이가 안 왔어요."

"그럴 것이라고 짐작했다." 엄마가 말했다.

"네가 돌아올 때 슬프게 보였지. 걱정하지 마라. 다른 여자아이를 알게 될 거야. 여자들은 그래."

하얀 악몽

병원 입원실은 벽, 천장, 침대, 침대보, 방석, 조명, 이 모든 것이 하얗다.

하얀색이 **마리아**를 괴롭혔다. 마치 무겁고 하얀 눈사태 아래 누워있는 듯 숨 쉴 수 없다.

마리아는 눈을 감고 계속해서 하얀 산, 하얀 강, 하얀 구름, 하얀 옷의 남자들, 하얀 옷의 여자들처럼 하얀색이 그렇게 괴롭다고 생각한 적이 전에는 없다.

마리아가 보기에 죽음의 색, 아픔, 슬픔, 절망, 고통, 검은색은 흉몽이다.

그래서 마리아는 검은색 옷을 사지 않는 습관이 있다.

조명 없는 것과 어둠을 좋아하지 않는다.

지금 병원 침대에 움직이지 않고 누워있다.

뭔가 좋고 아름다운 것에 대해 생각하려고 했다.

수술을 받고 지금 빠르게 회복되고 있다.

이틀 뒤 병원에서 퇴원할 것이다.

그러나 침대에서 곧 일어나, 봄의 따뜻한 호흡이 있고, 여러 색깔 꽃으로, 푸르게 된 나무들로 환호하고 모든 자연이 기뻐하는 밖으로 나가고 싶다.

곧 아침 10시가 될 것이고 치료제를 가지고 올 간호사 **베셀라**를 기다렸다.

마리아는 참을성 있게, 젊고 아름답고 친절하고 항상 상쾌하며 부드럽게 웃는 베셀라를 기다린다.

베셀라는 매우 자신의 직업을 좋아한다.

환자를 아주 잘 돌본다.

마치 간호사가 되려고 태어난 것처럼, 아마 어릴 때부터 이 직업에 대해 꿈을 꾸었을 것이다.

문이 열리고 방으로 베셀라가 들어왔다. 마치 꽃향기와 시원한 따뜻한 바람을 가진 봄이 베셀라와 함께 치료제를 가지고 병원 안으로 들어온 듯했다.

"오늘 어떠세요? **아포스톨로바** 아주머니."

친절하게 물었다.

마리아는 쳐다보며 다시 자신에게 말했다.

'정말 베셀라는 가장 착하고 가장 아름다운 간호사구나.'

젊은 간호사의 얼굴은 매끈하고 눈은 벨벳처럼 부드럽고, 작고 부드러운 눈썹, 짙은 눈꺼풀, 입술은 즙이 많은 나무딸기를 닮았다. 베셀라는 하얀 바지, 하얀 블라우스, 하얀 모자, 동화에서 나오는 요정 같다.

"잘 지내요." 마리아가 말했다.

"당신은? 오늘도 역시 빙긋 웃고 분명 걱정이 없겠군."

"저 역시 모든 사람처럼 걱정이 있어요." 작게 베셀라가 말했다.

"그러나 그것을 보이고 싶지 않아요."

"걱정이 있다고 믿지 못하겠어요.

당신은 항상 편안하고 친절해요."

"저는 환자들이 항상 저를 편안하게 보도록 노력합니다. 왜냐하면, 그것이 빨리 나으리라는 힘과 희망을 주거든

요.”

“당신처럼 젊고 예쁜 여자가 어떤 문제를 가지고 있나
요?” 베셀라와 조금이라도 이야기하고 베셀라와 베셀라
의 삶에 대해 뭔가를 알고 싶은 마리야가 물었다.

“제 가장 큰 문제는 지금 살 곳이 없다는 겁니다.” 슬프
게 대답했다.

“지금까지 저와 동료는 빌린 집에서 함께 살았어요. 그
런데 제 동료가 결혼하게 되었어요. 저는 집에 남았는데
임대료가 너무 비싸서 임대료를 낼 수 없어요. 나는 다
른 집을 찾기 시작했지요. 그러나 찾지 못했어요. 모든
곳의 임대료가 너무 비싸서요.”

마리아는 주의 깊게 들었다.

정말 간호사의 급여는 많지 않고, 대도시의 집 임대료는
비싸다.

“어디에서 왔어요?” 마리야가 물었다.

“저는 **피르고**라는 도시에서 나고 살았어요.”

베셀라가 대답했다.

마리아는 피르고라는 도시가 산악지대 어디에 있는 작은
곳이라는 것을 안다.

“부모님은 연금생활자라서 제게 돈으로 도울 수 없어
요.”

베셀라가 계속 말했다.

“제가 도우려고 대도시에 일하러 왔어요.”

마리아는 지금은 웃지 않는 베셀라의 검은 눈을 보았다.

눈길은 슬펐고 이 순간 베셀라는 크고 모르는 도시에서 길을 잃고 도움받을 수 없는 작은 어린 여자아이를 닮았다.

갑자기 어떤 생각이 마리아를 빛나게 했다.

마리아와 남편 **안드레이**는 산이 가까운 지역의 이층집에서 산다. 둘이서 살며 자녀는 없다.

그래서 베셀라에게 같이 살자고 제안하려고 마음먹었다.

"우리 집은 커요." 마리아가 말했다.

"우리와 함께 살 수 있어요. 나와 남편은 잘 벌고 임대료는 비싸지 않아요."

"감사합니다. 매우 고맙습니다." 베셀라는 말했다.

그러나 아직 마리아가 사는 것을 제안하는 걸 믿지 못했다.

"당신은 정말 사랑스럽네요. 제게 그것은 큰 도움입니다."

베셀라가 기뻐했다.

"곧 나는 병원을 떠나니 집을 보러 오세요.

마음에 든다면 우리랑 같이 삽시다."

"감사합니다. 어떻게 감사해야 할지 모르겠습니다."

베셀라가 되풀이했다.

그리고 웃음이 다시 부드럽고 매끄러운 얼굴을 빛나게 했다.

마리아가 집으로 돌아온 며칠 뒤 베셀라는 집을 보고 살 것인지 결정하러 왔다.

마리아는 기쁘게 만났다.

마리아가 보여준 방은 1층에 있다.

검소하게 꾸며진 가구로 침대, 옷장, 탁자, 책장, 서랍 달린 옷장이 있다.

창은 정원을 향하여 있다.

거기에 지금 봄이라 꽃이 피어 눈같이 하얀 옷을 입은 약혼녀처럼 보이는 커다란 사과나무가 보인다.

방 옆 복도에는 식당과 욕실로 가는 문이 있다.

"식당을 사용할 수 있어요." 마리아가 말했다.

"거기에 두 개 냉장고가 있는데 하나를 쓰세요."

"감사합니다. 정말 감사합니다." 베셀라가 말했다.

일주일 뒤 베셀라는 짐을 옮겨 마리아의 집에 살게 되었다.

어느새 날이 지나갔다. 베셀라의 병원 근무는 낮이나 밤이라 마리아는 자주 볼 수 없다.

그러나 베셀라가 집에 있을 때는 마리아와 함께 자유 시간을 보냈다.

둘이 판매점에 사러 가고 산으로 산책하러 갔다.

베셀라는 마리아에게 부모와 어린 시절, 병원에서의 일에 관해 이야기했다.

마리아는 자신에 관해 이야기했다.

마리아는 교사였다.

초등학교에서 가르쳤고 아이들을 매우 좋아했다.

가끔 베셀라는 마리아가 자녀가 없어 슬픈 것을 알았다.

그러나 마리아는 결코 그 사실에 대해 무언가도 언급하지 않았다.

마리아의 남편 안드레이는 건축기술자라 가끔 일로 여행

을 갔기에 항상 집에 있지는 않았다.

안드레이가 집에 없을 때는 베셀라가 옆에 살아서 기뻤다.

그래서 혼자인 것이 무섭지 않다.

삶에서 큰 사건이 없을 때 얼마나 날들이 빠르게 지나가는지, 바람에 쫓겨나는 구름처럼 차례대로 사라지는지 거의 눈치채지 못한다.

따뜻한 여름 뒤, 나뭇잎이 황금색, 노란색, 빨간색, 갈색이 되는 가을이 왔다.

정원의 사과는 익고 마리아는 베셀라가 사과를 매우 좋아한다는 것을 알았다.

가끔 방의 창 옆에 있는 큰 사과나무에서 사과를 모으곤 했다.

부드러운 가을 햇볕 때문에 빨간 사과는 빛나고 꽤 맛있다.

10월에 비가 오기 시작했다.

무거운 회색 구름이 천막 보처럼 사과, 정원을 덮었다.

커다란 빗방울이 창유리를 때리고, 이해할 수 없는 슬픔을 줬다. 나중에 겨울이 오고, 눈이 내리고, 모든 것이 하얗게 되었다. 깊은 조용함이 가득 차 마당에 눈 덮인 통로 위를 조금만 걸어도 소리가 날 지경이었다.

베셀라가 마리아의 집에 산 지 1년이 지나 여름 초에 마리아는 베셀라가 임신한 것을 알았다.

그러나 마리아는 아무것도 묻지 않았다.

마리아는 베셀라가 스스로 남자 친구, 아마 곧 있을 결혼식, 앞으로의 생활 계획에 대해 말해 주기를 기다렸다.

베셀라는 조용하고 아무것도 말하지 않고 생각에 잠긴 듯 보였다.

마리아는 베셀라를 딸처럼 대하며, 베셀라가 남편과 출산에 대해 기쁘게 말하리라 확신했다.

어느 날 전혀 예상치 못하게 베셀라가 집을 나가겠다고 말했다.

"정말로 앞으로의 남편, 아이 아빠랑 같이 살 거예요?" 마리아가 물었다.

"나는 온 맘으로 정말 행복하기를 바라요. 자녀를 낳으면 꼭 전화해요. 보러 가서 선물을 줄게요."

베셀라는 아무 말도 안 하고 빠르게 마리아를 쳐다보고 불러서 온 택시에 탔다.

3주 뒤 마리아는 베셀라에게 전화해서 이미 아이를 낳았느냐고 물었다.

베셀라는 남자애를 낳았다고 대답했다.

이 소식은 마치 자기가 아이를 나은 것처럼 마리아를 매우 기쁘게 했다.

"잘 되었네요." 기쁘게 인사했다.

"당신과 아이가 건강한 것이 가장 중요해요. 마음먹으면 전화해요. 당신이 원하면 당신과 자녀를 보러 갈게요. 나는 아이의 침례 엄마가 될게요."

그러나 한 달 뒤에도 베셀라는 전화하지 않았다.

마리아는 베셀라와 아이에게 뭐가 나쁜 일이 생겼다고 걱정하기 시작했다.

어느 저녁 마리아와 안드레이가 저녁을 먹을 때, 안드레이가 걱정하는 것을 알았다.
아마 일하는 데 문제가 있다고 마리아는 짐작했다.
안드레이 일은 어렵다. 다리를 세운다.
일꾼들은 그렇게 능숙하지 않다.
어딘가 새로 세우는 다리에 사고가 일어날 수 있다.
안드레이는 말하기를 주저했다.
눈에는 무거운 그림자가 보였다.
눈빛이 이상하고 마리아의 눈길을 피했다.
안드레이는 마치 먹기를 계속할까 안 할까 결정하지 못한 것처럼 탁자에 앉아있다.
수저를 들었다 놓았다.
마침내 천천히 말을 꺼냈다.
"베셀라가 아이를 낳은 것을 당신은 알죠."
안드레이가 말했다.
"예. 내가 전화했죠. 어느 날 베셀라를 초대합시다. 나는 아이를 위해 뭔가 아름다운 선물을 살 겁니다."
다소 이르게 모든 것이 분명해졌다.
안드레이가 말했다.
"무슨 일이 일어났는지 내가 알려주는 것이 더 좋겠네요."
마리아는 떨며 두려워하며 안드레이를 바라봤다.
"사고요?"
"내가 베셀라가 낳은 아이의 아버지요."

천천히 안드레이가 말했다.
마리아는 의자에서 흔들렸다.
휘장이 눈앞에서 떨어졌다.
어딘가에 빠진 듯했다.
무거운 눈사태가 덮어 모든 것이 하얗게 되었다.

'성 엘리야' 수도원

오늘 아침에 **시므온**은 일찍 일어났다.

휘장을 걷어내자 해가 폭포처럼 호텔 방 안으로 들어왔다. 넓은 창 앞에는 초소에서 푸른색 군복을 입은 군인을 닮은 높은 산들이 보인다.

시므온은 세수를 하고 면도하고 옷을 입고 아침을 먹으려고 호텔의 식당으로 갔다.

멋진 몸매에 갈색 머리카락과 참외 같은 눈을 한 40살의 시므온은 이미 몇 달 전부터 호텔 '**소나무**'에서 거주하고 있다.

아침마다 젊은 여종업원 **이스크라**는 시므온이 들어오는 것을 보면 즉시 가서

'안녕하세요. **토프자코브씨**'하고 친절하게 인사했다.

부드러운 몸에 하얀 종업원 옷을 입은 이스크라는 봄철에 피는 갈란투스 식물을 닮았다.

파란 눈은 빛나고 젖은 입술은 장난스러운 웃음을 띤다.

"익숙한 아침을 주문하시죠?" 이스크라가 물었다.

"예, 작은 **빵** 두 개, 커피, 오렌지 주스, 요리한 달걀과 바나나를 부탁해요."

그것이 시므온의 익숙한 아침이다.

항상 주문하면서 바나나, 달걀이 꼭 있어야 한다.

베르도그라드에서 거의 모든 사람이 시므온을 안다.

1년 전 여기에 와서 전에 **이반노코브** 교사가 소유했던

가장 아름다운 집을 샀다.

시므온은 비록 베르도그라드에 이미 호텔 '소나무'가 있음에도 불구하고 집의 넓은 마당에 큰 호텔을 짓기 시작했다.

시므온은 수학여행단을 조직해 베르도그라드에 많은 외국 사람들이 오도록 계획했다.

가끔 말한다. '여기의 자연은 아름답다. 높은 산맥, 커다란 호수, 여름에 외국인들은 산으로 산책할 것이고, 물이 시원하고 수정처럼 깨끗한 '편안한 호수'에서 낚시할 것이다.

건축 계획에 따라 시므온의 호텔 안에 현대적인 식당, 화려한 찻집, 유흥주점이 들어설 것이다.'

베르도그라드에서 사람들은 시므온이 어디서 그렇게 많은 돈을 가졌는지 궁금했다.

누구도 시므온이 누구인지 어디에서 왔는지 모른다.

어느 사람은 독일에서 공부한 기술자라고 말하고, 다른 사람은 아무것도 공부하지 않았지만 큰 재산을 물려받았다고 말했다. 그러나 더 중요한 것은 시므온이 빠르게 베르도그라드 사람들, 시장, 교사들, 시청 직원들, 판매점의 상인들과 친구가 되었다는 것이다.

여기에 와서 시의 주요 광장에 있는 **'전쟁에서 다친 군인을 위한 기념비'**의 수리를 위한 비용을 곧 댔다.

고등학교에서 컴퓨터 사는데도 돈을 댔다.

여기서 태어나지 않고 전에 여기서 살지 않았음에도 불

구하고 이 도시를 매우 좋아했다.

시므온은 아침 식사를 마치고 호텔건축이 어느 정도 진행되었는지 보려고 나갔다.

지금은 6월이고 9월 말에 호텔을 열기를 희망했다.

그때 큰 축제를 계획했다.

많은 손님을 초대하고 회식과 흥겨운 행사가 있을 것이다.

이미 호텔 이름은 '**오리온**'이라고 정했다.

천천히 거리로 나섰다.

해가 빛나는 6월의 아침이다.

멀리 보이는 호텔 건축물은 하얀 백조 같다.

지금 일꾼들이 창과 문을 세우고 있다.

전기기술자가 전기를 위해 배전반을 설치한다.

객실을 둘러보았다.

2층에는 일꾼 책임자 **시야로브**가 있다.

50살에 키가 작고 검은 수염과 철 빛깔의 눈을 가진 힘이 센 시야로브는 시므온에게 아직도 작업을 위해 무엇이 필요한지 말했다. 자세히 모든 것을 살폈다.

호텔은 화려하고 매우 현대적이어야 한다.

방에는 유명 화가가 그린 아름다운 풍경화가 있어야 한다.

만족해서 매우 기분 좋게 호텔에서 나와 산으로 조금 산책하려고 마음먹었다.

정말로 날씨는 매우 상쾌하다.

'항상 나는 차로 다녀서 뚱뚱해져' 시므온은 생각했다.

'더 많이 걸어야 해.'

시원한 아침 공기를 마시며 산으로 갔다.

30분 뒤 어느새 숲으로 들어갔다.

그렇게 빠르지 않게 점점 더 깊고 어두운 숲으로 들어갔다.

우람한 도토리나무 옆에 잠시 쉬려고 멈추었다.

머리를 하늘로 들고 잿빛 구름을 보았다.

바람이 조금 세게 불었다.

아마 곧 비가 내릴 것이라고 짐작했다.

보통 산속에는 날씨가 빠르게 변한다.

해가 나왔다가 뒤에 갑자기 비가 온다.

구름은 빠르게 점점 짙어 간다. 숲은 어둠 속에 잠겼다.

얇은 여름 웃옷을 입었기에 곧 돌려서 출발했다.

갑자기 심하게 비가 내렸다. 눈을 멀게 하는 번개가 구름을 가르고 힘센 천둥이 숲을 흔들었다.

떨리기 시작했다.

그것을 전혀 기대하지 않았다.

발걸음을 서둘다가 도시로 가는 길을 잘못 들었다.

멈춰 둘레를 살폈다.

심하게 비가 내린다.

높은 나무가 무섭게 하는 괴물처럼 둘레에 서 있다.

벼락이 날카로운 칼처럼 하늘을 찌르고 천둥은 귀를 먹게 했다.

더 빠르게 걸어 나갔지만 어느 방향인지 알지 못했다.

베르도그라드가 북쪽인지 동쪽인지조차 짐작할 수 없다.

어둡고 짙은 숲에서 방향을 잡지 못했다.

전에 결코 숲에서 혼자 헤맨 적이 없다. 이끼가 나무의 북쪽 편에 있다고 들은 적이 있지만 지금 자세히 나무를 살필 수도 없다. 공포에 휩싸였다. 작은 솜털 짐승 같은 두려움이 위 속에서 기어가기 시작했다.

비는 머리부터 발끝까지 젖게 만들었다.

웃옷, 바지, 신발, 양말까지도 젖었다.

바람은 더욱더 거세졌다.

떨었지만 추위 때문인지 두려움 때문인지 확신이 안 섰다.

휴대용 전화기를 꺼내 시야로브에게 전화했다.

그리고 말했다.

'시야로브씨, 나는 숲에서 산책했어요. 그러나 도시로 가는 길을 잘못 들었어요. 나를 찾으러 와 주세요. 지금 정확히 어디 있는지 몰라요.'

시야로브는 곧 다른 남자들과 함께 찾으러 가겠다고 약속했다.

'그러나 나를 찾을까?' 걱정스럽게 생각했다.

'정말로 내가 정확히 어디 있는지 말할 수 없구나.'

결코, 비슷한 공포의 상황에 부닥친 적이 없다.

계속 걷는 것이 더 좋다고 결심했다.

서 있다가는 분명 감기들 것이다.

둘레를 살피고 다시 빠르게 수풀, 가시덤불을 지나 걸어, 돌로 된 경사진 곳으로 내려갔다.

피곤해서 힘이 더 없었다.

자신에게 매우 화가 났다.

'왜 혼자 숲으로 산책하러 갔는가?'

비는 계속되고 마치 채찍처럼 때렸다.

휴대전화가 울었다.

도시의 몇 명 사냥꾼과 함께 찾으러 출발했다고 시야로브가 말했다.

시므온은 감사 인사를 했지만 시야로브의 전화 소리가 안정을 주는 것은 아니었다.

더 걸어가다가 넘어지고 떨어지고 다시 일어섰다.

갑자기 길이 보였다.

그것은 구원이다. 진짜 하나님의 도움이다.

분명히 길은 사람이 사는 것으로 안내한다.

얼마 지나지 않아 숲에서 나와 넓은 풀밭 위로 같다.

거기서 건물을 보고 기뻐서 그쪽으로 뛰어갔다.

빠르게 풀밭을 지나 큰 나무문 앞에 섰다.

수도원이었다.

미친 사람처럼 손으로 수도원 문을 두드리기 시작했다.

조금 뒤 발소리가 들렸다. 수도승이 문을 열었다.

"숲에서 길을 잃었어요." 시므온이 말했다.

"하나님 덕분에 수도원을 만났어요."

"어서 오세요. 들어오세요." 수도승이 인사했다.

시므온은 수도원 마당에 들어섰다.

"나는 수도승 **비겐티**입니다."

"저는 시므온입니다. 수도원의 이름이 무엇이죠?"

"**성 엘리야 수도원**입니다." 비겐티가 대답했다.

수도승과 시므온은 넓은 곳, 정말 수도원 식당 같은 곳
으로 들어갔다.

"앉으세요. 몸을 데우세요. 옷을 가지고 올게요.
모든 옷이 다 젖었네요." 비겐티가 말했다.

"감사합니다. 베르도그라드는 가깝습니까?"

"숲을 지나 걸어가면 1시간이면 베르도그라드가 나옵니
다. 그러나 찻길로 가면 거기까지 15킬로입니다."

시므온은 휴대용 전화기를 들고 시야로브에게 전화했다.

"시야로브씨, 나는 성 엘리야라는 수도원에 있어요.
도시로 갈 수 있도록 차로 와 주세요."

"곧 가겠습니다." 시야로브가 대답했다.

바겐티는 바지, 와이셔츠, 웃옷을 가져 왔다.

시므온은 옷을 갈아입기 시작했다.

비겐티는 작은 술잔에 브랜드술을 따르고 시므온에게 주
었다.

"브랜드술이 조금 따뜻하게 해 줄 거예요." 비겐티가 말
했다.

시므온은 곧 그것을 마셨다.

식당에는 길고 작은 나무 탁자가 있다.

구석에 몇 개 오래된 의자가 있다.

난로, 오른쪽 벽 위에 선반과 그 위에 냄비, 접시, 작은
컵이 있다.

"수도원에는 수도승이 몇 명입니까?"

시므온이 물었다.

"5명입니다." 비겐티가 대답했다.

"지금 오직 나와 할아버지 **안겔라리** 수도원장이 있습니다. 안겔라리 할아버지는 아파서 독방에 누워 계십니다. 다른 수도승은 물건 사러 도시로 나갔어요."

시므온은 40살 정도로 보이는 비겐티를 쳐다보았다.

매우 마르고 움푹 팬 눈에 큰 흰 수염 때문에 더 나이 들어 보인다.

검은 사제복은 헝겊을 대고 기워 낡았고 소매도 닳았다. 수도승은 신발도 아닌 덧신을 신고 있다.

"너무 열악하게 사시네요. 수도원에 살기는 쉽지 않겠어요. 여기는 전기조차도 없으니까요."

시므온이 알아차렸다.

"전기도 없이 초를 사용해요."

비겐티가 말했다.

"여기서 어떻게 살 수 있지! 무엇을 원하세요? 수도원에 기부하고 싶어요."

시므온은 놀랐다.

"아무것도 필요하지 않아요." 비겐티가 말했다.

"아무것도?" 시므온은 이해하지 못했다.

"우리는 여기에 임시로 있어요." 비겐티가 말했다.

"임시요?"

시므온이 놀라서 쳐다보았다.

"우리는 모두 임시로 지구에서 살아요."

비겐티가 설명했다.

'지구에서 임시로.' 시므온이 혼자 되풀이했다.

정말 수도승이 맞다.

1시간 전 살지 죽을지 알지 못했다.

맞다. 모든 사람은 지구 위에서 임시적이다.

왜 나는 호텔, 식당, 유흥주점이 필요할까?

시므온은 궁금했다.

오래된 나무 탁자에 팔을 기대고 식당의 작은 창으로 내다보았다.

밖에는 이제 비가 오지 않는다.

늑대가 양 떼를 쫓아낸 것처럼 바람은 잿빛 구름을 쫓아냈다. 해는 다시 빛나고 모든 나무, 수풀, 풀밭은 비에 의해 깨끗이 씻겨졌다.

수수께끼 같은 그림자

이 층짜리 정신병원 건물은 키가 크고 오래된 느릅나무 아래 있다.

거기에 꽃과 의자가 있는 작은 공원이 있다.

건물 뒤에 여러 가지 놀랄만한 전설이 있는 **'성 요한' 수도원**이 있다.

수도원 마당에 치료하는 물이 있는 샘이 밤낮으로 살랑살랑 소리 낸다.

정신병원과 수도원 가까이에 **'이스타르'**라는 큰 강이 흐른다.

여기 둥근 계곡의 강은 크지만, 마치 강이 굽어지고 가파른 바위가 있는 산 사이로 흐르기 전에 쉬는 것처럼 조용히 흐른다.

정신병원에는 정신병자가 많지 않다.

낮에는 공원 의자에 앉아있거나 강가에서 산책한다.

그들 중에는 계속해서 박해받는 정치적인 이유로 거기 있다고 꾸준히 주장하는 중년의 남자가 있다.

다른 정신병자는 중요한 국가적 임무를 가지고 외국에서 있는데, 거기에서 사람들이 죽이려고 해 살리려고 국가 중요한 사람들이 이곳 정신병원에 숨겼다고 이야기한다.

어떤 정신병자는 유명한 과학자인데 사람들이 과학적인 발명품을 훔치고 누더기처럼 이곳에 버렸다고 설명했다.

정신병원에는 여자도 남자도 있다.

여자들은 더 말이 없는 편인데 대략 50세의 여왕 **마르고**
는 세상에서 가장 사랑받던 여자라고 지치지 않고 이야
기했다. 수많은 남자가 그 여자를 사랑했다. 신기하게 말
하는 이야기들이 절대 중복되지 않는다.

그러나 가장 수수께끼 같은 정신병자는 **시시**다.

아무도 본 이름을 모른다.

마르고 여왕과 반대로 시시는 전혀 말하지 않았다.

20살의 매우 아름다운 시시는 무거운 바다 파도같이 금
발이고 보라색 눈, 매끄러운 아랍 민족의 얼굴을 가졌다.
아침부터 저녁까지 움직이지 않고 앉아서 방의 하얀 벽
만 쳐다본다.

날씨가 아름다우면 공원에서 하늘을 계속 쳐다보고 있어
대리석 조각을 닮았다.

의사와 간호사는 매우 주의해서 돌본다.

정말로 시시는 항상 새하얀 옷을 입고 모든 옷이 새롭고
유행에 맞았는데 친척이 정신병원에 많은 돈을 지급한
덕분이다.

밤에 정신병원의 누구도 폭행하지 않도록 혼자 방에 있
으니 문을 잠근다.

그러나 어느 밤 정신병원에 당황스러운 일이 생겼다.

조용한 밤이었다.

건물, 마당, 수도원은 조용함에 잠겼다.

은빛 쟁반처럼 달은 높은 느릅나무 위에 걸려 있고 달빛
은 희고 수수께끼 같다.

간혹 어디서 올빼미가 갑자기 크게 울었다.

뒤에 다시 모든 것이 조용해졌다.

강에서는 단조로운 물 흐르는 소리가 났다.

당직 의사 **펜코브**는 사무실에 앉아 신문을 읽었다.

옆 의자에 간호사 **네이코바**가 앉아서 어떤 소설을 읽고 있다.

갑자기 누가 무섭게 소리치기 시작했다.

의사 펜코브와 네이코바는 즉시 어두운 복도로 달려갔다.

2층으로 서둘러 올라가니 복도 끝에 정신병자 중 한 명인 **스타노**가 누워있다.

두려움 때문에 떨면서 소리쳤다.

무슨 일이냐고 물었지만 아무 대답도 하지 않았다.

단지 손으로 복도의 다른 쪽을 가리켰다.

펜코브와 네이코바는 마치 걷지 않고 공중에 떠 있는 하얀 그림자를 보았다.

잠시 뒤에 그림자는 사라지고 어느 방에 들어갔는지 아침 구름처럼 사라졌는지 둘 다 알 수 없다.

펜코브와 네이코바는 주의해서 복도를 살펴보고 방마다 들어갔지만 하얀 목도리의 남자인지 여자인지는 어디에서도 찾을 수 없었다.

스타노를 돕기 위해 돌아왔는데 이 순간 정신병원 마당에서 나오는 무서운 다른 소리가 들렸다.

펜코브와 네이코바는 밖으로 나갔다.

거기에 정신병원 환경미화원인 **키나** 아줌마가 건물의 지붕을 보면서 소리 질렀다.

의사와 간호사는 머리를 위로 들었다.

지붕 차양 위에서 시시가 천천히 조용하게 산책하고 있다. '왜 지붕 위에 있지?' 펜코브와 네이코바는 움직이지 않고 쳐다보았다. 얼마 뒤 시시는 사라졌다.

의사와 간호사는 어떻게 시시가 지붕 위로 올라갔는지 알 수 없다.

모든 것이 정말 이상하다.

마치 기적의 힘이 위로 올린 것 같다.

다음날 뭔가 전혀 기대하지 않은 일이 생겼다.

시시가 말을 했다.

정말로 말하는 것이 정확한 표현은 아니다.

왜냐하면, 시시는 단지 요술 거는 단어를 반복하듯이 정말 이상하게 발음하는 한 가지 문장뿐이다.

"곧 우리는 모두 자유, 끝없이 자유로울 것이다."

마치 날 준비가 된 듯 하늘로 팔을 들면서 시시가 말했다.

정신병자들은 전혀 시시의 말에 대해 흥미가 없지만 펜코브 의사는 주의 깊게 봤다.

시시의 크고 보랏빛 눈은 특별한 빛을 본 듯 보였다.

의사는 물었다.

'천사의 얼굴을 한 이 아름다운 아가씨가 어떻게 미칠 수 있는가?

정말로 우리는 사람의 영혼과 뇌에 대해 거의 모른다.'

의사는 진심으로 시시를 돕고 싶었지만 불가능했다.

어느 밤 6월 중순에 비가 내렸다.

오랫동안 점점 더 거세게 비가 내렸다.

3일간 비가 멈추지 않았다. 강물이 정신병원으로 넘쳤다.

모든 것, 마당, 공원, 오솔길이 물에 잠겼다.

건물은 바다에 있는 섬과 같다.

정신병자들은 1층에서 2층으로 옮겼다.

펜코브 의사는 전화해서 도움을 청했다.

왜냐하면, 정신병원에서 곧 먹을 거, 마실 물, 치료제들이 없어진다. 두려워하며 정신병자들은 창으로 비를 쳐다본다.

군용차량으로 군인들이 왔다.

범람한 건물에서 정신병자들을 꺼내 구했다.

갑자기 네이코바가 말했다.

"시시를 잊었어요. 2층 방에 혼자 있어요."

사람들이 시시를 데리러 곧 갔지만, 방에 없었다.

의사 펜코브는 찾았지만, 어디에도 없었다.

창 가운데 하나를 통해 매우 크고 빠르게 위협하는 강을 볼 수 있는데, 물 위에서 조용히 걷고 있는 시시를 보았다.

놀라서 시시가 강 위에서 산책한다고 믿지 않았다.

의사 펜코브는 시시의 말을 기억했다.

"곧 우리는 모두 자유, 끝없이 자유로울 것이다."

시시는 이미 자유롭다.

고귀한 기사

바실은 거울 앞에서 한없이 행복하게 서 있다.
문지기 제복이 마음에 든다.
바지는 회색이고 크고 와이셔츠와 웃옷은 모두 회색이다.
웃옷은 노란 단추가 있고 모자는 차양이 있다.
아직 몇 분간 거울을 보고 뒤에 문지기 일을 하는 식당
으로 갔다.
식당은 가까이에 있어 걸어갔다.
지금은 돈이 없지만, 저녁에 일이 끝나면 생길 것이다.
식당 주인은 돈을 줄 것이고 돌아오면서 바실은 빵, 소
시지, 치즈. 맥주 한 병을 살 것이다.
맥주 생각이 웃게 만든다.
거리에서 사람들이 호기심을 가지고 바실을 쳐다본다.
정말 문지기 제복이 이상하게 보인다.
사람 중 누구는 빙긋 웃고 누구는 놀란다.
그러나 바실은 알아차리지 못한 듯했다.
오늘 일하기 시작해서 저녁에는 돈을 가진다는 것이 매
우 중요했다.
오랫동안 이 순간을 기다렸다.
몇 년 전 삶은 재앙이었기에 지금은 과거를 기억하고 싶
지 않다.
오늘 해가 빛나는 날에 식당 문 앞에 서서 지나가는 사
람들에게 고개 숙여 인사하고 아주 좋은 포도주와 맥주

를 맛있게 먹고 마시기 위해 '**고귀한 기사**' 식당 안으로 들어오도록 안내할 것이다.

오늘 처음 일하는 날이라 여러 번 거울을 보고 좋은 배우처럼 식당으로 들어오라고 안내하는 말을 자꾸만 되풀이했다.

맛있는 먹을 것과 아주 좋은 포도주와 맥주에 대한 몇 가지 속담을 외우기까지 했다.

잊어버리지 않으려고 속담을 소리 내 여러 번 말했다.

태도는 진지하고 발음은 분명했다.

도시에서 가장 훌륭한 문지기가 되리라고 확신했다.

정말 지금껏 모든 것을 열심히 진지하게 했다.

거의 20년간 회사에서 기록원이었지만 갑자기 해고당했다.

사장은 이제는 기록원이 필요하지 않다고 말했다.

그때 부인 **다리나**는 이혼을 결심했다.

정말 가족은 충분한 돈이 없었다.

다리나는 꾸준히 다른 남자들은 많은 급여를 받는데 남편의 급여는 보잘것없다고 되풀이했다.

마침내 이혼했다.

다리나와 딸 **로시**는 시골로 가서 둘이 다리나 엄마 집에서 살기 시작했다.

다리나에게 화내지 않았다.

정말 모두 사람은 자신의 행복을 찾을 권리가 있다.

정말 바실은 슬펐다.

그때 다른 불행한 일이 생겼다.

바실의 엄마가 아팠다.

엄마의 치료 약을 위해 돈이 필요했다.

엄마의 연금은 적어서 전혀 충분하지 않았다.

바실은 일을 찾았지만 성공하지 못했다.

엄마는 점점 더 상태가 나빠졌다.

정말로 바실은 가족 생계를 꾸리는데 능력이 없다고 다리나가 한 말이 맞았다.

바실은 엄마를 사랑하고 도왔다.

바실이 어렸을 때 엄마는 정말 많이 일하신 것을 기억했다.

엄마는 회계원이었지만 가끔 집에서 자정 때까지 일했다.

그때 바실은 계산을 도와드렸다.

지금은 엄마가 매우 아파서 바실을 알아볼 수 있을까 아니면 못 할까 믿을 수 없다.

엄마가 집의 창으로 숟가락, 포크, 칼을 던질 때 이미 너무 많이 아프다는 것을 알았다.

엄마는 정신병원에 입원해야 했다.

바실은 가끔 그곳으로 찾아갔다.

한 번은 주치의가 사무실로 불러 갔더니 말했다.

"**드라고이노브** 씨, 어머니를 치료하기 위해 가능한 모든 것을 했어요. 그러나 돈이 필요하다는 것을 잘 알겠지요."

그러나 바실은 일하지 않아 돈이 없었다.

엄마는 어느 11월 추운 비 오는 날 돌아가셨다.

바실은 계속해서 일을 찾았다.

이틀 전 거리에서 예전 친구를 만났다.

"안녕. 바실." 친구가 말했다.

"오랜만이네." 바실은 당황해서 쳐다보았다.

"어떻게 지내니?"

사실은 오래전부터 일이 없다고 말했다.

"우리가 모두 학생이었을 때 너는 연극을 했잖아.
너는 돈키호테 연극에서 산초 판자였지."

친구가 말했다.

"그래." 바실이 주저하듯 더듬거렸다.

"그러나 지금은 돈키호테를 매우 닮았어.
키 크고, 수염 있고, 말랐어.
얼마 전에 '고귀한 기사' 식당을 샀어.
문지기가 필요해.
너는 아주 좋은 문지기가 될 거야.
우리 식당에서 문지기 하고 싶지 않니?
좋은 급여를 줄게." 놀라서 바실은 쳐다보았다.

"내일 와서 바로 일을 시작할 수 있어."

'마침내 좋은 일자리가 생겼어.'

바실은 혼자 말했다.

문지기 제복은 예쁘고, 새롭고, 기뻤다.

바실은 식당 문 앞에 섰다. 오후 5시 반이다.

가장 좋은 시간이다. 사람들은 일터에서 나온다.

식당 앞 보도에는 젊은이, 늙은이가 걸어갔다.

바실은 서서 활기차게 되풀이했다.

'존경하는 신사 숙녀 여러분, 식당 '고귀한 기사'로 들어 오시기 바랍니다.

여기에서 맛있는 식사를 하시고 좋은 포도주와 맥주를 마시기 원합니다.'

사람들은 지나가면서 전혀 바실을 쳐다보지 않았다.

일부는 놀리고 싶어하며 쳐다보았다.

누구는 미쳤다고 생각했다.

그러나 바실은 계속 되풀이하며 지나가는 사람들을 식당 으로 안내했다.

'오세요. 어서 들어오세요.'

갑자기 앞에 어린 여자아이가 나타났다.

딸 로시였다.

"아빠!" 딸이 말했다. "왜 창피하게 그러세요? 정말 사람들이 놀리잖아요."

바실의 웃음이 사라졌다.

혼란스럽다. 뜻하지 않게 문지기 모자를 벗고 조용히 말 했다.

"로시!" 그러나 딸은 빠르게 멀리 뛰어갔다.

배

베린은 강 위에 떠 있는 배를 보았다.

마치 안개에서 헤엄치듯 한다.

흐름이 바뀌고 강가로 향했다.

베린은 강으로 들어가 배를 강가로 끌었다.

주의해서 자세히 살폈다.

멀리서 볼 때는 배가 오래된 것처럼 보였으나, 지금 보니 거의 새것이다.

배 안에 한 개의 노와 고기 잡는 던지는 그물이 있다.

'무슨 일이지?' 베린은 궁금했다.

배의 주인이 강에 빠져 물 흐름이 이곳으로 배를 데려왔을까?

며칠 전 날씨가 매우 나빴다. 거세게 비가 왔다.

세찬 바람이 있어 분명 사고가 있었다.

오래전부터 베린은 배를 갖고 싶었다.

지금 운명이 다시 고기 잡을 수 있도록 거의 새로운 배를 선물했다.

강가 수풀에 배를 숨기고 어떤 친구가 어디서 이 아름다운 배가 생겼느냐고 묻는다면 아들 **파벨**이 선물로 주었다고 말하리라고 마음먹었다.

모두 파벨이 도시에 살며 부유한 상인이고 돈이 많은 것을 안다. 베린은 파벨에게 여러 번 배를 사달라고 부탁했으나 파벨은 항상 말했다.

"나이가 드셔서 배가 필요 없어요. 이제는 고기 잡지 마세요. 게다가 아프시니 더 많이 쉬어야 해요." 그러나 70세 임에도 불구하고 베린은 잘 지내며 고기 잡으리라 마음먹었다.

평생 고기잡이였고 고기 잡는 데는 배가 필요하고, 여기에 혼자 배가 왔다.

몇 년 전에 배를 가졌지만, 예전부터 고장이 나 이미 고기 잡는데 적당하지 않다.

지금 기뻐하며 베린의 피는 따뜻해지고 아무도 알아차리지 못하게 먼저 배를 칠하리라 마음먹었다.

베린은 집으로 돌아와 옷을 갈아입었다.

왜냐하면, 배를 강가로 끌어올 때 강에 들어가 바지가 젖었기 때문이다.

그리고 몸을 따뜻하게 하려고 차를 끓였다.

차가 준비되자 탁자에 앉아서 천천히 마시기 시작했다.

마시면서 계속해서 배에 대해 생각했다.

아름다운 배가 매우 만족스럽다.

몇 년 전 베린은 마을에서 가장 실력있는 고기잡이였다.

고기잡이는 일이 아니라 예술이었다.

경험이 많아 대구, 메기 같은 큰 고기를 잡았다.

베린은 수다스럽지는 않지만, 지금은 이미 아름다운 배를 가지고 있다고 누군가에게 말할 필요를 느꼈다.

그래서 집을 나와 친구와 자주 만나는 찻집으로 갔다.

마을 광장 옆 찻집은 거의 20개 탁자가 있는 넓은 곳이다.

여기에는 항상 마시며 이야기하는 남자들이 있다.

베린은 탁자 중 한 개, 친구 **보네**와 **밀레**가 앉은 곳에 같이 앉았다.

그들은 고기와 고기 잡는 것에 관해 이야기했다.

정말 여기 **마크레스** 마을에서 주요한 생계수단은 고기잡이다.

찻집 문이 열리고 남자와 여자 둘이 들어왔다.

곧 마크레스 주민이 아닌 것을 알 수 있다.

남자는 늙었고 여자는 젊었다.

정말 아빠와 딸로 보였다.

베린이 친구와 함께 앉은 탁자 옆의 탁자에 앉았다.

늙은이가 종업원 **넬리**를 불러 점심을 주문했다.

20분 뒤 넬리는 생선 수프와 튀긴 감자와 함께 구운 잉어를 가져왔다.

먹기 전에 늙은이는 넬리에게 읍사무소가 어디에 있느냐고 물었다.

"여기서 집을 사고 싶으세요?" 넬리가 물었다.

"아니요, 큰 걱정이 있어 왔어요."

늙은이가 대답했다.

넬리가 늙은이를 쳐다보았다.

"내 딸 **욘카**예요." 천천히 말했다.

"여기서 10km 떨어진 **델레보** 마을에서 왔어요.

일주일 전 내 사위이자, 딸의 남편 **네이코**가 고기 잡으러 배 타고 나가 돌아오지 않았어요.

일주일 내내 무슨 일이 일어났는지 몰라요.

경찰에 실종을 알렸지만 이미 많은 날 아무 소식도 없어요. 찾고 있다는 말만 해요. 딸은 울음을 그치지 않아요. 그래서 둘이서 찾으러 나섰어요.

정말로 강에 빠진 것 같아요.

강물이 강가로 데리고 올 거예요.

아마 누군가 사위나 배를 볼 거예요.

우리는 마을마다 돌아다니며 사람들에게 물었지만, 지금까지 누구도 본 사람이 없어요. 욘카는 아직 네이코가 살아서 아마도 어느 병원에 있을 거라고 희망해요."

늙은이는 조용해지더니 세게 기침하기 시작했다.

기침 소리는 심하고 천둥 치듯 했다.

손은 크고 굳은살이 박였고 얼굴은 말린 자두처럼 주름지고 눈은 매끄러운 강의 조약돌과 같다.

정말 65살 정도라 아직 고기잡이라고 베린은 짐작했다.

딸은 아마 30살 정도로 아름다운 여자지만 걱정 때문에 얼굴은 창백하고 올리브 같은 검은 눈 둘레는 분명 계속 울어서 어두운 그림자가 보인다.

지금도 똑같이 울자 아빠는 딸에게 말했다.

"울지 마라. 욘카. 여기 사람들이 뭔가를 안다면 반드시 말해 줄 거야."

늙은이는 보네, 밀레, 베린이 앉아있는 탁자로 몸을 돌리며 말했다.

"어르신들. 우연히 강에 빠진 남자에 대해 무언가를 알게 되면 마을 경찰에게 알려주세요.”

다시 딸을 보고 딸을 안정시켰다.

“울지 마라. 욘카. 울지 마.”

그러나 딸은 마치 듣지 않은 듯했다.

조용하게 울어 따뜻한 눈물이 올리브 닮은 아름다운 눈에서 작은 강물처럼 흐른다.

얼마 뒤에 아빠와 딸은 점심값을 지급하고 일어서서 ‘안녕히 계십시오’ 말하고 떠났다.

베린은 그들 뒤를 처다보며 아직 젊은 여자의 눈물에 가득한 눈을 보는 듯했다.

‘무슨 일이지?’ 베린은 궁금했다.

분명 남자가 강에 빠졌다.

정말로 이제는 배가 필요하지 않지.

1시간 뒤 집으로 돌아왔다.

무언가를 하러 다음날 고기잡이를 위해 던지는 그물을 준비하려 했으나 준비를 계속할 마음이 없었다.

눈앞에 계속해서 울고 있는 젊은 여자의 눈이 보였다.

밤에 베린은 매우 잠자리를 설쳤다.

몇 번 깼다가 다시 잠들었지만 잠은 긴장되고 악몽이다.

흉몽을 꾸었다.

베린이 강가에 있다.

배를 숨긴 수풀에 갔다.

거기서 배를 찾지 못하고 갑자기 젊은 남자의 시체를 보았다.

남자는 땅 위에 움직이지 않고 누워있다.

유리 같은 눈은 크게 떠 있다.

강이 몸을 씻어낸다.

베린은 땀을 흘리며 떨면서 깨어났다.

아침까지 잠들지 못했다.

해가 떠오르자 침대에서 일어나 서둘러 아침밥을 먹고 가죽 웃옷을 입고 떠났다.

'나는 다른 사람의 배는 필요하지 않아.'

베린은 혼잣말했다.

'내가 배를 발견했다고 불쌍한 사람들에게 말할 거야.'

베린은 델레보 마을로 갔다.

배를 찾았다고 말하려고 그쪽으로 서둘렀다.

달콤한 소리가 나는 종 두 개

며칠 동안 소리 없이 눈이 내렸다.

높은 소나무들은 하얀 덮개를 썼다.

이미 일주일 내내 **스타마트** 아저씨는 산장 '**튤립**'에서 손님 접대를 하고 있다.

여기 방은 따뜻하다.

난로는 기관차처럼 소리를 낸다.

소나무와 약초 차 냄새가 난다.

스타마트 아저씨와 나는 탁자에 앉아 대화했다.

우리의 이야기는 끝이 없다.

밤에는 춥고 바람은 배고픈 승냥이처럼 울고 눈은 길과 오솔길을 덮었다.

아저씨는 홀아비다.

부인 **도나** 아줌마는 2년 전에 죽었다.

60살의 스타마트 아저씨는 큰 얼굴, 우유처럼 하얀 머리카락, 밝은 푸른색의 맑은 눈을 가지고 있다.

아주 매력적으로 말한다.

산에 대해 잘 알고 여름에도 겨울에도 여러 번 산에 다녔다. 스타마트 아저씨는 삼림 원이었으나 뒤에 산장 '튤립'의 주인이 되었다.

"내가 처음 여기 왔을 때 산장은 거의 부서졌지.
다시 짓기 시작했어."

스타마트 아저씨가 이야기했다.

"조금씩 일이 나아갔지.

나는 창과 문을 사고 이곳으로 날랐어.

내가 벽을 칠해 지금 이곳 선장은 아름답고 젊은 여성을 닮았어.

난간 위에 작은 불꽃처럼 붉은 제라늄이 있는 화분을 두었지.

산장 앞에는 화단을 만들었어.

리모델링은 아직 끝나지 않았어."

어느 아침에 선장에 여자가 나타났다.

나는 바깥 화단에 있었다.

여자는 조용히 내 앞에 섰다.

내가 쳐다보았지만, 조용히 아무 말도 안 했다.

내가 물었다. "산으로 여행 왔나요? 아주머니."

여자가 대답했다. "아니요. 도망 왔어요."

"무엇으로부터 도망 왔나요?"

"남편에게서요." 여자가 말했다.

"여기서 머물도록 허락해 주시면 정말 감사하겠습니다."

여자를 보면서 무엇이라고 말할지 몰랐다.

아름다운 여자다.

정말로 황금 같은 금발에 벌꿀 색깔의 눈, 눈처럼 흰 얼굴에 30살 정도였다.

산장으로 안내했다.

"이쪽으로 오세요." 나는 말했다. "차를 마셔요."

여자는 들어와 외투를 벗고 탁자에 앉아 이야기를 시작

했다.

카라야노브 마을 출신이라고 말했다.

이름은 도나다. 매우 젊어서 결혼했다.

남편은 카라야노브에서 가장 부자지만 자녀가 없었다.

결혼 잔치 뒤 5년, 10년이 지났다.

남편은 술을 많이 마시고 괴롭히기 시작했다.

가끔 말했다.

"당신이 내 인생을 망쳤어.

우리가 자녀가 없다고 모든 마을이 나를 놀려."

마침내 여자는 남자를 떠나기로 했다.

"제가 도울게요.

요리하고 산장을 돌보고 청소할게요." 여자가 말했다.

스타마트 아저씨는 이야기를 계속했다.

여자를 쳐다보았다. 불쌍하게 보였다.

여자는 아름답고 정말 예뻤다.

이렇게 아름다운 여자를 어떻게 괴롭힐 수 있을까?

정말 그것은 죄다. 마음이 편안하지 않았다.

남편이 와서 내가 아내를 유혹했다고 책임을 물을 것이라고 짐작했다. 그것은 물론 큰 문제다.

여자와 나는 탁자에 앉아있지만 나는 점점 걱정스럽다.

누가 산장으로 가까이 온다고 보였지만 바깥 숲은 조용하기만 했다.

저녁이 되고 어떻게 해야 할지, 나가라고 해야 할지 결정하지 못했다.

머리를 쓰니 머리가 지금 이 난로처럼 불이 났다.

밖은 점점 더 저녁이 되어갔다.

"배고픈가요?" 내가 여자에게 물었다.

여자는 고프지 않다고 말했지만, 콩국을 데웠다.

하나는 여자, 하나는 내 것으로 두 개 접시에 국을 부었다.

빵을 주고 저녁을 먹기 시작했다.

여자는 배고프지 않다고 말했지만 마치 일주일 내내 아무것도 먹지 않은 듯 보였다.

나는 쳐다보았다. 벌꿀 색 눈이 나를 취하게 만들고 기적의 호수에 빠진 듯했다.

저녁을 먹고 말했다.

"당신은 방에서 자요. 나는 여기 식당에서 잘게요.

아침에 어떻게 할지 결정합시다."

여자는 방에 들어가고 나는 식당에 남았다.

저녁 내내 잠들지 못했다.

누가 와서 강압적으로 산장 문을 열려고 하는 것처럼 보였다.

문이 제대로 잠겼는지 보려고 문으로 여러 번 갔다.

사냥용 작은 총을 내 옆에 두었다.

조용히 여자가 자는 방에 들어갔다.

여자는 혼수상태에 빠진 듯 잤다.

정말 매우 지쳤다.

얼마나 많은 날 숲에서 헤맸는지 모른다.

창으로 몰래 들어온 달빛이 얼굴을 비춰서 자고 있어도

더욱 예뻤다.

얼굴은 흰 도자기처럼 하얗다.

방석 위의 머리카락이 작은 황금색 강을 닮았다.

죄 없이 순결한 어린아이처럼 잔다.

아침에 일어나서 방을 정리하고 산장 앞을 청소했다.

나는 **슬라비야노보** 마을에 가야 한다고 말하고 나갔다.

그러나 슬라비야노보에 가지 않고 카라야노브 마을로 갔다. 여자가 누구인지, 이름이 도라인지, 남편이 괴롭히는지 알고 싶었다.

카로야노브에 좋은 친구, 전에 무관(武官)이었던 **요르단**이 살고 있다.

요르단은 그 지역에서 가장 유명한 구리 종을 만들었다.

종이 소리 나는 것이 아니라 노래한다.

요르단은 종뿐만 아니라 포도주 구리 잔도 같이 만든다.

요르단의 집에 가니 문에서부터 그렇게 오랜 시간 찾아오지 않는다고 나를 꾸중했다.

"거기 산에서 산장에 혼자 있으면 야만인이 될 거야.

곰이나 늑대가 너를 먹을 거야.

나중에는 너의 뼈조차도 찾을 수 없을 거야."

들으면서 나는 혼자 말했다.

'너는 내게 누가 왔는지 모른다.

곰이 아니라 암사슴이다, 아름다운 암사슴.

네가 그 여자를 본다면 아름다움 때문에 황홀해질 것이다.'

요르단과 나는 대화하기 시작했다.

뜨겁게 만드는 좋은 포도주로 내게 대접했다.

카라야노브에 있는 지인들에 관해 묻고 뒤에 **키토브** 가족의 이름을 언급했다.

요르단은 나를 쳐다보았다.

"하리잔 키토브는 너무 술을 많이 마셔 자주 취했어."

요르단이 말했다.

"부인 도나가 집을 나갔어. 어디 갔는지 아무도 몰라."

나는 요르단과 헤어져 산장으로 돌아왔다.

산장으로 왔을 때 도나가 없으리라고 짐작했다.

그러나 여자는 떠나지 않고 점심을 차렸다.

우리는 점심 먹으러 탁자에 앉았고 도나가 물었다.

"슬라비야노보 마을에서 모든 일은 잘 하셨나요?"

"예." 대답했다.

나는 슬라비야노보 마을 읍사무소에 가서 읍장과 이야기했더니 산장을 다시 짓는 것을 끝내라고 읍장이 돈을 주기로 약속했다고 이야기하기 시작했다.

그러나 도나가 나를 이상하게 쳐다보더니 갑자기 물었다.

"나에 대해 모든 것을 아세요?

거짓말하지 않았다고 믿나요?"

놀랍고 부끄러워 말할 수도 없었다.

정말 도나는 내가 슬라비야노보 마을이 아니라 카라야노브 마을에 있었다고 짐작했다.

"예." 나는 고백했다. "카라야노브에 갔었어요."

"나는 그렇게 오랜 세월 남편과 왜 살았는지 이해하지 못해요." 도나는 울기 시작했다.
"결혼하면 사람들은 가족의 삶이 행복하길 희망합니다. 그러나." 여자가 말했다.
이런 대화 뒤 나와 도나는 함께 살았다.
우리 첫날밤은 결혼하는 밤 같았다.
도나의 몸은 내가 상상할 수 있는 가장 부드러운 몸이었다. 머리카락은 약초 냄새가 나고 팔은 사랑스럽게 나를 껴안았고 가슴은 두 개의 익은 마르멜루(유럽산 모과)를 닮았다. 아침에 해가 떠서 우리를 비출 때 우리는 함께 잔 것을 이미 알았다.
도나는 나를 찾아 먼 길을 돌아왔다.
일주일 뒤 이혼을 정리하려고 담당 지역 시청으로 갔다.
모든 일이 빠르게 지나갔다.
하리잔 키토브는 이혼에 동의했다.
내 친구 요르단과 아내 페나는 우리 결혼의 증인이다.
결혼 잔치는 여기 산장에서 있었다.
우리 친척과 친구들이 왔다.
우리는 두 마리 새끼 양을 요리했다.
요르단은 포도주 작은 통을 가져왔다.
두 개의 커다란 구리 종을 선물하면서 말했다.
"혼자 있는 종은 노래하지 않아.
두 개가 같이 노래하라고 두 개의 종을 선물해.
구리 종의 노래보다 더 아름답고 더 감미로운 음색은 없어. 노랫소리는 급류처럼 흘러.

우연히 종 하나가 조용해지면 다른 종이 계속해서 노래해."

"여기 구리 종이 두 개 있어."

그리고 스타마트 아저씨가 도나 아줌마 사진 아래 벽에 걸린 종을 보여주었다.

"내가 조금이라도 손대면 노래하지."

스타마트 아저씨가 손으로 종을 만지자 방에 감미로운 노래가 나오고 나는 마치 넓은 풀밭과 하얀 작은 구름을 닮은 양이 있는 양무리를 본 듯했다.

"도나는 노래를 잘 했어." 스타마트 아저씨가 말했다.

"많은 노래를 알아. 가끔 산장의 난간에 서서 노래했지. 목소리가 종달새 무리처럼 나무와 산꼭대기 위 하늘로 높이 날아갔어."

스타마트 아저씨는 창을 쳐다본다.

밖에는 이미 눈이 그쳤다.

방은 동화 같은 조용함에 잠겼다.

"스키를 가지고 카로야노브 마을로 가자."

스타마트 아저씨가 말했다.

"산장에서 먹을 것을 사야 해."

서둘러 옷을 입고 스키를 메고 카라야노브로 갔다.

눈 덮인 길은 푸른 깃발처럼 서 있는 높은 소나무 사이로 이어진다.

모든 것이 하얗다.

마치 세상이 막 태어나 커다란 흰 포대기에 싸인 듯했다.

1시간 뒤 카라야노브에 도착했다.

스타마트 아저씨는 먹을 것을 사고 나는 배낭에 넣을 수 있도록 도왔다.

"이왕 여기까지 왔으니" 스타마트 아저씨가 말했다.

"내 결혼 증인 요르단을 찾아가자."

우리는 요르단의 집이 있는 강가로 갔다.

기쁘게 우리를 맞아주었다.

부인 페나 아주머니는 점심 먹으라고 초대했다.

"피곤하고 배고프니 먼저 점심부터 먹어야 해요." 부인이 말했다.

요르단은 내게 말했다.

"지금까지 너는 우리 집에 손님으로 오지 않아 내 직업을 모르지. 들어와라. 내가 만든 것을 보여줄게." 집 1층에 있는 방으로 들어갔다.

나는 놀라서 쳐다보았다.

벽에는 크고 작은 종들이 걸려 있다.

황금인 듯 빛난다.

나는 요르단을 쳐다보았다. 눈도 똑같이 빛났다.

종 가운데 하나에 가까이 가서 손을 댔다.

가락 있는 소리가 들렸다.

"혼자 있는 종은 노래하지 않아." 요르단이 말했다.

가서 종을 차례대로 대기 시작했다.

나이팅게일의 노래처럼 가락이 큰 방에 울려 퍼진다.

종들은 여러 소리를 내며 노래했다.

그중 어떤 것은 부드럽고 다른 것은 낮다.

조금씩 종의 노래가 넓은 파도처럼 더욱 커졌다.

나는 이 노래 속에 빠져서 마치 날아갈 듯 가볍게 느꼈다.

나는 산 위로 날아간다.

내 밑에는 집, 마당, 걱정이 있다.

요르단은 계속해서 손으로 종을 어루만지며 되풀이했다.

"어느 종이 조용해지면 다른 것이 노래하기 시작하고 노랫소리가 온 세상을 가득 채운다."

기쁜 눈을 보고 목소리를 듣고 요르단이 스타마트 아저씨와 도나 아줌마에게 선물한 두 개의 종을 다시 기억했다.

도나 아주머니는 돌아가셨지만, 종은 남아 두 종은 산장 '튤립'에서 감미로운 소리로 노래할 것이다.

군인

습관적으로 토요일 오후에 **헬레나, 다라** 그리고 **갈리나**는 찻집 '**소나무**'에 갔다.

이 찻집이 마음에 들었다.

그것은 도시 바깥에 있고 가까이에 흐르는 강과 작은 호수가 있다.

봄과 여름에 찻집 탁자는 바깥 높은 소나무 아래 있다.

이번 토요일에 세 명의 친구들은 버스로 왔다.

찻집에 사람은 많지 않다.

탁자는 이미 밖에 놓여있어, 어린 여자아이들은 작은 호수 가까이에 있는 탁자에 앉았다.

오후의 햇볕은 얼굴을 어루만진다.

헬레나, 다라, 갈리나는 도시 고등교육원에서 공부하면서 거의 항상 같이 있다.

헬레나는 부모와 살고 있다.

다른 도시에서 온 다나와 갈리는 고등교육원 공동기숙사에서 산다.

아름답고 매력적인 어린 여자아이 헬레나는 갈색 머리카락에 마치 나뭇잎의 푸르름을 다시 비추는 듯한 눈을 가지고 있다. 다라는 금발에 파란 눈이고, 갈리나는 키 작고 검은 눈에 매우 매력 있게 보이는 긴 눈썹을 가졌다.

보통처럼 어린 여자아이들은 우유를 탄 커피와 매우 맛있는 작은 빵을 주문했다.

찻집 탁자에는 자녀가 작은 호수에서 노는 몇 가정이 있다.
젊은 종업원 **이반**은 빠르게 탁자 사이를 다니며 주문받은 음료와 맛있는 것을 가져다주었다.
검은 바지, 하얀 와이셔츠, 공단으로 된 옷을 입었다.
헬레나, 다라, 갈리나는 이반을 좋아했다.
키 크고 짙은 머리카락에 청동색 얼굴, 어둡고 빛나는 눈은 인도 사람을 닮았다.
정말로 여자들 마음에 든다. 이반 역시 학생이다.
그러나 봄, 여름, 가을에 찻집에서 종업원으로 일한다.
5월의 낮에는 해가 나와 조금 따뜻하다.
헬레나, 다라, 갈리나는 남녀 선생님, 그들이 본 영화, 남녀 친구들에 관해 즐겁게 수다 떤다.
갑자기 찻집 가까이 작은 호수에서 군인이 큰 소리로 소리 지르기 시작했다.
"멀리 달려가세요. 바로 멀리 뛰어가세요.
호수 막는 장애물의 벽이 무너져 곧 물이 모든 것을 덮칩니다."
처음에 찻집의 사람들은 젊은 군인이 미쳤거나 술 취했다고 생각하고 쳐다보기조차 않았다.
그러나 군인은 더 세게 소리쳤다.
"멀리 뛰어가세요. 물이 옵니다."
거기 산 위에 큰 호수 막는 장애물이 있고, 전기를 생산하는 전기 본부가 있는데 아마 호수 막는 장애물의 벽이 무너졌다.

군인은 다시 소리쳤다.

모자도 없고 땀을 흘리며 얼굴은 토마토처럼 빨갛고 눈빛은 뜨겁다.

가쁘게 숨을 쉰다.

찻집에 있는 사람에게 경고하려고 아마 뛰어 왔다.

지금 모두 일어서서 뛰기 시작했다.

공포가 생겼다. 여자들은 소리치기 시작했다.

탁자는 넘어졌다. 유리잔은 부서졌다.

아이들은 울기 시작했다.

아버지는 자녀를 안고 뛰었다.

헬레나, 다라, 갈리나는 몇 초 동안 움직이지 않고 남았다.

"위로 달려가라. 산비탈로." 군인이 소리 질렀다.

세 명이 여자아이는 산비탈로 달렸다.

헬레나는 큰 호수 막는 장애물의 벽이 무너졌다고 믿고 싶지 않았다.

그런 일이 생겼다면 곧 물은 찻집뿐만 아니라 둘레 모두에 범람할 것이다.

찻집 '소나무'는 찻길과 강과 산 사이에 있다. 산 사이는 길고 작은 복도를 닮아 거대한 파도처럼 물이 밀려올 것이다.

크게 무서워진 헬레나는 산비탈로 기어올랐다.

'그렇게 아름다운 5월 오후에 그 일이 일어나야 할까? 다라와 갈리나는 어디에 있지?'

함께 산비탈로 뛰어갔는데 지금은 헬레나 혼자다.

용기를 내 보려고 했지만, 힘은 빠르게 없어지고 몸은 거대한 돌처럼 무거워졌다.

헬레나는 넘어지고, 떨어지고, 산비탈 위에서 미끄러졌다. 돌에 손을 내리쳐서 날카로운 아픔을 느꼈다.

이미 희망은 없다.

곧 물이 올 것이고 그 속에 잠길 것이다.

이 순간에 하얀 힘센 손이 헬레나의 손을 잡고 일어서도록 도와줬다.

"서둘러!" 헬레나는 들었다.

눈을 뜨고 군인을 보았다.

군인이 헬레나를 위로 끌어 올렸다.

"걸어갈 수 없어요." 헬레나가 울기 시작했다.

"아직 조금 더." 군인이 소리쳤다.

"아직 조금 더 가라."

헬레나의 오른쪽 신발이 떨어졌다.

가시 수풀이 옷을 찢었다.

군인이 헬레나의 손을 세게 잡고 끄는 견인 자동차처럼 위로 당겼다.

헬레나는 힘겹게 숨을 쉬었다.

두려움이 몸을 마비시켰다.

세게 잡아당기는 모르는 군인이나, 곧 모든 것을 범람시킬 물의 파도, 무엇이 더 두려운지 확신할 수 없다.

"아직 조금 더." 다시 군인이 말했다.

군인도 똑같이 무겁게 숨을 쉬는데 뜨거운 눈은 파란 작은 전구를 닮았다.

매우 애를 쓰면서 둘은 아직 몇 미터 더 가서 높은 소나무 옆으로 넘어졌다.

"잘했어요." 군인이 말했다.

"우리는 충분히 이미 멀리 왔어요."

나는 감히 쳐다보지도 못했다.

자신이 무섭게 보였다. 외투는 찢어졌다.

오른쪽 신발은 없어졌다.

아래에서 무서운 천둥소리가 들렸다.

물살이 세게 흘렀다. 거대한 파도가 모든 것을 덮었다.

큰 강이 나무, 차, 아마 사람까지 덮었다.

지금까지 이런 무서운 것을 보지 못했다.

거의 기절할 뻔했다.

본능적으로 군인의 손을 잡았다.

둘은 놀란 채, 아래 있는 모든 것을 때려 부수는 물의 지옥을 바라보았다.

아마 두 시간이 지났다. 파도는 점차 잦아졌다.

도시로 흐르고 있는데 거기는 무슨 일이 있을까?

멀리서 외치는 소리와 우는 소리가 들렸다.

헬레나는 그곳의 무서운 것, 공포를 상상할 수 없다.

저녁이 되었다. 둘은 도시로 갔다.

헬레나는 걱정스럽게 부모와 자매에 대해 생각했다.

그들은 이 물난리를 겪었을까?

헬레나의 집은 도시 가운데 있다.

물은 집에도 해를 끼쳤을까?

헬레나는 다른 신을 들어 던져 버리고 맨발로 걸어갔다.

날카로운 작은 돌이 발을 상하게 했다.

팔도 고통스럽다.

찻길은 진흙으로 덮였다.

어디에서나 돌, 무너진 나무, 뒤집힌 차들을 수 있다.

무섭다. 둘은 헬레나 집에 가까이 갔다.

길에서 방안에 불빛이 있는 것을 보고 조금 편안해졌다.

헬레나는 마당의 문 앞에 섰다.

"저는 여기에 살아요." 헬레나가 말했다.

헬레나는 군인을 껴안고 **뽀뽀**했다.

"감사합니다." 헬레나가 말했다.

"잘 가요." 군인이 말했다.

헬레나는 문을 열고 마당으로 들어갔다.

무서운 물난리 뒤 일주일이 지났다.

도시에서 많은 사람이 죽었다.

낮은 지대에 사는 사람들은 가장 많이 고통스럽다.

죽은 사람 중에는 나이든 부부와 어린아이가 있다.

계속해서 찻집 '소나무' 가까운 지역에서 울음과 탄식 소리가 났다.

갈리나와 젊은 종업원 이반은 물에 **빠져** 죽었다.

도망가는 데 성공하지 못했다.

정말 이반은 매우 힘이 세다.

그러나 누군가가 이반이 늙은 아주머니를 도우려고 했다

고 언급했다.

몇 날이 지났다. 여름이 왔다.

찻길은 깨끗이 치웠다.

찻집 '소나무'는 다시 문을 열었다.

지금 탁자와 의자는 새것이다.

찻집은 완전히 다르게 보이고 이제는 예전 같은 낭만적
분위기가 없다.

훨씬 적게 사람들이 온다.

이미 몇 달 전부터 헬레나는 구해 준 군인을 찾았다.

어디에도 보이지 않았다.

갑자기 어느 길거리에서 보기를 희망했다.

얼굴과 손가락은 마치 헬레나의 기억에 봉해진 것 같다.

밤에 꿈을 꾸었다. 악몽이었다.

크고 무서운 강. 헬레나는 강 안에 있다.

멀리서 강가에 군인이 서 있다.

헬레나는 소리치며 팔을 뻗었지만, 군인은 듣지 않고 보
지도 않았다.

강은 미친 듯이 흐르고, 소리 내고, 천둥 친다.

땀이 차서 두려워서 깼다.

정말 침대에 있다. 다시는 잘 수 없었다.

마치 다시 군인, 푸른 눈, 토마토처럼 빨간 얼굴을 본 듯
했다.

헬레나는 이미 언젠가 다시 만나리라는 희망을 버렸다.

6년이 지났다. 여름 오후에 헬레나와 남편, 5살 된 딸이

찻집 '소나무'에 왔다.

탁자에 앉아 우유를 탄 커피를 주문했다.

그러나 여기에 이미 맛있는 작은 빵은 없다.

딸 베라는 작은 호수에서 논다.

찻길로 가는 통로 가까이에 작은 소나무가 있다.

헬레나는 친구 다라가 이반을 기념해 심었다는 것을 안다.

다라는 이미 어린이집 교사이고, 2년 전에 학생들과 함께 여기 와서 작은 소나무를 심었다.

다라가 이반을 사랑했다고 헬레나는 자신에게 말했다.

찻집 옆 산비탈 위에는 많은 수풀이 자란다.

헬레나는 다시 군인을 기억했다.

이름도 알지 못했다.

그때 이름이 무엇이냐고 묻지 않았다.

나는 결코 군인에 대해 남편에게 언급하지 않았다.

범람했을 때 헬레나의 남편은 이 도시에 살지 않았다.

때때로 헬레나는 스스로 물어본다.

군인은 지금 어디에 있으며 무슨 일이 있었을까?

도라 이모

마을의 모든 사람은 **도라** 이모를 안다.

이모는 멀리서 보면 커다란 해바라기 같이 보이도록 노랗게 칠해진 작은 단층집에서 산다.

꽃을 좋아하여 집 마당에는 장미, 튤립, 히아신스, 패랭이꽃이 가득하다.

가끔 이웃집 여자를 초청한다. 친절하고 잘 도와준다.

봄, 여름, 가을에 마당으로 이웃 여자들이 모인다.

포도나무 정자 아래 오래된 나무 탁자에 앉아 수다 떨고 커피를 마셨다.

도라 이모는 특별한 재능을 가셨다.

커피잔에서 형태를 알아맞히고 그에 따라 사람의 앞날을 점친다.

많은 젊은 여자들이 와서 앞날을 점쳐 달라고 요청했다.

친절하게 만나고 향기 나는 커피를 타서 마시고 나중에는 앞날의 삶에 대해 무슨 일이 일어날지 점을 친다.

사랑스럽고 매력이 넘치는 도라 이모는 흰머리에 따뜻한 밤 같은 눈을 가졌다.

어느 알려진 동화에 나오는 마술사를 닮았다.

커피잔을 쳐다보면서 젊은 여자에게 무슨 일이 일어날지 운명이 어떨지 조용하게 말했다.

주의해서 듣고 나중에 그들에게 일어났던 모든 것을 점쳤다고 기쁘게 말했다.

한 번은 울면서 젊은 여자가 왔다.

아름답고 긴 갈색 머리카락에 벚꽃 같은 눈을 가졌다.

도라 이모는 곧 커피를 타고 마시려고 탁자에 같이 앉았다.

뒤에 커피잔을 잡고 말하기 시작했다.

젊은 여자가 가려고 일어설 때는 이미 울지 않고 더 편안하게 보였다.

2주 뒤 여자는 다시 왔다.

지금 커다란 장미 꽃다발을 가지고 와 도라 이모에게 선물했다.

여자의 눈은 기뻐서 행복하게 빛났다.

도라 이모에게 여자가 말했다.

"점친 대로 모든 것이 일어났어요.

남편은 돌아오고 지금 우리는 다시 같이 있어요."

"건강하고 모든 삶을 함께하세요." 도라 이모가 말했다.

젊은 여자가 떠났을 때 나는 젊은 여자의 남편이 돌아올지 어떻게 미리 볼 수 있냐고 물었다.

"나는 아무것도 미리 보지 않았어. 단지 희망을 줬지.

희망 없이 산다는 것은 정말 불가능해."

저자에 대하여

율리안 모데스트는 불가리아의 소피아에서 태어났다.
1973년 에스페란토를 배우기 시작하여 대학에서 잡지
'불가리아 에스페란토사용자'에 에스페란토 기사와 시를
게재했다.
1977년부터 1985년까지 부다페스트에서 살면서 헝가리
에스페란토사용자와 결혼했다.
첫 번째 에스페란토 단편 소설을 그곳에서 출간했다.
부다페스트에서 단편 소설, 리뷰 및 기사를 통해 다양한
에스페란토 잡지에 적극적으로 기고했다.
그곳에서 그는 헝가리 젊은 작가 협회의 회원이었다.
1986년부터 1992년까지 소피아의 '성 클리멘트 오리드
스키'대학에서 에스페란토 강사로 재직하면서 언어, 원작
에스페란토 문학 및 에스페란토 운동의 역사를 가르쳤
고. 1985년부터 1988년까지 불가리아 에스페란토 협회
출판사의 편집장을 역임했다.
1992년부터 1993년까지 불가리아 에스페란토 협회 회장
을 지냈다.
불가리아에서 가장 유명한 작가 중 한 명이며 불가리아
작가 협회와 에스페란토 PEN 클럽회원이다.

율리안 모데스트의 작품들

-우리는 살 것이다!-리디아 자멘호프에 대한 기록드라마
-황금의 포세이돈-소설
-5월 비-소설
-브라운 박사는 우리 안에 산다-드라마
-신비한 빛-단편 소설
-문학 수필-수필
-바다별-단편 소설
-꿈에서 방황-짧은 이야기
-세기의 발명-코미디
-문학 고백-수필
-닫힌 조개-단편 소설
-아름다운 꿈-짧은 이야기
-과거로부터 온 남자-짧은 이야기
-상어와 함께 춤을-단편 소설
-수수께끼의 보물-청소년을 위한 소설
-살인 경고-추리 소설
-공원에서의 살인-추리 소설
-고요한 아침-추리 소설
-사랑과 증오-추리 소설
-꿈의 사냥꾼-단편 소설
-살인자를 찾지 마라-추리 소설
-내 목소리를 잊지 마세요-애정 소설

번역자의 말

오태영(Mateno, 평생 회원)

불가리아의 유명한 작가 율리안 모데스트의 아름다운 단편소설 47개를 모았습니다. 추리소설, 동화, 애정소설 등 다채로운 영역의 글쓰기 활동을 하는데, 바쁜 현대인의 삶을 사는 우리에게 짧지만 여운을 남기는 단편 소설이 마음에 듭니다.

흡족하고 좋은 만족한 만남이 되길 바라는 마음입니다.

80년대 대학에서 최루탄을 맞으며 평화에 대해 고민한 나에게 찾아온 희망의 소리는 에스페란토였습니다.

피부와 언어가 다른 사람 사이의 갈등을 풀고 서로 평등하게 의사소통하며 행복을 추구하는 새로운 이상에 기뻐하며 공부하였습니다.

세월이 흘러 직장을 은퇴하고 에스페란토 원작 소설을 읽으며 즐거움을 누리다가 초보자를 위해 한글 번역이 있으면 좋겠다는 마음으로 번역을 시작했습니다.

나아가 사회공헌 활동을 해보고자 하는 마음에 출판사를 차리면서 다양한 에스페란토 관련 책과 일반인들의 시, 수필을 펴게 되었고 아울러 한글 번역을 참고해 원작을 읽으면서 에스페란토 실력을 향상했으면 하는 바람으로 제 책을 출판하게 되었습니다.

흔쾌히 번역과 출판을 허락해주신 출판사와 저자에게 감사말씀 드립니다.

바다별에서 꿈의 사냥꾼을 만나다

인　쇄 : 2021년 10월 5일　초판 1쇄

발　행 : 2021년 10월 11일 초판 1쇄

지은이 : 율리안 모데스트(JULIAN MODEST)

옮긴이 : 오태영(Mateno)

표지디자인 : 노혜지

펴낸이 : 오태영(Mateno)

출판사 : 진달래

신고 번호 : 제25100-2020-000085호

신고 일자 : 2020.10.29

주　소 : 서울시 구로구 부일로 985, 101호

전　화 : 02-2688-1561

팩　스 : 0504-200-1561

이메일 : 5morning@naver.com

인쇄소 : TECH D & P(마포구)

값 : 13,000원

ISBN : 979-11-91643-17-6

본 책은 저작자의 지적 재산으로서 무단 전재와 복제를 금합니다.
파본된 책은 바꾸어 드립니다.